BLT

Mit der Welt
auf Buchfühlung

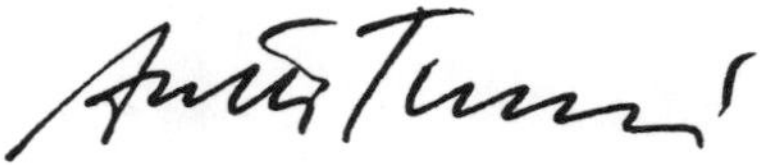

Antti Tuuri wurde 1944 in Kauhava geboren. Seit 1983 ist der studierte Diplomingenieur als Schriftsteller tätig. In Finnland wurden mehrere seiner zahlreichen Romane, die im Land Kultstatus genießen, verfilmt. Für den Roman *Pohjanmaa* erhielt Tuuri 1985 den Nordischen Literaturpreis, für *Lakeuden kutsu* 1997 den bedeutendsten finnischen Literaturpreis, den Finlandia-Preis.

Antti Tuuri

LOCH IM HIMMEL

Aus dem Finnischen von
Angela Plöger

BLT

BLT
Band 92 153

1. Auflage: April 2004

Der Verlag dankt FILI, Finnish Literature Information Centre,
Helsinki, für die Förderung der deutschen Übersetzung.

Vollständige Taschenbuchausgabe

BLT ist ein Imprint der Verlagsgruppe Lübbe

Deutsche Erstveröffentlichung
Die finnische Originalausgabe erschien unter dem Titel
AUKKO TAIVAASSA
bei Otava, Helsinki

Einbandgestaltung: Gisela Kullowatz
Titelfoto: Ron Watts/Corbis
Autorenfoto: Irmeli Jung
Satz: hanseatenSatz-bremen, Bremen
Druck und Verarbeitung: GGP Media, Pößneck
Printed in Germany
ISBN 3-404-92153-4

Sie finden uns im Internet unter
www.luebbe.de

I. BUCH

SOMMER

1

Ich erwachte davon, dass der Fahrer bremste und der Bus auf dem Sandweg ins Rutschen geriet, ruckelte und knatterte und dann neben dem Weg zum Stehen kam. Ich hatte mir die Rippen schmerzhaft an der Armlehne gestoßen, mich aber im Schlaf mit den Händen so abgestemmt, dass ich nicht mit dem Kopf gegen die Rückenlehne vor mir geschlagen war. Im Bus wurde geflucht.

Der Fahrer stieg aus. Ich versuchte, aus dem Fenster zu sehen. Es dämmerte schon, aber außer niedrigem Wald konnte ich nichts erkennen. Einige Männer verließen den Bus, und das tat ich auch. Der Sandweg war nichts als eine in die Kiefernheide gelegte Fahrspur ohne Graben, von der Stämme und Äste beiseite geschoben worden waren. Sie lagen in Haufen auf dem Höhenrücken, über den der Weg verlief. Trotz des frühen Morgens war es draußen schon sehr warm.

In etwa zwanzig Metern Entfernung konnte ich vor uns einen Fluss erkennen, über den eine Brücke ohne Geländer führte. Jetzt sah ich, warum der Fahrer gehalten hatte. Im Fluss steckte ein Auto mit der Schnauze tief im Wasser, das Heck und ein Teil des Dachs befanden sich oberhalb der Wasseroberfläche. Aus dem Fluss kam ein Mann gewatet, der eins seiner Beine in der Hand hielt. Er hüpfte auf einem Bein, wobei er sich am

Heck des Wagens abstützte und sich den Stumpf mit der anderen Hand hielt.

Der Fahrer des Linienbusses sprach englisch, und ich verstand nicht gleich, was er uns zurief. Etwa ein Dutzend Männer liefen zum Ufer und halfen dem mit dem gebrochenen Bein aus dem Wasser. Ich wunderte mich, wie wenig Blut floss. Am Ufer angelangt, setzte der Mann sich auf die Erde, fluchte in reinstem Finnisch und begann das Bein wieder zu befestigen. Nun sah ich, dass es eine Prothese war, der Mann schob sie über den Stumpf unterhalb des Knies und fluchte über die zerbrochene Schnalle und den zerrissenen Riemen. Von den Flussufern kamen Mücken in dichten Schwärmen, sie kamen auch aus den Büschen am Ufer und unter der Brücke hervor und aus dem Wald. Sie waren so groß, dass man sie nur mit der ganzen Faust erschlagen konnte. Der aus Toholampi fragte mit ängstlicher Stimme, ob im Auto noch Leute seien. Der Prothesenmann war sich nicht sicher.

Wir gingen auf die Brücke und versuchten zu erkennen, ob in dem Auto noch andere Betrunkene waren. Die Strömung im Fluss war so stark, dass sie an dem über der Wasseroberfläche liegenden Heck des Autos riss, aber der schwere Motor hielt den Wagen am Grund fest wie ein guter Anker. Der Mann, der sein Bein verloren hatte, schaffte es, die Prothese so weit am Stumpf zu befestigen, dass er auf die Brücke humpeln konnte. Wir fragten ihn nochmals, ob noch andere Leute im Auto gewesen seien. Der Prothesenmann erinnerte sich, allein im Wagen gewesen zu sein, und bat den Busfahrer auf Englisch, das Auto aus dem Fluss zu ziehen.

Der Fahrer ging zum Bus und kam bald mit einem Seilbündel in der Hand zurück. Das Seil wirkte nicht sonderlich stark, und ich glaubte nicht, dass man damit das Auto aus dem Fluss herausgezogen bekäme. Der Prothesenmann wurde zusehends nüchterner. Ich stand vorn auf der Brücke, und der Mann bat mich, die Kleider abzulegen und das Ende des Seils zum Heck des Wagens in den Fluss zu bringen. Er sagte, dass sich unter der Stoßstange eine Befestigung befinde, an der man den Wagen hochziehen, ja sogar an einen Baum hängen könne.

»Können wir schwimmen?«, fragte er.

Ich erwiderte, ich hätte auch diese Sportart eine Zeit lang betrieben. Der Prothesenmann vermutete, dass ich bis zur Stoßstange auch waten könne, wobei es wegen der Mücken für mich natürlich besser wäre zu schwimmen.

Ich zog mich nackt aus, nahm das Ende des Seils und machte mich daran, es in den Fluss zu bringen, der Fahrer wickelte das Seil für mich von dem Bündel ab. Das Wasser war so warm, dass ich erschrak, ich konnte mich nicht erinnern, jemals in so warmes Wasser gestiegen zu sein. Sofort saßen mir Mücken auf den Schultern und auf dem Rücken wie Schwärme von Spatzen. Der Grund des Flusses bestand aus festem Sand, der nicht bröckelte, wenn man darüber ging, aber als ich hinter das Auto kam und anfing, den Haken zu suchen, an dem ich auf Geheiß des Prothesenmannes den Strick befestigen sollte, spürte ich, wie die Strömung mir den Sand unter den Füßen fortfraß und ihn mitnahm ins ferne Meer. Ich hockte mich so ins Wasser, dass den Mücken nur ein Stück von meinem Kopf zum Stechen blieb.

Vom Ufer und von der Brücke her bekam ich gute Ratschläge, fand den Haken und legte das Seil darum. Ich machte einen festen Knoten hinein, genauso einen, mit dem wir immer die Ladungen festgebunden hatten, wenn wir aus Parainen Zementsäcke geholt hatten. Der Prothesenmann fragte nach dem Knoten. Ich sagte, er werde bestimmt halten und sich ohne Finnenmesser öffnen lassen, wenn der Busfahrer das Seil zurückhaben wollte. Der Prothesenmann erklärte mit lauter Stimme, Nevala und Huhta hätten aus Finnland wie gewöhnlich wieder großkotzige Kerle angeworben, aber es werde nicht lange dauern, und die kanadischen Wälder würden uns demütig machen. Ich stieg aus dem Fluss und wischte mir mit bloßen Händen das Wasser und die an ihrem Stechrüssel hängenden Mücken von der Haut.

Der Prothesenmann wies die Männer an, von der Brücke aus zu ziehen, und sie alle gingen und packten den Strick wie die Wolgatreidler. Der Prothesenmann gab ihnen schreiend den Takt vor. Ich nahm meine Kleider und ging auf die Brücke, um mich anzuziehen. Der Fahrer sagte auf Englisch zu mir, er glaube nicht, dass die Kraft der Männer alleine ausreichen würde, um das Auto aus dem Fluss zu bekommen. Ich suchte nach Worten, die meiner Ansicht nach englisch waren, aber sie kamen mir erst, als der Fahrer schon über die Brücke ans andere Ufer gegangen war. Am Seil waren so viele Männer, wie daran Platz fanden, aber der Wagen löste sich nicht vom Grund. Der Fahrer kam zurück und sagte, die Strömung habe die Schnauze des Autos schon tief hinabgesaugt. Der Prothesenmann wunderte sich, was für Männer sich da aus der Heimat nach »Kanaata« aufgemacht hatten, die nicht mal einen Pkw aus dem Fluss ziehen konnten. Er behauptete, wir würden noch mit weit schwierigeren Dingen konfrontiert werden, wenn wir hier in den Wäldern unser Brot verdienen wollten.

Ich brach einen Birkenzweig ab und schlug mir damit die Mücken von Kopf und Nacken. Der Prothesenmann rief mich und den Fahrer an das Seil, er selbst hatte nicht mitgezogen. Wir gingen an den Strick und zogen, bekamen aber das Auto nicht von der Stelle. Der aus Toholampi und Kamppuri, den ich schon von zu Hause kannte, ließen den Strick los und erklärten dem Prothesenmann, dass es für den Bus ein Leichtes sein würde, das Auto aus dem Fluss zu ziehen, wenn der Prothesenmann es schaffen würde, den Fahrer dazu zu überreden. Der Bus brauche dazu nicht einmal zu wenden, das Seil könne man an der vorderen Stoßstange befestigen, und der Bus würde im Rückwärtsgang selbst ein Haus aus Stein hinter sich herziehen.

Der Prothesenmann erklärte das dem Fahrer auf Englisch, aber der wollte nicht, machte mit den Händen abwehrende Gebärden und beschrieb weite Bögen, so als riefe er Himmel und Erde zu Zeugen. Er erklärte, die Regeln der Firma erlaubten dem Fahrer nichts anderes als das Fahren des Busses. Wenn er anfinge, das Auto aus dem Fluss zu ziehen, und der Bus nähme dabei Schaden, müsse der Fahrer den aus eigener Tasche bezahlen. Wir forderten den Prothesenmann auf, dem Fahrer zu versprechen, dass er den Schaden selbst begleichen werde, wenn er sein Auto noch heute aus dem Fluss haben wolle. Das tat der Prothesenmann auch, aber an dem Gelächter des Fahrers erkannte ich, dass zwischen ihnen kein großes Vertrauen bestand.

Der Fahrer sagte, er würde den Wagen aus dem Fluss ziehen, wenn wir alle versprächen, den Schaden zu begleichen, den der Bus nehmen könnte. Auf eine solche Bürgschaft wollten wir uns nicht einlassen. Kamppuri sagte, er sei vor den Bürgschaften geflohen, die er seinem Nachbarn, einem Forstunternehmer, gegeben hatte, als der bei der Bank einen Kredit zum Kauf einer Forstmaschine aufgenommen hatte. Er wolle im neuen Land nicht als Erstes für einen Unbekannten eine Bürgschaft übernehmen.

Der Prothesenmann und der Fahrer fuhren fort zu streiten. Ich stieg in den Bus und setzte mich an meinen Platz. Auch der Bus war schon voller Mücken, der Fahrer hatte die vordere Tür offen gelassen. Ich ging und schloss die Tür, bald kam jedoch der Fahrer und sagte auf Englisch einen kurzen Satz, den ich gut verstand und auf den keine Antwort erwartet wurde. Er befahl mir auszusteigen.

Auf dem Weg angekommen sah ich, dass die Männer schon den Strick an der Stoßstange des Busses befestigten. Der Fahrer setzte jetzt so zurück, dass das Seil sich langsam spannte, der Prothesenmann gab dem Fahrer Zeichen wie ein Verkehrspolizist. Ich ging zur Seite, den Abhang hinauf bis zu der Stelle, wo die von der Fahrspur entfernten Stämme und Äste auf der sandigen Heide aufgehäuft lagen und moderten. Ich hatte einmal in der Gegend von Pori gesehen, wie ein Fernlaster aus dem Graben gezogen wurde. Die an einem Bulldozer befestigte Stahltrosse riss mit lautem Knall, die Enden der Stahltrosse schlugen jedes in seine Richtung, das eine Ende traf den Gehilfen des Fernfahrers am Bein und durchtrennte es vor unseren Augen wie eine Kreissäge. Ich wollte nicht, dass der schwächliche Hanfstrick der kanadischen Männer mit mir ebenso verfuhr, und deshalb stand ich und sah mir das Schleppmanöver vom Hang aus in so großem Abstand an, dass das Seil auch in seiner Gesamtlänge nicht bis dorthin reichen würde.

Das Hanfseil spannte und dehnte sich lange, bevor das Auto aus dem Fluss zu steigen begann. Der Prothesenmann humpelte hinunter und gab dem Fahrer das Zeichen zu halten, als der Wagen ganz ans Ufer gekommen war, er öffnete die vordere Tür, kurbelte das Fenster herunter, schlug die Tür wieder zu, machte dem Fahrer ein Zeichen, er solle weiter schleppen,

und lenkte den Wagen mit einer Hand auf den Weg, während er nebenher ging.
Jetzt stoppte der Fahrer den Bus und kam heraus. Der Prothesenmann löste schon den Strick vom Heck des Wagens. Auch ich trat aus dem Wald heraus auf die Straße. Der Busfahrer löste das Seil von der Stoßstange seines Fahrzeugs und schoss es zwischen Hand und Oberarm auf, schlang um das Bündel eine praktische Schlinge und brachte es in den hinteren Gepäckraum des Busses. Der Prothesenmann öffnete die hintere Tür seines Wagens. Wir sahen, dass das Wasser auf dem Fußboden und den hinteren Sitzen schwappte. Der Prothesenmann fand auf dem Rücksitz eine Flasche, juchzte, als er sah, dass sie heil war, und trank direkt aus der Flasche, obwohl es ihm schwer fiel, das eine halbe Gallone fassende Behältnis so zu neigen, dass das Getränk in seinen Mund gelangte.
Nachdem er einen gehörigen Schluck genommen hatte, wischte er sich den Mund, ächzte, wischte auch die Flasche ab und brachte sie mir.
»Für den Schwimmmagister zuerst«, sagte er.
Ich nahm einen Schluck. Jetzt brachte der Prothesenmann die Flasche dem Fahrer und hieß ihn auf Englisch, zu Ehren der gelungenen Aktion auch einen Schluck zu nehmen. Sie lachten, auch der Fahrer gönnte sich einen tüchtigen Schluck. Als der Fahrer getrunken hatte, ließ der Prothesenmann die Flasche unter den Männern die Runde machen und forderte sie auf, nur so viel zu trinken, dass es für alle reichte. Die Flasche kehrte leer zu dem Einbeinigen zurück.
»Sagnochmapizza«, sagte er und warf die leere Flasche in den Fluss. Die Strömung nahm sie sogleich mit unter die Brücke, und da blieb sie so lange, dass ich annahm, sie sei am Brückenträger hängen geblieben, aber sie kam mit der Strömung auf

der anderen Seite wieder hervor, als ich es schon nicht mehr erwartete. Nur noch der Flaschenhals war zu sehen, und mit dem Strom entschwand die Whiskeyflasche tanzend unseren Blicken.

2

Das Einbein ging jetzt zu seinem Auto, öffnete die Motorhaube und rief, bei diesem Spielchen sei das ein oder andere Teil im Motor möglicherweise nass geworden. Wir waren derselben Meinung. Kamppuri empfahl, als Erstes den Verteiler zu trocknen. Das Einbein sah sich den Motor einen Augenblick an, schlug dann die Motorhaube zu und ging, um mit dem Busfahrer zu reden.

Wieder holte der Fahrer das Seil, das er schon in den hinteren Gepäckraum gelegt hatte, und befestigte es unter der vorderen Stoßstange des Autos an einer Stelle, die der Einbeinige ihm zeigte, indem er sich niederhockte. Gemeinsam zogen sie das Seil gerade, dann fuhr der Fahrer den Bus so weit vor, wie der Strick reichte, bis auf die Brücke. Wir standen am Wegrand und konnten nichts anderes tun als Mücken jagen. Auch dazu erteilte das Einbein uns Ratschläge: Wir sollten aufhören, uns zu waschen, genau wie die Franzmänner, diese Betrüger. Er behauptete nämlich, die Franzosen wüschen sich nur zu Weihnachten und zu Ostern, und die Mücken würden ihnen niemals zusetzen. Auch die Indianer, so das Einbein, schützten sich gegen Mücken und Bremsen, indem sie sich niemals ganz sauber wüschen.

Der Busfahrer auf der Brücke hatte das Seil an der hinteren

Stoßstange seines Fahrzeugs befestigt und wies uns an einzusteigen. Der Einbeinige jammerte, er müsse bis Nevaha auf dem nassen Vordersitz hocken. Dabei waren seine Kleider von seiner Badetour sowieso schon klitschnass. Wir stiegen in den Bus und gingen an unsere alten Plätze. Ich saß neben Kamppuri, so wie während der ganzen Fahrt vom Flughafen Sudbury.

Der Fahrer öffnete das Seitenfenster und guckte nach hinten, sodass sein halber Körper sich außerhalb des Busses befand, die Straffung des Seils und der Ruck waren bis in die Sitze im Bus zu spüren. Kamppuri glaubte, dass das Seil nicht sehr viele derartige Rucke aushalten würde. Der aus Toholampi schlug vor zu wetten, ob das Seil bis ins Dorf halten würde. Darauf gingen wir nicht ein, der aus Toholampi gehörte zu den Männern, die zum zweiten Mal hierher kamen, und wusste, wie weit es von der Brücke zum Dorf war und was für ein Weg dorthin führte.

Wir fuhren gemächlich weiter. Die Umgebung bestand aus ebenen Waldgebieten, die befestigte Straße hatte schon hundert Kilometer zuvor geendet. Im Morgengrauen war irgendwo ein Grizzly über die Straße gelaufen, aber ich war zu spät von dem Geschrei aufgewacht und hatte den Bären nicht gesehen. Kamppuri und ich waren uns einig darin, dass wenigstens ein Körnchen Wahrheit in den Briefen gesteckt hatte, die von hier in Finnland eingetroffen waren, weil in allen lobend erwähnt worden war, dass Nevaha mitten in der Wildnis liege. Ich versuchte wieder einzuschlafen, aber es gelang mir auf der harten Bank nicht. Hinter uns begann der aus Toholampi zwischen den Rückenlehnen hindurch zu erzählen, wie er in den Fünfzigerjahren seine erste Reise über den Atlantik gemacht hatte. Geld habe man damals nicht mitnehmen dürfen, d. h.

amerikanisches Geld, und finnisches Geld wurde damals diesseits des Ozeans nicht als Geld anerkannt und nicht in Dollar getauscht. Man hatte dem aus Toholampi jedoch von einem Alkoholschwarzhändler aus Haaparanta erzählt, der finnisches Geld in amerikanische Dollars wechselte, und der aus Toholampi hatte seine sämtlichen Finnmark, die er mit der Bügelsäge in den kümmerlichen Wäldern von Mittelostbottnien erarbeitet hatte, zu einem schlechten Kurs in amerikanische Dollars eingetauscht. Die Dollars hatte er im Rahmen seines Hochzeitsbildes versteckt. Von dem Hochzeitsbild war in Kokkola eine Vergrößerung gemacht worden, vierzig mal sechzig Zentimeter, und um das Bild herum hatte der aus Toholampi zusammen mit seinem Schwiegervater aus dünnen Birkenbrettern einen hohlen Rahmen gezimmert. Der Schwiegervater war handwerklich geschickt. Den hohlen Rahmen hatten sie mit den Dollars gefüllt, die der Schwarzhändler gegen den Willen des Generaldirektors der Bank von Finnland aus Schweden mitgebracht hatte. Am Ufer von New York hatte der aus Toholampi das Hochzeitsbild gegen einen Zementpoller am Hafenkai geschlagen und die Dollars in die Tasche gesteckt, ohne auf den Gedanken zu kommen, dass die Zerstörung des Hochzeitsbildes ihm Unglück bringen könnte: Während er in den Uranminen von Elliot Lake in Ontario das Geld für ein Haus verdiente, war seine Frau von Toholampi nach Kokkola gegangen und hatte eine Stelle im Büro angenommen, und die junge und schöne Witwe des Amerikafahrers hatte sich in Kokkola nicht lange allein grämen müssen. Ein Busfahrer der Firma Haldin hatte schon ein Jahr später die Frau von dem aus Toholampi zum Altar der Kirche von Kokkola geführt.

Ich hörte, wie Kamppuri fragte, wie die Ehe organisiert worden sei. Kamppuri war immer an der praktischen Seite einer Sache interessiert. Der aus Toholampi sagte, alles habe sich in der gesetzlichen Reihenfolge abgespielt, und ich entnahm daraus, dass die Ehescheidung vor der Hochzeit in Kraft getreten war.

Ich erkannte auch, dass sich in die Reden von Kamppuri und dem aus Toholampi meine eigenen Traumbilder mischten, die ich festzuhalten versuchte. Das waren sehr große Bilder, sie bewegten sich langsam, und wenn ich sie festhalten konnte, wollten sie gar nicht mehr in den Rahmen des Hochzeitsbildes von dem aus Toholampi passen.

3

Ich kam kaum dazu, im Grenzland zwischen Schlaf und Wachen zu verweilen, als ich hörte, wie der aus Toholampi zu Kamppuri sagte:

»Nach der nächsten Kurve kann man Nevaha sehen.«

Die Welt draußen bestand anscheinend immer noch aus denselben Wäldern. Sie wirkten sehr dicht und undurchdringlich, und es gab darin etliche Bäume, die mir fremd waren, denn ich kannte die Baumarten Kanadas noch nicht: die Weymouthskiefer, die Rotkiefer sowie einen Baum, den die Kanadier ›asp‹ nannten und der ein Mittelding zwischen Birke und Espe war. Die Erle wuchs hier an feuchteren Stellen, so wie zu Hause, und an den Hängen die weißstämmige Birke.

Jetzt kam der Bus wie durch eine Wand aus dem Wald heraus auf die Ebene: Die Häuser von Nevaha lagen da gleich rechts jenseits des Flusses an einem sanften Hang, der am Fluss- und Seeufer begann und sich über dreihundert Meter erstreckte, ohne mehr als zehn Meter an Höhe zu gewinnen. Die Häuser lagen an drei Straßen, es waren etwa fünfzig – kleine, eingeschossige Holzhäuser mit Treppen zur Straße. Wir überquerten den Fluss, links erstreckte sich eine breite Bucht, und am Ufer der Bucht sah ich das Sägewerk liegen, von dem zu Hause und auf der Herreise schon die Rede gewesen war.

Der Fahrer hielt vor dem Büro des Sägewerks und forderte uns auf auszusteigen. Wir nahmen unsere Sachen von der Hutablage und gingen damit zum Gepäckraum, den der Fahrer schon öffnete. Er begann das Gepäck in den Sand auf dem Hof zu stellen. Ich suchte meinen Koffer, während aus dem Büro ein untersetzter älterer Mann kam, der an der Treppe stehen blieb und zusah, wie der Busfahrer und der Einbeinige das Seil zwischen ihren Fahrzeugen entfernten. Der aus Toholampi raunte mir zu, dass auf der Treppe Harju selbst, der zweite Eigner der Firma, erschienen sei.

»Müssen wir uns in einer Reihe aufstellen und Meldung machen?«, fragte ich.

»Das ist nicht sein Stil«, sagte der aus Toholampi.

»Wir sind nicht zum Militär gekommen«, bemerkte Kamppuri.

Der aus Toholampi rief Harju einen Gruß zu und hob die Hand. Harju kam lachend auf den Hof, um dem aus Toholampi die Hand zu drücken, er fragte ihn, ob es ihm keine Ruhe gelassen habe, in der alten Heimat zu bleiben, obwohl er es bei seiner Abreise geschworen hatte. Der aus Toholampi erzählte, er habe gehört, dass bei der letzten Reise noch ein paar Bäume stehen geblieben seien, und die wolle er jetzt fällen. Auch Harju erinnerte sich, noch ein paar solcher Bäume gesehen zu haben.

Harju fragte, was mit Perkiös Auto passiert sei. So hörte ich zum ersten Mal den Namen des Einbeins. Man erzählte es ihm. Harju fragte, ob Perkiö betrunken gewesen sei, als er in den Fluss fuhr. Wir versuchten erst gar nicht, den klaren Sachverhalt zu leugnen. Perkiö hinkte zu dem Zeitpunkt schon mit seinem Holzbein zu den Wohnhäusern hinüber.

Harju forderte uns auf, uns häuslich niederzulassen, für uns

sei das Junggesellenhaus hinter dem Sägewerk als Quartier vorgesehen, aber auch in den Häusern im Dorf fänden sich Unterkünfte, falls die Frauen aus der alten Heimat kämen oder wir etwas großzügiger wohnen wollten.
»Billiger ist es freilich im Junggesellenhaus«, sagte Harju.
»Wir sind nicht hergekommen, um in üppigen Wohnungen zu logieren«, versicherte Kamppuri. Harju sagte, er wolle uns alles selbst zeigen. Kamppuri flüsterte mir zu, der Mann wirke fair, als wir hinter Harju her am Büro vorbei den sanften Hang hinangingen, vorbei auch an einem kleineren Gebäude, in dem sich laut Harju die Werkstatt des Sägewerks befand, und den Weg entlang, der um das Sägewerk herumführte.
Vom Sägewerk drang Arbeitslärm herüber, dort fraßen sich die Zähne der Gattersäge ins Holz. Harju sagte, er brauche jetzt Männer sowohl im Sägewerk als auch im Wald, bei den Ästen, aber darüber würden wir reden, wenn jedem klar sei, wo er in der kommenden Nacht sein müdes Haupt betten und für alle die Unterkunft geregelt sein würde.
Wir gingen, der Weg war staubig. Auf dem Gebiet des Sägewerks und am ganzen Hang vom See- und Flussufer bis hinter die Häuser wuchs kein einziger Baum, aber vielerorts trieb der starke Boden Schösslinge von Birke und Kiefer. Harju pries sein Junggesellenhaus als einen Ort, an dem wir uns wohl fühlen würden. Es gab zwei Junggesellenhäuser. So wie sie da am Rande des Niederwalds lagen, wirkten sie nicht gerade wie Paläste: zwei niedrige Kästen, errichtet auf gewachsenem Stein, an beiden Enden Türen, an den langen Wänden einige Fenster, die von keinem Vorhang geziert wurden, von den Wänden blätterte die helle Farbe ab. Harju zeigte uns die Ufersauna und versprach, dass sie an jedem Abend der Woche für die Männer der Wälder geheizt sein werde.

Wir betraten nacheinander die Baracke, wie eine Abteilung Rekruten. Harju verteilte die Doppelstockbetten, er ging voraus und wies den Männern ihre Kojen zu. Ich war zurückgeblieben, als wir vom Büro hinter das Sägewerk zu den Baracken marschiert waren, und bekam jetzt die obere Bettstatt des letzten Bettes vor der Zwischenwand, die die Baracke in der Mitte teilte. Harju sagte mir, dahinter wohnten die Franzosen und die Indianer. Er meinte, wir würden mit den Indianern, die das Kriegsbeil schon begraben hatten, gut auskommen, aber vor den Franzosen sollten wir uns in Acht nehmen, weil sie Anderssprachige gern betrogen, wenn sie auch untereinander ehrlich waren.
In den Wald sollten wir anderntags kommen, versprach Harju und ging, und wir konnten das Glück unserer neuen Wohnstatt bestaunen. In der Baracke standen die Etagenbetten zu beiden Seiten des Mittelgangs wie in der Kaserne, und zu jedem Bett gehörte ein Spind, aber an deren Türen gab es keinerlei Schloss. Ich stellte meinen Koffer in den Schrank und legte mich mit Schuhen aufs Bett. Kamppuri kam und guckte über den Bettrand. Er fragte, wie der Rekrut es wagen könne, sich auf die Tagesdecke zu legen. Ich fragte ihn nach seinem militärischen Rang. Kamppuri sagte, er sei Kanonier. Ich hatte keine Lust, mit ihm Armee-Erinnerungen auszutauschen.
Jetzt erschien Perkiö an der Stubentür und fragte mit lauter Stimme:
»Wo ist der Schwimm-Magister?«
Ich rief, ich läge am Ende der Stube. Perkiö kam an mein Bett gehinkt. Er war um so vieles kleiner als Kamppuri, dass ich von ihm nur Augen, Stirn und das schüttere Haar sah. Perkiö sprach mir sein Beileid dafür aus, dass ich das Bett neben der Zwischenwand erwischt hatte. Ich hielt das nicht für schlecht,

neben der Wand konnte man nur nach einer Seite fallen. Perkiö stieg auf das untere Bett, untersuchte die Wandritzen hinter mir, schob seinen Finger hinein und erinnerte sich, dass die Ritzen noch genauso seien wie zu der Zeit, als er seinen Lebensunterhalt noch als Knecht von Nevaha in den Wäldern von Kanada verdient hatte. Ich glaubte nicht, dass die Ritzen irgendwie nachteilig sein würden, zumindest nicht im Sommer. Perkiö versicherte, ich werde schon noch lernen, wieso die Ritzen der Zwischenwand von Nachteil sein können.
Kamppuri fragte nach dem Auto. Perkiö sagte, es befinde sich schon in geschickteren Händen, als seine es waren, in solchen, die glaubten, dass daraus noch etwas Brauchbares werden könne. Jetzt sagte er, wir sollten doch nicht den schönen Sommertag vergeuden, indem wir in der schmutzigen Baracke herumlagen. Lieber sollten wir mit ihm gehen und die ortsansässige Bevölkerung und die Umgebung kennen lernen. Der aus Toholampi kam und warnte uns vor Perkiö, der ein allseits bekannter Gauner sei. Perkiö erinnerte sich nicht, den aus Toholampi jemals betrogen zu haben, behauptete aber, der aus Toholampi habe von der letzten Reise noch Schulden, zumindest in einigen Puffs von Morteau, in denen er sich nicht mehr blicken lassen könne. Der aus Toholampi wurde ein bisschen böse und fragte, ob Perkiö sich einbilde, ein Puffrevisor zu sein.
Ich stieg von dem Etagenbett und versprach, mit Perkiö mitzugehen. Er fragte nach meinem Namen, und ich nannte ihn. Perkiö fragte, ob ich aus Lappajärvi stamme. Ich sagte Ja. Perkiö fragte, ob ich Raimo Lintupelto kenne, der auch aus Lappajärvi sei. Ich erzählte, dass das mein Nachbar sei. Perkiö fragte, ob ich meinen Nachbarn sehen wolle. Ich vermutete, dass er mir ohnehin begegnen würde, bevor ich Kanada ver-

ließ. Perkiö erzählte, Lintupelto sei im Dorf. Ich fragte, ob Lintupelto überhaupt ehrliche Arbeit verrichte, wenn er die Muße hatte, sich am helllichten Tag im Dorf herumzutreiben. Der aus Toholampi sagte, er kenne Lintupelto von seiner letzten Reise und glaube nicht, dass Lintupelto noch Spaß an der Arbeit habe.

Perkiö behauptete, Lintupelto sei ein so tüchtiger Arbeiter, dass er bei seinem Aufenthalt in Kanada den Wäldern mehr Geld entrissen habe, als sich in der Genossenschaftsbank und in der Sparbank von Toholampi befand. Der aus Toholampi bezweifelte das. Ich fragte, ob die Männer vorhätten, den ganzen Tag in der Baracke zu bleiben, um sich Gedanken über das Geld der Leute von Toholampi zu machen.

Also humpelte Perkiö hinaus, und ihm folgte die halbe Baracke. Draußen begann Perkiö uns den Takt vorzugeben, er schrie und lachte und befahl uns, ein Marschlied zu singen. Wir kümmerten uns nicht um sein Geschrei.

4

Wir marschierten zu der am weitesten entfernt gelegenen Straße und an den Häusern vorbei zum Waldrand bis zum letzten Haus. Da stand auf dem Hof Perkiös Wagen, die Motorhaube ragte in die Höhe, und darunter waren drei Männer geschäftig zugange. Perkiö begann wieder mit lauter Stimme den Takt anzugeben, als wir vom Weg auf den Hof einbogen, wo das Auto stand. Die Männer kamen unter der Motorhaube hervor, und ich sah, dass einer von ihnen Lintupelto war. Perkiö befahl der Abteilung, zu halten und sich in Viererreihen aufzustellen. Wir kümmerten uns noch immer nicht um sein Gebrüll und verteilten uns auf dem Hof, wie es uns gefiel. Ich ging zu Lintupelto und fragte, wie es ihm gehe.

»Ich kann mich nicht beklagen«, versetzte er.

»Danke für die Grüße«, sagte ich.

»Für welche Grüße?«, wunderte er sich.

»Die sind manchmal in den Briefen von Bekannten gekommen«, sagte ich.

»Nicht von mir«, sagte er.

»Die hat jemand von hier mitgebracht«, erklärte ich. Lintupelto hielt das Versenden von Grüßen für eine so geringe Mühe, dass er sich wunderte, dass ich extra nach Kanada gekommen war, um mich dafür zu bedanken.

Perkiö brachte gerade Bier aus dem Haus für die Reparaturleute, aber uns bot er keins an. Lintupelto forderte ihn auf, jedem von uns eine Dose Molson zu bringen. Perkiö fragte, wer das Bier bezahlen werde. Lintupelto versprach zu bezahlen und zog aus der Brusttasche seines Sommerhemds ein großes Bündel Dollars, von dem er Perkiö einen Fünfzig-Dollarschein reichte. Aus der Baracke waren etwa ein halbes Dutzend Männer mit Perkiö mitgegangen, und für uns alle holte er aus dem Haus Dosen mit warmem Bier.

Lintupelto fragte, ob ich schon ein Dach über dem Kopf hätte. Ich erzählte, dass Harju uns alle im Junggesellenhaus hinter dem Sägewerk untergebracht habe.

»Da wirst du dich nicht lange wohl fühlen«, behauptete er.

»Warum sollte ich nicht?«, fragte ich.

»Du wirst dich nicht wohl fühlen«, wiederholte er.

Ich sagte, ich hätte nicht vor, meine Zeit auf dem Etagenbett zu verbringen. Ich sei nach Kanada gekommen, um zu arbeiten und Geld zu verdienen. Lintupelto lächelte darüber, ging zu Perkiö unter die Motorhaube, und ich hörte, wie er etwas zu den anderen Reparaturmännern sagte, was ich nicht verstand, die anderen aber zum Lachen brachte.

Als alle drei wieder mit dem halben Körper unter der Motorhaube verschwunden waren, ging auch ich nachsehen, wie weit sie das Auto schon zerlegt hatten, während wir im Junggesellenhaus unser Quartier bezogen hatten. Ich sah, dass sie den Motordeckel geöffnet hatten und die Zylinder reinigten, und fragte, wie es mit der Dichtung des Deckels aussehe. Lintupelto meinte, sie würden die alte wieder an ihren Platz bekommen. Die beiden anderen fragten, ob der aus der alten Heimat frisch Eingetroffene ein gelernter Automechaniker sei, der wusste, dass es am Motor auch eine Dichtung gibt. Lintupelto erzählte ihnen, dass ich nach der Gesamtschule in Lappajärvi die Maschinenbaulinie der Berufsfachschule absolviert hatte.

Die Männer kamen unter der Motorhaube hervor, tranken ihre Bierdose aus und warfen die leeren Dosen auf den Hof. Sie wischten sich die Hände an Papier ab, das sie von einer langen Rolle neben dem Auto abzogen, und sagten, dass sie sich also die Hände ganz umsonst mit der Vaseline und dem Motoröl von Perkiös Schrottauto und an den Muttern des Motordeckels dreckig gemacht hätten. Lintupelto könne ja den Wagen selbst in Ordnung bringen, und sein Nachbar könne ihm dabei zur Hand gehen.

Ich sagte, ich würde mir unter keinen Umständen die Hände mit Motoröl schmutzig machen, sie sollten sauber bleiben für die Arbeit morgen. Die Männer glaubten nicht, dass Harju mir im Büro Arbeit anzubieten hätte. Lintupelto behauptete, die Dichtung des Motordeckels müsse auf jeden Fall so sorgfältig angebracht werden, dass man mir diese Arbeit nicht anvertrauen könne.

Ich stand da und sah zu, wie sie die Kurbelwelle drehten, sodass die Flanken der Kolben abwechselnd aus den Zylindern hervortraten. Sie reinigten die Kolben mit Putzwolle und Haushaltspapier. Perkiö hatte die anderen Männer ins Haus geführt.

Aus dem Haus kam jetzt eine junge Frau heraus, die laut zu schimpfen begann, weil die Männer ihre Bierdosen auf den Hof geworfen hatten. Einer der Männer kam unter der Motorhaube hervor, richtete sich auf, hielt sich einen Augenblick den Rücken und hörte sich das Geschrei der Frau an, dann erklärte er mit lauter Stimme, die Frau hätte die Bierdosen in

derselben Zeit aufsammeln können, die sie für ihr Geschrei benötigt hatte, dann bückte er sich wieder, um den Motor zu reinigen.
Ich ging quer über den Hof zur Treppe. Die Frau kam hinter mir her und fragte mich feindselig, wer mir erlaubt habe, das Haus zu betreten. Ich war verblüfft und sagte, die anderen seien schon hineingegangen. Die Frau erinnerte sich, dass auch sie nicht um Erlaubnis gefragt hatten. Ich blieb auf der Treppe stehen, öffnete die Haustür und hielt sie der Frau auf. Sie ging hinein, drehte sich im Vorraum um und forderte mich auf einzutreten.
»Darf ich hereinkommen?«, fragte ich.
Die Frau ging schon durch die Zwischentür ins Haus und gab mir keine Antwort. Ich blieb bei der Treppe, von drinnen hörte ich die Frau schreien und die Jungs reden. Auf dem Hof sprachen auch Lintupelto und seine Kumpels etwas, das ich nicht verstand, vielleicht über Perkiös Auto.
Ich setzte mich auf die oberste Stufe, vom Sägewerk drang der Lärm großer Maschinen herüber, die Hauptstraße entlang fuhr ein Gabelstapler, der zwischen seinen hohen Rädern einen Stapel Bretter transportierte.
Vom Sägewerk her war auch genau zu hören, wie ein Stamm ins Gatter ging und wie die Sägeblätter das Holz zu Brettern und Planken zerfraßen, es war ein lautes, kreischendes Geräusch, wenn die Sägeblätter sich senkten und das Holz zerschnitten, es hörte einen Moment auf, wenn die Sägeblätter sich wieder hoben, und begann von neuem, wenn ein Stamm eingelegt war und eine neue Abwärtsbewegung begann.
Ich lauschte dem Geräusch des Sägens und überlegte, auf welchen Winkel, welche Neigung die Sägeblätter wohl eingestellt

waren. Die Frau kam heraus und setzte sich neben mich. Sie fragte, von welchem Ende der Welt ich mich in den Wald verirrt habe. Ich erzählte es ihr.

»Du bist doch nicht Lintupeltos Bruder?«, fragte sie.

»Der Nachbar«, entgegnete ich.

»Hat er was von mir erzählt?«, fragte die Frau.

»Weniger«, sagte ich.

Die Frau rief nach Matti. Der Mann, der der Frau geraten hatte, die Bierdosen im Hof aufzusammeln, kam unter der Motorhaube hervor und sah wortlos zum Haus herüber.

»Hast du Perkiö erlaubt, bei uns einen Ausschank zu eröffnen?«, rief die Frau. Der Mann riet ihr, sich um ihre eigenen Angelegenheiten zu kümmern, Perkiö würde seine schon selbst erledigen. Die Frau zischte mir zu, ich solle gefälligst auch reinkommen, denn dort sei eine öffentliche Kneipe, die Perkiö mit Erlaubnis ihres Mannes betreibe, als wäre es eine Lizenz des kanadischen Staates. Ich sagte, bei so schönem Wetter säße ich lieber draußen.

Die Frau fragte, ob ihr Zuhause mir als Kneipe nicht gut genug sei.

»Deshalb brauchst du deine üble Laune nicht an mir auszulassen«, sagte ich.

»Magst du keinen Schnaps?«, fragte sie.

Lauthals wunderte sie sich auch ein Weilchen darüber, dass sich aus einer schnapsfreien Zone der alten Heimat ein Mann nach Nevaha verirrt hatte, dem ein guter Whiskey und Bier nicht schmeckten. Darauf erwiderte ich nichts mehr, sah nur zum Sägewerk hinüber, wo der Gabelstapler jetzt eine Leerfahrt hinter das Sägewerk machte. Die Frau ging hinein, und ich hörte, wie sie dort Perkiö und die Jungs anschrie. Nicht lange, und einige verließen lachend das Haus, und Kamppuri

erzählte, dass die Hausfrau Perkiö gegenüber handgreiflich geworden sei. Bald kam auch Perkiö heraus.
»Deine Frau ist verrückt«, rief er dem Hausherrn zu.
»Sagnochmapizza«, fluchte Perkiö.
Der Hausherr unterbrach wegen dieser Mitteilung nicht seine Reparaturarbeit. Jetzt kam die Frau heraus und schob Perkiö von der Treppe auf den Hof. Sie kündigte an, die Winchester im Haus von der Wand zu nehmen, falls Perkiö noch einmal mit seinem Schnaps zu ihrer Tür hereinkomme. Perkiö behauptete, er habe noch Bier in der Stube, und das wolle er wiederhaben. Erst viel später verstand ich, dass Perkiö mit ›Sagnochmapizza‹ *son of a bitch* meinte.
»Die sind beschlagnahmt«, sagte die Frau.
»Sind sie nicht«, behauptete Perkiö. Die Frau sagte, sie habe das Bier beschlagnahmt, weil Perkiö damit illegalen Handel getrieben habe, und illegaler Schnapshandel sei nicht einmal in den kanadischen Wäldern erlaubt.
Perkiö rief den Ehemann zu Hilfe. Der kam wieder unter der Motorhaube hervor, wischte sich die Hände mit Papier ab und ging in Richtung Haus. Die Frau auf der Treppe schrie und keifte und bedachte Perkiö, ihren Mann und uns alle mit ausgewählten Schimpfnamen. Ihr Mann schob sie vor sich her in die Stube, ihr Geschrei war bis nach draußen zu hören. Lintupelto und der andere, der bei der Reparatur half, kamen unter der Motorhaube hervor und begannen dem Streit zu lauschen. Perkiö befahl ihnen, mit der Reparatur fortzufahren.
Bald kam der Mann aus der Stube und gab Perkiö vier Plastiktüten voller Bierdosen, ging nochmals ins Haus und holte einen Pappkarton voller Whiskeyflaschen. Er sagte mit erstaunlich ruhiger Stimme, es wäre besser, wenn Perkiö in einem

anderen Haus, vielleicht in einem ganz anderen Dorf eine Bar eröffnen würde. Lindas Nerven seien seit dem Tod des Kindes in schlechter Verfassung.

5

Ich machte mich auf den Weg zum Quartier und fragte beim Auto, wo Lintupelto wohne. Er sagte, ich würde es schon finden, wenn ich etwas auf dem Herzen hätte. Ich fragte nicht weiter.

Kamppuri rannte hinter mir her und holte mich auf halbem Weg zur Straße ein. Wir kamen auf die Hauptstraße und am Büro des Sägewerks vorbei. Ich ging hinein, Kamppuri kam mit. Im Büro fragte ich nach Harju oder Nevala, von dem ich wusste, dass er der zweite Eigner der Firma war. Das Mädchen sagte, Nevala sei in Timmins im Maschinengeschäft, Harju aber sitze im Hinterzimmer.

Ich klopfte an und betrat das andere Zimmer, Harju saß hinter einem großen Schreibtisch und rechnete mit einer elektrischen Rechenmaschine, die ein Geräusch von sich gab wie ein Heuhäcksler. Ich fragte, ob ich tatsächlich den ganzen Nachmittag im Dorf herumgammeln müsse, weil ich nicht arbeiten könnte. Schließlich sei ich es nicht gewöhnt, so lange müßig zu sein. Darüber musste Harju lachen.

»Ist dir auch die Zeit lang geworden?«, fragte er Kamppuri. Der meinte, er werde es schon bis zum nächsten Morgen ohne Arbeit aushalten.

Harju forderte auch mich auf, mich bis dahin zu gedulden,

und versprach, uns in die Kantine zum Essen zu führen. Wir setzten uns, und Harju bot uns eine Zigarette an. Er fragte, ob ich mit Lintupelto verwandt sei. Ich erzählte, er sei mein Nachbar aus Lappajärvi. Harju hoffte, ich würde ein ebenso tüchtiger Arbeiter sein wie Lintupelto, aber besser auf mein Geld achten. Bei Raimo hätten die Dollars die Tendenz gehabt, ihm zwischen den Fingern zu zerrinnen, wenn die Arbeitstour endete und die Sauftour begann. Ich sagte, das hätte ich zu Hause miterleben dürfen, immer wenn Lintupelto im Sommer zu Besuch kam und seinen Verwandten und Nachbarn das amerikanische Modell vorführte. Gleich nach seiner Ankunft in Lappajärvi hatte er mich mit in die Nationale Aktienbank genommen und dort zehntausend Dollar in Finnmark umgetauscht, hatte das Geld in Hundertern haben wollen und mich daraus Bündel zu je fünftausend Finnmark rollen lassen, die Bündel in seine Taschen gesteckt und sich auf die Reise durch die Provinz begeben, um seine alten Freunde und Bräute zu besuchen. Dabei hatte er immer und überall die Rechnungen sämtlicher Leute mit seinen Bündeln bezahlt, auch die der neuen Freunde und Bräute, die sich sogleich eingestellt hatten. Zwei Wochen vor seiner Rückkehr nach Kanada musste er dann wieder zur Nationalen Aktienbank gehen und noch mehr Finnmark einwechseln, bat mich wieder zum Zeugen, obwohl ich nicht verstand, wozu ein Zeuge beim Geldwechseln gut ist. Ich wunderte mich, wie er in drei Wochen eine solche Menge Geld hatte verpulvern können, obwohl er zu Hause Kost und Logis umsonst hatte, und was für einen Sinn ein solches Verschleudern von Geld hatte.

»Das juckt mich nicht«, hatte er jedes Mal gesagt, wenn ich versucht hatte, ihn nach seinen Löchern in der Tasche und da-

nach zu fragen, wieso er sein Geld mit vollen Händen für fremde Leute ausgebe.
Harju stand auf und verließ das Zimmer, also erhoben auch wir uns. Ich fragte, was das Essen in der Kantine koste, aber Harju winkte ab und versprach, diese Mahlzeit werde noch die Firma übernehmen. Den Mädchen im Büro sagte er, er bringe jetzt die Jungs aus der alten Heimat in die Kantine und wolle ihnen beibringen, in welcher Reihenfolge hier Kartoffeln und Sauce auf die Teller getan werden.
Wir stiefelten hinter Harju her zum Sägewerk, die Kantine war ein niedriger angebauter Flügel. Harju begrüßte auf Finnisch, Englisch und Französisch lautstark seine Arbeiter, die aus der Tür im Giebel des Sägewerks kamen und zur Kantine gingen. Drinnen in der Kantine standen Männer und Frauen Schlange, Harju ging an der Schlange vorbei nach hinten. Die Schlange endete vor der Essenausgabe an der Küche. Auf der anderen Seite der Durchreiche stand eine Frau, die den Wartenden die Teller mit Essen gab.
Wir gingen an der Essenausgabe vorbei in den hinteren Teil des Saals. Dort war ein Tisch für eine Einzelperson gedeckt. Harju forderte uns auf, an dem Tisch Platz zu nehmen. Ich fragte, ob wir dort sitzen und Zeuge werden sollten, wie er aß. Man werde auch uns Teller bringen und etwas, was wir darauf legen könnten, versicherte Harju, und sogleich erschien auch ein schwarzhaariges Mädchen aus der Küche, das Teller, Gabeln, Löffel und Trinkgläser für Kamppuri und mich brachte. Harju erklärte dem Mädchen auf Englisch, dass er per Flugzeug Heiratskandidaten aus Finnland herbeigeschafft habe, lauter fleißige und anständige Männer, keiner davon sei ein Trunkenbold, keiner werde eine Frau verprügeln, sie solle sich jetzt unter uns einen Bräutigam und Ehemann aussuchen.

»Zwei?«, fragte das Mädchen auf Englisch. Harju lachte darüber lange und inbrünstig und schlug mit der Hand auf den Tisch, dass Teller und Besteck klingelten. Das Mädchen erklärte, sie habe durch das Küchenfenster beobachtet, wie wir auf dem Hof des Sägewerks aus dem Bus ausgestiegen seien, dass sie unter uns aber keinen Mann gesehen habe, der ihr stark genug erschienen war. Wir alle hätten ängstlich gewirkt und misstrauische Blicke Richtung Wald geworfen. Auch das brachte Harju zum Lachen. Das Mädchen ging, und Harju erklärte uns die Teller, die viele Fächer hatten, und erzählte, dass in diesem Land jedes Essen ein eigenes Fach habe, die Kartoffeln, die Sauce, das Fleisch und die Bohnen, es würden nicht alle Speisen durcheinander auf den Teller geklatscht so wie in der alten Heimat.

Das schwarzhaarige Mädchen brachte jetzt aus der Küche einen Topf Kartoffeln, Sauce und Fleisch. Ich betrachtete ihr Haar, das so stark war wie eine Pferdemähne, aber glatt, und es glänzte wie ein Flintenlauf.

»Schönes Haar«, sagte ich. Das Mädchen lächelte mir zu. Harju äußerte den Verdacht, das Mädchen verstehe mehr Finnisch, als sie zugeben wolle. Als das Mädchen in die Küche gegangen war, erzählte Harju, dass die Indianerfrauen auch im Schritt so starke Haare hätten. Wenn eines davon vor das Organ des Mannes geriete, würde es mittendurch geschnitten.

Wir machten uns ans Essen. Das Mädchen brachte in zwei Kannen Milch und Bier und schenkte Harju und uns ein. Harju sagte dem Mädchen unsere Namen, indem er abwechselnd auf uns beide zeigte, und fügte dann auf Finnisch hinzu:

»Das ist unsere Rachel.«

Das Mädchen lächelte und nickte. Ich fragte, ob wegen unserer Rachel schon jemand sieben Jahre gelitten habe. Harju entgegnete, viele hätten noch länger gelitten, aber den Lohn nicht bekommen. Als er es übersetzte, wurde das Mädchen ernst und ging.

Kamppuri erzählte, dass alle, die in Amerika gewesen waren, ihn bei seiner Abreise gewarnt hätten, sich mit Indianerfrauen einzulassen, die schmutzig und von losen Sitten und überdies krank seien. Harju sah Kamppuri ernst an und riet ihm, sich wohlweislich an diesen Rat zu halten, zwinkerte mir aber zu, als Kamppuri zur Küche hinüber sah.

Wir aßen. Dabei lobte Harju die ganze Zeit das Essen seiner Kantine. Ich widersprach ihm nicht, obwohl mir draußen in der Welt schon Besseres vorgesetzt worden war. Das Mädchen kam aus der Küche und brachte Nachschlag für die Teller mit den Fächern. Sie schöpfte Harju und Kamppuri kellenweise Essen auf, aber ich wollte nichts mehr, als sie auf meine Tischseite gekommen war.

»Man muss essen. Sonst hält man nicht durch«, sagte das Mädchen radebrechend auf Finnisch. Harju rief laut, er habe schon lange geargwöhnt, dass Rachel Finnisch könne. Das Mädchen sagte, sie könne nur ein paar Worte. Sie zählte eine lange Litanei finnischer Flüche auf, darunter auch solche, die man nicht am Esstisch zu gebrauchen pflegt. Ich legte mir die Hände auf die Ohren und zog den Kopf ein.

Harju sagte dem Mädchen, ich sei ein Laienprediger, der hierher gekommen sei, um den finnischen Waldarbeitern die Sünde des Fluchens und auch andere Sünden abzugewöhnen. Das Mädchen schüttelte den Kopf und ging in die Küche. Ich verbot Harju, unwahre Geschichten über mich zu verbreiten, woraufhin Harju meinte, dass ich als Prediger mehr verdienen könnte als an der Baumwurzel.

Aus der Küche brachte eine andere Frau Kaffeetassen und

sagte in klarem Finnisch, Rachel wolle nicht mehr kommen und uns Kaffee bringen, weil an Harjus Tisch ein zornig wirkender Prediger sitze, ein engstirniger Prophet mit funkelnden Augen, der die irdischen Genüsse und auch den Kaffee verbiete. Harju wies mit dem Finger auf mich. Ich stritt das ab und bat die Frau, allen zu erzählen, dass die Geschichte vom Prediger ein Scherz von Harju gewesen sei: Ich sei ein ehrlicher Mensch und kein Pfaffe.

6

Früh um sechs stand der Bus vor der Baracke, Harju wartete daneben, als wir herauskamen. Vom anderen Ende der Baracke kamen Franzosen und Indianer anmarschiert. Es war noch vollkommen dunkel, aber warm. Kamppuri sagte, die Sterne und der Mond würden unseren Weg auch in dieser Wildnis erhellen, denn wir hatten zunehmenden Mond.

Neben Harju stand ein Mann, den Harju am Oberarm gefasst hatte, groß, breitschultrig, schon ein wenig gebeugt, dessen Haaransatz ich in breiten Ausbuchtungen zum Schädel hin ansteigen sah, als er den Hut vom Kopf nahm. Harju ließ niemanden in den Bus einsteigen, solange noch nicht alle aus der Baracke herausgekommen waren, und rief uns auf Finnisch zu, der Mann, den er hier halte, sei Tikanmäki, der Vorarbeiter. Er würde mit uns in den Wald kommen und den neuen Männern ihre Hiebsflächen zuteilen.

Nun stieg Tikanmäki in den Bus, und Harju ließ auch uns andere hinein. Ich sah, dass das ein alter, gelb übermalter Schulbus war, und später hörte ich, dass Harju und Nevala diese Busse für ihr Unternehmen kauften, wenn der Staat damit keine Schüler mehr beförderte. Die Busse waren nicht registriert und durften nur über Waldwege vom Quartier zu den Hiebsorten fahren.

Wir setzten uns auf die harten, von Schülern und Waldarbeitern abgenutzten Bänke im hinteren Teil des Busses. Die Franzosen hatten die vorderen Bänke besetzt, Indianer gab es nur zwei, und die saßen schon auf der hinteren Bank. Wir alle hatten Motorsägen dabei, Harju hatte uns gegen Abend in die Werkstatt der Firma geführt, uns angewiesen, jeder solle sich eine Motorsäge aussuchen und lernen, damit umzugehen. Tikanmäki zählte die Männer, bevor der Bus abfuhr, und bedeutete dann dem Chauffeur loszufahren. Wir fuhren den Abhang hinauf zum Giebel des Sägewerks und hinunter zur Kantine. Wir stiegen aus, als Tikanmäki das befahl, und ließen die Sägen im Bus. Die Franzosen standen schon vor der Essenausgabe, als wir die Kantine betraten, bekamen ihre Portion und setzten sich zum Essen an die langen Tische.
Auch wir bekamen unser Frühstück und aßen. Dabei wurde nicht viel gesprochen. Das Geschirr konnten wir auf dem Tisch stehen lassen. Tikanmäki stand vom Tisch auf, noch ehe die Letzten ihr Essen bekommen hatten. Sie aßen im Stehen. Einige Franzosen gingen hinaus, ich saß noch da und aß meine Portion auf: helles Brot und gebratene Kartoffeln mit brauner Sauce. Der Kaffee war dünn und hatte die Farbe von Wasser. Auch als ich mir noch eine zweite Tasse holte, blieb davon kaum Kaffeegeschmack im Mund zurück. Ich sah, dass dieselben Mädchen, die gestern am Tage Harju, Kamppuri und mir das Essen gebracht hatten, in der Küche waren, und in der Küche waren sie auch am Abend gewesen, als Harju die Sägen verteilt und uns zum Abendessen in die Kantine kommandiert hatte. Ich schaute durch die Ausgabe in die Küche, wo das Indianermädchen in einem großen Zuber das Geschirr spülte. Ich rief ihr auf Finnisch guten Morgen zu, aber sie antwortete nicht.

Die zweite Tasse trank ich im Stehen neben der Essenausgabe, ging dann hinaus und stieg in den Schulbus. Es kamen noch Männer aus der Kantine, Tikanmäki stand im Bus neben dem Fahrer und zählte die Neuankömmlinge. Ich ging nach hinten auf die Bank, auf der meine Tasche und die Säge lagen, und nahm die Sachen auf den Schoß. Auch Kamppuri kam und packte sich seine Sachen auf den Schoß. Der Bus fuhr ab, als Tikanmäki das Zeichen gab. Es war immer noch so dunkel, dass ich vom Bus aus eine halbe Stunde lang nichts anderes sah als die Büsche am Wegrand und dahinter ein Stück dichten Wald, das, was die schwachen Scheinwerfer des Schulbusses uns zeigten.
Kamppuri versuchte, mit den Indianern englisch zu sprechen, aber sie fanden keinen Dialekt, den beide verstanden. Kamppuri kannte nicht sehr viele englische Wörter, aber er schwor mir, in einem Jahr ebenso gut englisch zu sprechen wie das Indianervolk. Das hielt ich für kein sehr anspruchsvolles Ziel. Der aus Toholampi versprach, er werde den Indianern Kamppuris Anliegen übersetzen, hielt es aber nicht für so wichtig, als dass es sich lohnen würde, dafür einen Dolmetscher zu bemühen.
Ich fragte den aus Toholampi, ob er die ganze Nacht in der Gesellschaft von Perkiö und Lintupelto verbracht habe, weil er sich nachts nicht im Camp hatte sehen lassen. Er erklärte, er habe nicht die Absicht, in der Baracke zu bleiben, er habe von seinem vorigen Aufenthalt hier im Dorf Bekannte, bei denen er sich schon einquartiert habe. Auch er glaubte nicht, dass Kamppuri und ich uns lange in der Baracke wohl fühlen würden, sagte uns aber nicht, warum.
Ich bemerkte es schon am Vormittag, als wir im Wald angekommen und die Hiebsflächen verteilt waren und die Motorsägen ihren Gesang anstimmten. Es dauerte nicht lange, und

meine Haut begann zu schwitzen und zu jucken. Zuerst dachte ich, die Mücken und Stechfliegen seien mir unter die Kleider gekommen, und rieb mich und meine Kleider mit Mückenöl ein, aber das Jucken wurde nur noch schlimmer. Ich zog mir das Hemd aus und sah, dass meine Brust und die Rippen voller kleiner Bissspuren waren, rote Flecke, so als hätte man mir den ganzen Körper mit einem in rote Farbe getauchten Pinsel betupft. Ich erinnerte mich, schon in der Nacht so etwas wie Juckreiz verspürt zu haben, aber ich war von der Reise und von dem ersten Tag in Nevaha so müde gewesen, dass ich wegen ein bisschen Jucken nicht bereit gewesen war, auf meinen Schlaf zu verzichten.

Abends untersuchte ich meinen Schlafplatz. Die Bettwäsche war voller Wanzen. Sie kamen durch die Wandritzen von den Franzosen herübermarschiert wie Demonstranten, und ich verstand jetzt, warum Perkiö die Ritzen abgetastet und mich bedauert hatte, weil ich das Bett neben der Wand bekommen hatte. Wanzen waren auch in Kamppuris Bettwäsche auf dem unteren Bett und an Kamppuri selbst.

Wir untersuchten das Viehzeug genau, weil wir bisher so etwas noch nie gesehen hatten. Wir hatten nur ältere Leute davon erzählen und Kriegsteilnehmer sich an die Armeen von Wanzen an der Front erinnern hören. Wir gingen und zeigten das Tier in der Kantine Nevala, dem zweiten Aktionär, der von seinen Maschinengeschäften aus Timmins zurückgekehrt war. Er sagte uns, das Tier sei eine Wanze, auf Englisch *bedbug*. Nevala meinte, wir sollten uns nicht darum kümmern. Die Firma führe schon seit vierzig Jahren Krieg gegen die Wanzen, habe aber immer verloren. Auch jetzt habe man vor unserer Ankunft aus Finnland das ganze Quartier mit Gift besprüht, sei aber die Wanzen nicht losgeworden. Nevala glaubte, die Wanzen entstünden aus den Franzosen oder den Indianern, wir hätten ja auch gesehen, wie sie hinter der Wand hervor zu uns herübermarschiert kamen. Er sagte, es gebe im Dorf auch Häuser ohne Wanzen, falls wir die Miete zahlen wollten, die die Firma dafür verlangte.

Wir wollten zunächst alles versuchen, um die Wanzen loszuwerden, bevor wir unser sauer verdientes Geld für die teure Miete ausgaben. Wir gingen in den Laden der Firma und zeigten dem Verkäufer das Tier. Der Verkäufer war fremdsprachig, kannte aber das Tier und den Namen, mit dem Nevala es bezeichnet hatte, also brachte er uns eine Dose Gift, nahm aber kein Geld dafür, obwohl ich es ihm anbot. Er sagte, es sei ein Geschenk der Firma.

Wir kehrten ins Quartier zurück und sprühten das Gift so lange auf die Ritzen, dass die Franzosen jenseits der Wand lautstark etwas zu rufen begannen, was wir nicht verstanden, aber das Geschrei verstummte, sobald wir mit dem Giftsprühen aufhörten. Wir trugen alles Bettzeug und die Matratzen nach draußen und schlugen die Tiere heraus, aber in der Nacht erwachte ich wieder von dem Jucken, und als ich das Licht anmachte, sah ich, wie die Wanzen die Wände und die Decke entlangspazierten.

Auch Kamppuri und andere Männer waren schon wach. Den Rest der Nacht saßen wir am Tisch und spielten leise Siebzehn und Vier mit Einsätzen von fünf Cents. Dabei fassten Kamppuri und ich den Entschluss, dass wir die dritte Nacht nicht mehr in Harjus und Nevalas Wanzenburg verbringen, sondern im Dorf ein eigenes Haus mieten würden, in dem wir die Fremdbewohner zuerst vergiften würden, bevor wir einzogen, und auch späteren Eindringlingen würden wir mit Gift den Garaus machen.

Am frühen Morgen erwachten auch schon die Schläfer in der Nähe der Eingangstür und beklagten sich, dass die Viecher sie bei lebendigem Leibe auffräßen. Wir fanden alle, dass es weder im Interesse der Firma noch in dem der Arbeitnehmer war, dass unsere Arbeitskraft von einer Armee von Wanzen, die uns in der für die Erholung vorgesehenen Zeit am Schlafen hinderte, geschwächt wurde.

7

Über ein neues Quartier sprachen wir mit Nevala und Harju gleich am nächsten Tag, als wir aus dem Wald kamen. Nevala wunderte sich, dass ich nicht bei Lintupelto, meinem Nachbarn, wohnen wollte.

»Oder will er dich nicht?«, fragte Nevala.

»Ich weiß nicht, wo er wohnt«, bekannte ich.

»Er arbeitet bei uns«, sagte Nevala. Ich erzählte, dass ich Lintupelto gestern getroffen hatte. Nevala fragte nicht weiter, kam und zeigte uns das Haus, das Kamppuri und ich mieten könnten. Auf dem Weg dorthin holten wir unsere Sachen aus dem Junggesellenheim. Nevala wartete unterdessen beim Sägewerk.

Als wir uns auf den Weg machten und zwischen den Häusern die Straße entlanggingen, sah ich, dass Nevala Mühe mit dem Gehen und offenbar Schmerzen in beiden Beinen hatte. Er war schon ein alter Mann und erzählte, dass er im Jahre 1928 als Fünfzehnjähriger ins Land gekommen sei. Demnach musste er schon neunundsechzig Jahre alt sein. Ich fragte ihn, wie man zu jener Zeit über den Ozean gekommen sei. Nevala hatte uns die ganze Reise von Teuva in Finnland bis nach Port Arthur erzählt, als wir vor unserem neuen Haus standen. Ich sagte, die Reise sei ihm ja gut im Gedächtnis geblieben, trotz der vielen Jahre, die seitdem vergangen waren. Nevala räumte ein, dass die Reise für einen fünfzehnjährigen Jungen aus Teuva, der die Sprache nicht beherrschte, eine so schlimme Erfahrung gewesen sei, dass er sie vor seinem Tod nicht vergessen werde, wenn überhaupt.

Das Haus lag an derselben Straße, an der wir die Reparatur von Perkiös Auto beobachtet hatten. Ich sah, dass Perkiös Auto nicht mehr auf dem Hof des Hauses stand. Wir ließen die Koffer draußen, Nevala öffnete die Tür und trat durch den Vorraum in die Stube. Darin befand sich gleich neben der Tür ein Herd, daneben ein Waschtisch und darauf eine große Schüssel und eine Wasserkanne, beim Fenster ein grünlicher Tisch und eine Bank sowie ein paar Stühle. Im Schlafraum gab es zwei aus Brettern gezimmerte Pritschen ohne Matratzen, an der Wand eine Garderobenleiste und einen aus gehobelten Brettern gezimmerten, ungestrichenen Einbauschrank. Kamppuri fragte nach der Miete, und Nevala nannte sie, er glaubte nicht, dass er davon etwas ablassen könnte, als ich danach fragte. Ich sagte, die Firma sei erfinderisch darin, uns einen Teil des Geldes, das sie uns für die Waldarbeit zahle, wieder abzunehmen. Nevala glaubte nicht, dass ich in Kanada eine kostenlose Wohnung finden könne, es sei denn, ich hätte vor, mich um Einquartierung in einem Staatsgefängnis zu bemühen. Auf eine solche Unterkunft hatte ich es in der Tat nicht abgesehen.

Kamppuri sagte, wir wollten das Haus nehmen, und so wurde es beschlossen. Nevala erklärte, die Miete würde vom Lohn alle zwei Wochen im Voraus einbehalten, abgesehen vom ersten Lohn, von dem die Miete rückwirkend und vorauswirkend abgezogen würde.

»Das ist dann auch genug Wirkung für zwei Männer und eine Firma«, sagte ich.

Nevala hing meinen Worten nach, suchte nach einer passenden Wendung, aber fand kein besseres Wort als ›vorauswirkend‹. Er gab mir den Hausschlüssel. Ich fragte nach Bettzeug. Das war nicht in der Miete inbegriffen. Nevala erklärte, dass es im Laden der Firma Matratzen gäbe, die auf die Pritschen passten, weil die Betten in der Tischlerei der Firma passend zu den Matratzen angefertigt worden seien. In dem Laden könnten wir auch Decken, Laken und Bezüge kaufen, falls wir ohne die nicht leben könnten.

Als Nevala gegangen war, breiteten wir alle Kleider und sonstigen Sachen aus den Koffern auf dem Hof aus und besprühten sie mit dem Mittel aus der Flasche, die wir am Vortag im Laden bekommen hatten. Als wir die Kleider ausschüttelten, kam es uns so vor, als flögen da Wanzen und Wanzeneier heraus. Perkiö und Lintupelto kamen von weitem herbei und stellten sich auf die Straße, um unsere Reinigungsaktion zu beobachten, dann kamen sie auf den Hof. Perkiö fragte, ob wir schon genug hätten von Nevalas und Harjus Wanzenburg. Ich forderte sie auf, sich an der Aktion zu beteiligen, da man in dem Haus erst gründlich sauber machen musste, bevor man dort einziehen konnte. Lintupelto konnte sich nicht erinnern, an einem Reinigungsdienst teilgenommen zu haben, seit er nach Ableistung seiner vollen Militärdienstzeit als Pionier aus Koria zurückgekehrt war.

Sie setzten sich auf die Treppe, rauchten und warfen die Kippen auf den Hof. Ich war erstaunt, dass Lintupelto in Kanada gelernt hatte wie ein Schwein zu leben, denn zu Hause hätten seine Mutter und die Großmutter ihn am Ohr in den Hof geschleift, wenn er auch nur einen einzigen Filter auf dem Kies vergessen hätte.

Perkiö fragte, ob Lintupelto in der Heimat unter dem Kommando der Weiber gestanden habe. Lintupelto spuckte gewaltig aus, er kommentierte das nicht, und auch ich fing nicht an, Perkiö und Kamppuri seine Angelegenheiten auseinander zu setzen, obwohl ich vermutete, dass Kamppuri davon gehört hatte. Perkiö sagte, er habe geglaubt, dass Lintupelto in der Heimat Ringer gewesen sei, der zumindest seinen eigenen Worten nach fast ebenso gut gedreht und geschoben habe wie die Brüder Övermark.

»Ich hab an Länderkämpfen teilgenommen«, sagte Lintupelto. Perkiö fand, Ringen habe viel verloren, nachdem Regeln eingeführt worden waren, die den Kampf zeitlich begrenzten. Früher hätten die Meister so lange ringen müssen, bis einer der Kontrahenten auf den Schultern lag. Der Kampf von Kaarle Lehto gegen den Esten Hackenschmidt in Duluth im Jahre 1910 hatte 29 Minuten und 30 Sekunden gedauert, und im selben Jahr trat Lehto gegen den Polen Zbyszko in Houghtan im Jackenringen an, wobei es bis zum ersten Schultersieg eine Stunde und zehn Minuten und bis zum zweiten 31 Minuten gedauert hatte.

»Lehto hat beide Kämpfe verloren«, sagte Lintupelto. Er erklärte uns das Jackenringen. Die Männer trugen dabei Jacken aus festem Stoff, die an der Vorderseite mit starken Schnüren befestigt waren, damit die Ringer sie gut packen konnten.

Ich fragte nach den Matratzen und Decken, die wir laut Nevala im Laden der Firma kaufen sollten. Perkiö lachte und riet uns, im Laden der Firma Kissen und Kissenbezüge zu besorgen, auch Laken. Ich begriff, dass er es nicht für ratsam hielt, das Bettzeug im Laden der Firma zu kaufen.

»Müssen wir im Bett auf den Bodenbrettern liegen?«, fragte Kamppuri.

»Schneidet euch am Seeufer Gras als Unterlage«, sagte Lintupelto. Ich glaubte nicht, dass bloßes Gras uns als Lager genügen würde. Perkiö versprach, uns Matratzen und Decken für die Hälfte des Preises zu beschaffen, den Nevala und Harju in ihrem Laden den Leuten abknöpften, und uns beiden als Draufgabe noch ein Kissen und eine Decke zu schenken. Darauf einigten wir uns.

Es dämmerte schon, wir gingen hinein und brachten unsere Sachen vom Hof in die Kammer. Perkiö und Lintupelto setzten sich an den Tisch in der Stube und fingen an zu bechern, nachdem Perkiö einen Flachmann aus der Tasche gezogen hatte. Sie fragten, wie uns der erste Arbeitstag und die aus der kanadischen Kiefer geschnittenen Sägespäne geschmeckt hätten. Ich sagte, wir seien schon zwei Tage im Wald gewesen. Nach Ansicht von Perkiö und Lintupelto war das erst der Anfang einer endlosen Reihe von Tagen. Sie leerten am Tisch Perkiös Flasche, boten uns aber nichts an.

»Wolltet ihr uns die Matratzen schon für diese Nacht bringen?«, fragte ich.

Perkiö war schon ziemlich aufgekratzt und sagte, ich solle mir jetzt, wo ich im großen Westen in die Gesellschaft richtiger Männer gekommen war, keine Sorgen machen, denn hier brauchte ich keine Restrollen, die sich aus den Papierholzflößen gelöst hatten, im flachen Uferwasser der Insel Kärnänsaari einzusammeln. Er würde mir und Kamppuri alles besorgen, was ein kräftiger Mann im Bett brauchte, Matratzen und Bettzeug und sogar eine Bettgenossin, wenn wir uns über die Preise einigten.

Lintupelto warnte uns vor Perkiös Frauen, die allesamt kranke und versoffene, zu Prügeleien neigende Indianerfrauen waren, die ihren Verstand im Alkohol ertränkt hatten und nur noch hier in dem gottverlassenen Waldwinkel akzeptiert wurden.

Sie gerieten in Streit, als Perkiö fragte, ob Lintupelto von ihm schon mal untaugliche Ware bekommen habe. Ich sagte, ich hätte nicht die Absicht, Frauen zu kaufen, das hätte ich noch nie gemacht und glaubte auch nicht, dass ich jemals in die Lage kommen würde, meine Zuflucht bei käuflichen Frauen suchen zu müssen. Auch Kamppuri meinte, sein Aussehen wäre eine sichere Grundlage, auch in Kanada ohne Bezahlung eine Bettgenossin zu finden.

Perkiö vermutete, dass wir noch lange zu zweit in unserer Schlafkammer liegen würden.

8

Ich fragte, wo Perkiö sich das Bein verletzt habe. Er behauptete, Kriegsinvalide zu sein, sein halber Unterschenkel und der Fuß seien in der Schlacht am Fluss Taipaleenjoki geblieben. Lintupelto fing an zu lachen, weil er nicht glaubte, dass Perkiö den Taipaleenjoki auch nur gesehen hatte. Auch ich hielt Perkiö für zu jung, als dass er an diesen Spielchen hätte teilgenommen haben können.

Ich sagte, ich ginge in die Kantine der Firma essen, und bat Kamppuri mitzukommen, da wir tagsüber im Wald nur Trockenverpflegung gehabt hatten. Ich fragte, ob Lintupelto und Perkiö im Haus bleiben wollten. Kamppuri überlegte, ob wir es wagen könnten, ihnen das Haus zu überlassen, aber Lintupelto versprach, sie würden unsere verwanzten Klamotten nicht klauen und auch nicht die schlecht gezimmerten Möbel der Firma, weder den gusseisernen Herd noch den Waschtisch, wenn wir sie als Hüter des Hauses zurückließen.

»Das Essen von Nevala und Harju rühren wir nicht an«, sagte er.

Sie begannen zu überlegen, wie zwei junge Männer in Kanada die Sommernacht verbringen könnten. Lintupelto meinte, sie sollten Perkiös Auto nehmen, das mit großem Aufwand repariert und gereinigt worden war und das nur darauf wartete, auf die Landstraße zu kommen, in die schöne Stadt Loulle fahren und dort die Freuden von Tisch und Bett genießen. Perkiö fand den Gedanken gut. Ich hörte mir ihr Gerede an, wollte aber nicht mitfahren, obwohl Perkiö sagte, dass auf der Rückbank des Wagens für uns genügend Platz sei. Auch Kamppuri wollte heute nicht weiter als bis zur Kantine fahren, sein Kalender sagte ihm, dass für ihn morgen ein gewöhnlicher Arbeitstag war.

Lintupelto forderte ihn auf, den aus der Heimat mitgebrachten Kalender zu vernichten, hier würde nicht danach gearbeitet, hier wehten die Winde der Freiheit, und jeder Mann sei sein eigener Herr. Arbeitstage seien die Tage, die der Mann selbst für die Arbeit vorsah, und auch über die freien Tage entschied der Mann selbst und scherte sich nicht um das, was die Pfaffen über die Feiertage verfügt hatten.

Jetzt begannen sie darüber zu streiten, wer das Auto holen und wer es nach Loulle fahren sollte. Perkiö jammerte, dass Lintupelto und seine Kumpels seine Prothese nicht in Ordnung gebracht hatten. Das Auto sei zwar repariert, die Schnalle aber noch immer kaputt, sodass er die Prothese am Stumpf mit Schnüren und Lederriemen hatte befestigen müssen, die er im Lager des Sägewerks besorgt hatte.

»Hast du auch nicht vergessen, sie zu bezahlen?«, fragte Lintupelto.

Nach Perkiös Ansicht waren Nevala und Harju ihm die Schnüre und Riemen schuldig, weil er sein Bein bei der Arbeit für die Firma verloren hatte. Ich meinte mich zu erinnern, dass Perkiö das Bein am Taipaleenjoki eingebüßt hatte. Perkiö erklärte, das Bein sei zum ersten Mal dort, bei den Mühen des Krieges, gebrochen. Lintupelto glaubte nicht, dass Perkiö an

den Strapazen des Krieges teilgenommen habe, ebenso wenig wie an irgendwelchen anderen Strapazen.
Ich sagte, ich würde jetzt gehen, ich hätte keine Zeit, mir den ganzen Abend ihren Streit darüber anzuhören, wer das Auto holen solle und wo Perkiö sich das Bein gebrochen habe, denn Kamppuri und ich müssten in die Kantine gehen, solange dort noch Essen ausgegeben wurde. Lintupelto winkte ab. Wir seien frei zu gehen, sie würden jedenfalls erst gehen, wenn die Zeit dafür gekommen sei. Kamppuri fand, dass wir Perkiö und Lintupelto nicht allein im Hause lassen könnten.
»Ihr müsstet die Tür offen lassen, und dann kann jeder x-Beliebige ins Haus«, erklärte er im Ernst.
Lintupelto sagte, das Haus habe vier Monate leer gestanden.
»Wieso sollte ausgerechnet heute Abend jemand kommen?«, fragte Lintupelto.
»In der Schlafkammer befindet sich meine gesamte irdische Habe«, erklärte Kamppuri.
»Die interessiert niemanden«, sagte Lintupelto.
Perkiö forderte uns auf, den Haustürschlüssel einem vertrauenswürdigen Mann auszuhändigen, nämlich ihm. Er würde beim Fortgehen die Tür abschließen und uns den Schlüssel irgendwie zukommen lassen. Ich sah, dass sie mit Kamppuri nur redeten, um die Zeit totzuschlagen. Also sagte ich, dass ich jetzt gehen würde und dass Kamppuri mitkommen solle. Lintupelto und Perkiö könnten so lange in der Stube sitzen, wie ihr Hintern es aushielt, und dann ihrer Wege gehen, die Tür könnten sie offen lassen oder schließen, aber die Zigarettenkippen sollten sie vor dem Gehen ausdrücken. Perkiö beglückwünschte Lintupelto zu seinem Landsmann aus Lappajärvi, der offenbar auch mit seinem oberen Ende denken konnte. Ich erwiderte, dass ich erwartete, in der Nacht in ei-

nem Bett mit ordentlicher Matratze, einer Decke und einem Kissen schlafen zu können, den Kaufpreis würde ich sofort nach Lieferung der Ware entrichten. Perkiö versprach, die Betten würden uns frisch gemacht erwarten, wenn wir vom Essen zurückkämen.

Ich ging hinaus, und Kamppuri kam mit. Er brachte es fertig, den ganzen Weg vom Haus bis zur Kantine des Sägewerks zu jammern, ob wohl Perkiö unsere Sachen durchwühlen und etwas aus den Koffern nehmen würde. Lintupelto, glaubte er, würde nichts mitgehen lassen. Das ging mir auf die Nerven, und ich fragte ihn, ob er sich mit Sicherheit an all seine Sachen erinnern würde, sodass wir ein Inventar von den Unterhemden bis zu seinen alten Fußlappen erstellen könnten, wenn wir aus der Kantine zurückkehrten.

In der Kantine wurde schon gegessen, als wir dort ankamen. Vor der Essenausgabe gab es keine Schlange, und dahinter niemanden, der Essen ausgeteilt hätte. Die Ausgabe war offen, und ich rief ein Hallo in die Küche hinein. Das Indianermädchen tauchte von irgendwoher auf und sagte etwas auf Englisch zu mir, das ich nicht verstand.

»Reden wir Finnisch«, sagte ich.

»Was will«, sagte sie.

Ich ließ mir den Satz einen Augenblick auf der Zunge zergehen.

»Wir sind gekommen, um zu essen«, sagte ich.

»Welche Name?«, fragte sie.

»Derselbe wie bisher«, entgegnete ich. Das verstand sie nicht und fragte auf Englisch. Ich nannte meinen Namen und auch Kamppuris, das Mädchen nahm vom Regal eine Namensliste, auf der sie bei mir und Kamppuri einen Strich machte. Dann gab sie uns fertig portioniertes Essen auf einem Teller mit Fächern und füllte Milch in Gläser. Auf dem Teller waren gekochte Kartoffeln, Fleisch, Bohnen und braune Sauce. Ich sagte auf Englisch, dass es auf ihrer Speisekarte anscheinend nicht sonderlich viele Gerichte gebe. Das Mädchen fragte, wo ich Englisch gelernt habe, und ich erzählte, dass ich in meiner Jugend englische und amerikanische Rockbands auf einem alten Grammophon in der Kartoffelmiete gehört hätte. Sie meinte, so höre mein Englisch sich auch an. Was das Essen anginge, habe sie so etwas schon mal zu hören bekommen, ich solle mich an die Chefs wenden, wenn ich mich darüber beklagen wolle. Ich bat sie, dasselbe noch einmal auf Finnisch zu sagen, aber sie fing nicht an, finnisch zu sprechen. Ich fragte, welches der längste Satz sei, den sie auf Finnisch sagen konnte. Sie wusste es nicht. Welches der kürzeste sei, fragte ich. Sie versprach, bis morgen darüber nachzudenken. Kamppuri schubste mich beiseite und beklagte sich, ich würde mich so lange unterhalten, bis die Essenausgabe ganz eingestellt wurde.

Beim Essen überlegte ich, wie viel Finnisch das Indianermädchen wohl konnte. Wir saßen mit zwei Männern aus Alahärmä am Tisch, die behaupteten, aus Rachels Mund noch nie ein Wort Finnisch gehört zu haben. Kamppuri war sich nicht sicher, ob das Mädchen finnisch gesprochen hatte, und die aus Alahärmä vermuteten, ich hätte das schlechte Englisch des Mädchens für schlechtes Finnisch gehalten. Ich ließ sie in dem Glauben, obwohl ich überzeugt war, dass das Mädchen besser Englisch sprach als die beiden aus Alahärmä zusammengenommen.

Der aus Toholampi kam aus dem hinteren Teil des Speiseraums und erzählte, er habe gehört, dass auch wir das Quartier gewechselt hätten und dass er uns im Junggesellenheim gesucht habe. Ich erzählte ihm, wir hätten eine ehrenvolle Niederlage gegen einen übermächtigen Feind erlitten. Der aus Toholampi berichtete, der Kampf im Junggesellenheim gehe weiter, die Hälfte des Hauses, wo die Franzosen und Indianer wohnten, sei wieder mit Gift besprüht worden. Kamppuri glaubte nicht, dass das helfen würde, da die Wanzen aus den Franzosen und den Indianern entstünden.

Ich holte mir an der Essenausgabe von Rachel dünnen Kaffee und fragte sie, wann sie freihabe. Sie entgegnete, ihre Arbeit sei umso eher getan, je weniger Zeit sie für leeres Gerede an der Essenausgabe verschwende. Ich fragte sie noch, wo sie Finnisch gelernt habe.

»Schluss«, sagte sie und schlug mir die Klappe vor der Nase zu. Ich trank den Kaffee im Stehen vor der Durchreiche und wartete darauf, dass Rachel sie wieder öffnen würde, aber sie blieb geschlossen. Ich ging zu dem Tisch, wo Kamppuri und der aus Toholampi sowie die aus Alahärmä saßen. Sie sprachen über die Autorennen von Keimola, die die aus Alahärmä regelmäßig besucht hatten, bevor sie nach Kanada gingen. Sie beklagten, dass Nevaha so fernab der gebildeten Welt lag, dass man von hier aus kein Autorennen besuchen konnte. Mir war erinnerlich, dass auch Alahärmä fernab von Keimola lag.

9

Der Ältere der beiden aus Alahärmä erzählte mit ernster Stimme und im Dialekt von Härmä, wie er im vorigen Sommer vor der Kanadareise mit seinen Brüdern zu dem Rennen nach Keimola mit einem alten Anglia gefahren war, den sie im Winter billig von dem alten Schrotthändler Rinta-Jouppi in Seinäjoki erworben hatten. Der hatte den Wagen deshalb billig verkauft, weil daran die Vorspur nicht stabil blieb und er Vorderreifen fraß wie ein hungriger Wolf.

»Anniweh«, sagte der aus Alahärmä und erzählte, dass sie, als sie aus Alahärmä abfuhren, im Gepäckraum vier Reifen mit Felgen und auf dem Rücksitz vier weitere hatten. Sie glaubten, dass sie damit von Alahärmä nach Keimola und zurück kommen würden.

Da das Auto voller Reifen war, hatte der dritte Bruder mit dem Zug nach Helsinki fahren müssen. Die Rücksitze würden sich ihrer Berechnung nach auf der Hinfahrt leeren, sodass er auf dem Rückweg im Auto mitfahren konnte. Bis zum Bahnhof Kauhava hatte der dritte Bruder auf dem Rücksitz oben auf den Reifen gelegen und in Kauhava den Zug genommen. Die Vorderreifen hatten zum ersten Mal in Seinäjoki gewechselt werden müssen, der linke war auf der Steigung von Itikka in voller Fahrt explodiert, und sie hatten den Wagen nur mit Mühe auf der Landstraße halten können. Auch vom rechten Vorderreifen waren zu diesem Zeitpunkt nur noch Faserfetzen übrig, die den Luftreifen zusammenhielten, und sie hatten auch diesen Reifen gewechselt. Luftreifen und Felgen hatten sie mitgenommen, die äußeren Reifen auf die Anhöhe von Itikka geschmissen.

In Jalasjärvi hatten zwei junge Anhalterinnen an der Straße gestanden, sie wollten nach Hämeenlinna und waren bereit, auf den Ersatzreifen auf dem Rücksitz und mit den leeren Felgen auf dem Schoß zu sitzen, aber bei Hämeenkyrö war wieder der eine Vorderreifen explodiert, der Wagen von einer Seite der Landstraße zur anderen geschlingert und beinahe gegen einen entgegenkommenden Lkw gestoßen. Sie wechselten beide Vorderreifen aus, und die Mädchen versuchten, andere Autos anzuhalten.

»Anniweh«, sagte der aus Alahärmä, und mir wurde klar, dass das *anyway* bedeuten sollte.

Die Mädchen hatten gesagt, dass sie persönlich nichts gegen die Brüder hätten, die anständige Menschen zu sein schienen, aber sie verstanden die Lebensphilosophie der Brüder nicht. Die Brüder hatten sie bei Valkeakoski eingeholt, aber die Mädchen waren nicht eingestiegen, obwohl die Brüder gehalten hatten. Sie hatten den Mädchen die Mitfahrt angeboten, weil sie sie schon kannten. Die aber hatten gesagt, sie würden lieber zu Fuß nach Hämeenlinna gehen.

Das dritte Paar Reifen hatten die Brüder bei der Brücke von Sääksmäki aufgezogen, und es war schwierig gewesen, den Wagen über die Brücke und von der Brücke herunter an den Straßenrand zu schieben. Die Mädchen waren in dem Cortina eines Handlungsreisenden vorbeigefahren, als die Brüder nahe der Brücke die Reifen wechselten und überlegten, ob die vier Reservereifenpaare bis Keimola reichen würden. Der Vertreter hatte angehalten und gesagt, dass die Mädchen ihn darum gebeten hätten. Sie hatten keinerlei Eile und warteten, bis die Brüder die Reifen gewechselt, die äußeren Teile der alten Reifen abgerissen und die Felgen im Auto verstaut hatten. Der Vertreter erzählte, er habe eine weite Reise hinter sich, sein Gebiet sei Finnland nördlich der Linie Pori-Tampere-Kuopio-Joensuu, es gebe also reichlich Kilometer zu fressen und Staub zu schlucken.

Die Brüder waren enttäuscht, dass sie nicht erfahren hatten, welche Branche der Reisende vertrat, da er nicht über seine Arbeit gesprochen hatte. Er hatte nur erzählt, dass er die Mädchen überredet hatte, mit ihm bis Helsinki zu fahren. Er hatte ihnen auch eine Unterkunft bei sich zu Hause angeboten und versprochen, am Abend mit ihnen ins Fennia tanzen zu gehen. Die Mädchen hatten gesagt, dass sie dem Vertreter kein Wort glaubten, aber dennoch gerne bis Helsinki mitfahren würden, weil der Sommer schön und Helsinki eine Sommerstadt war.

Der Vertreter hatte seine Visitenkarte überreicht und die Brüder aufgefordert, ihn anzurufen, falls sie in Helsinki kein Nachtquartier finden sollten, bei ihm gebe es genügend Platz. Sie hatten dem Vertreter gesagt, dass noch ein dritter Bruder mit dem Zug nach Süden komme. Der Vertreter hatte versprochen, dass sich auch für ihn ein Schlafplatz finden werde, und den Eindruck eines fairen Mannes gemacht.

Die Brüder hatten die Visitenkarte jedoch noch auf der Hinfahrt verbummelt und im Auto auf dem Parkplatz von Keimola übernachten müssen, den sie mit dem letzten Paar Reservereifen erreicht hatten. Der dritte Bruder war mit dem Taxi vom Bahnhof in Helsinki nach Keimola gekommen, und

sie hatten die Nacht im Auto sitzend verdöst. Am nächsten Tag hatten sie mit großer Begeisterung das Rennen verfolgt.
»Anniweh«, sagte der aus Alahärmä: Nach Alahärmä waren sie mit dem Zug zurückgekehrt. Den Anglia hatten sie in Keimola stehen lassen müssen, von wo sie ihn erst im Herbst mit einem Lkw abholten. Als sie hinkamen, waren Reifen und Felgen abmontiert, das Auto lag bäuchlings auf dem Asphalt des Parkplatzes, aber auf dem Rücksitz und im Gepäckraum lagen noch die acht Felgen. Für vier davon kauften sie in Kerava runderneuerte Reifen, zogen sie auf die Felgen, und zusammen mit dem Lkw-Fahrer bekamen sie den Anglia so weit angehoben, dass sie die Reifen befestigen konnten. Mit dem Anglia nach Alahärmä zu fahren wagten sie nicht, sie brachten ihn mit dem Lkw nach Hause.
Die aus Alahärmä überlegten nun, wohin der Anglia wohl geraten sein mochte, und dann fiel ihnen ein, dass sie ihn an irgendwelche Gammler in Lapua verkauft hatten, die meinten, die Vorspur einstellen zu können.
Danach hatten die aus Alahärmä nichts mehr von dem Anglia und denen aus Lapua gehört. Sie wussten auch nicht, wie es den Anhalterinnen und dem Handlungsreisenden ergangen war.

10

Lintupelto und Perkiö waren fort, als wir zum Haus zurückkehrten, aber im Schlafraum lagen auf beiden Betten Matratzen, Decken und Kissen ordentlich aufgetürmt und auf den Kissen Laken und Bezüge. An der Wand war ein Zettel befestigt, auf den Perkiö Grüße geschrieben und uns in unserer neuen Behausung schöne Träume gewünscht hatte. Das Geld, so schrieb er, habe er von Lintupelto bekommen, dem wir es erstatten könnten, sobald wir reich geworden waren.

Wir machten unsere Betten, saßen dann in der Stube und schauten zum Fenster hinaus. Wir hatten nichts mehr zu reden, die wichtigsten Dinge hatten wir schon auf dem Heimweg besprochen. Kamppuri sagte, er wolle sich hinlegen und ging in die Kammer. Ich saß in der Stube und rauchte und sah, wie die Mädchen aus der Kantine des Sägewerks kamen und in Richtung der Häuser gingen. Ich sagte Kamppuri von der Kammertür aus, dass ich hinausgehen würde, und Kamppuri meinte, die Mückenschwärme würden mich bald wieder zurückbringen. Ich sagte, ich würde die Tür abschließen, aber wohl nicht lange bleiben.

Kamppuri stand vom Bett auf, nahm seinen eigenen Schlüssel aus der Tasche seines Pullovers und sagte, er lege ihn auf den Stuhl neben sein Bett, damit er ihn im Falle eines Brandes nicht in höchster Not in dem verschlossenen Haus suchen müsse. Ich fragte nicht, wie in einem ungeheizten Haus mitten im Sommer ein Brand entstehen sollte, denn Kamppuri hätte sofort tausend Gründe gewusst, Blitzschlag aus heiterem Himmel, ein brennender Zweig, der von einem fernen Waldbrand herübergetragen wird, ein Funke, den der Wind aus dem Schlot einer Lokomotive herüberweht, oder ein Kurzschluss in den alten elektrischen Leitungen.

Draußen war es schon völlig dunkel, nur die Lichter des Sägewerks zeigten ein Stückchen von den Dorfstraßen, und an den Lichtern der Häuser sah ich, wie die Straßen verliefen. Ich kürzte den Weg ab und ging zwischen den Häusern hindurch in die Richtung, die ich die Mädchen hatte einschlagen sehen, die Gasse, die direkt am Waldrand entlangführte. Vom Sägewerk klang das Kreischen der Gattersägen herüber. Auf dem Hof des letzten Hauses stürzte sich ein Hund auf mich, als ich den Hof überquerte. Er machte ein Heidenspektakel und versuchte, auf mich loszugehen, ich sagte ihm, er solle verschwinden. Ich brüllte ihn an, und aus dem Haus kam ein Mann auf die Treppe, der fragte, wer da über den Hof gehe.

Ich forderte ihn auf Finnisch auf, seinen Hund zurückzupfeifen. Der Mann fragte auf Finnisch, was ich auf seinem Hof mache. Es war Matti, der Perkiös Auto repariert hatte. Ich sagte, ich wolle meine neue Heimat kennen lernen, woraufhin Matti meinte, das solle ich besser am Tage tun. Aus dem Haus kam jetzt Linda auf die Treppe heraus, und sie ließ die Haustür weit offen. In dem Lichtkegel sah ich, dass Matti ein Gewehr in der Hand hielt. Linda leuchtete mit einer Taschenlampe auf den Hof, der Hund knurrte und wollte sich auf mich stürzen. Er war nicht groß, ein magerer Köter, der wie ein glatthaariger Jagdhund aussah. Ich packte ihn am Nackenfell und hob ihn auf Augenhöhe zu mir hoch. Der Hund schrie und heulte. Ich sagte ihm mit strenger Stimme, dass er allen Grund habe, sich an mich zu erinnern, denn beim nächsten Mal würde ich ihm mit dem Finnenmesser die Gurgel durchschneiden und ihm das Fell über die Ohren ziehen.

Ich ließ den Hund von hoch oben herunterfallen, und er verkroch sich heulend unter der Treppe. Den Hausherrn forderte ich auf, seine Knarre wegzulegen, da ich gleich auf dem öffentlichen Weg sein würde.

»Elvis, Elvis«, lockte Linda den Hund unter der Treppe hervor.

Ich wartete nicht ab, ob Elvis es wagen würde, wieder zum Vorschein zu kommen. Vom Hof kam ich auf den Weg, der am Waldrand entlangführte, und schlug den Weg zum Sägewerk ein. In vielen Häusern brannte noch Licht, und an dem wabernden blauen Licht sah ich, dass in allen Häusern Fernsehen geguckt wurde oder der Fernseher einfach nur an war.

Am Morgen fragte mich das Indianermädchen, als sie mir das Essen gab, ob ich aus dem Kampf mit Elvis als Sieger hervorgegangen sei. Ich sagte, ich sei an neuerer Musik interessiert, sie wollte wissen, wer ihr von Elvis erzählt habe, aber sie bedeutete mir nur, ich solle von der Essenschleuse weggehen, damit sie Kamppuri sein Frühstück geben könne.

Am Tisch fragte mich Kamppuri, welchen Kampf das Mädchen meine, und wer Elvis sei. Ich forderte ihn auf, sich mit der Geschichte des Rock'n' Roll vertraut zu machen. Er behauptete, alles darüber zu wissen, und erinnerte sich, wie er mit den Kumpels aus dem Dorf im Sommer samstags über Sääksjärvi nach Veteli zum Tanzboden von Räyrinki gefahren war und wie sie auf dem Radiorecorder des Lada so laut Led

Zeppelin abgespielt hatten, dass die Wälder widerhallten, und wie sie alle mitgegrölt hatten:

»I'm gonna give you my love/I'm gonna give you my love/ Wanna whole lotta love«.

Ich sagte ihm, er solle sich mit Lintupelto über Led Zeppelin unterhalten, denn auch Lintupelto hatte vor seiner Reise nach Kanada in der Stube sein Kofferradio immer *For Your Life* der Zeppelins brüllen lassen, sodass seine Mutter sich in Stallarbeiten flüchtete, obwohl sie das Morgenmelken schon Stunden zuvor erledigt hatte:

»Do you wanna? Do you wanna do it?/Do it when you wanna./Do you wanna? Do you wanna do it?/Do it when you wanna.«

Am Vormittag kam Tikanmäki auf meine Hiebsfläche, als ich mich gerade hingesetzt hatte und meinen Proviant aß. Er sagte, die Männer vom Transport würden am Vormittag die Stämme holen kommen, weil die Säge nach Fressbarem schreie. Er betrachtete die Lichtung, die ich in die kanadischen Wälder geschlagen hatte, und befand meine Leistung für gut. Ich hatte ein Mückenfeuer angezündet, und Tikanmäki saß am Feuer und rauchte, bis ich meinen Proviant verzehrt und eine Zigarette geraucht hatte. Er erzählte, dass er seit den Fünfzigerjahren bei Harju und Nevala arbeite, so sei er damals in dieses Land gekommen. Zu jener Zeit habe es viele Einschlagstellen im Wald gegeben, der alte Harju sei noch am Leben gewesen, und jeder seiner vier Söhne habe ein eigenes Sägewerk besessen und es unter dem Kommando des Vaters geführt. Die Einschlagplätze hätten in der Wildnis am Ende von weglosen Strecken gelegen und die Männer den ganzen Winter über in Blockhütten gelebt, die Baumstämme hätten sie zu großen Poltern auf dem Eis des Sees aufgetürmt, wo sie auf den Frühling und den Beginn des Flößens warteten. Damals gab es im Sommer keine Arbeit, und die Lumberjacks trieben sich überall in Ontario herum und warteten auf den Beginn der Holzfällerarbeiten.

Ich saß so am Feuer, dass der Rauch die meisten Mückenschwärme vertrieb, Tikanmäki schlug sich mit einem Birkenzweig wie in der Sauna, rieb sich Mückenöl auf Hände, Gesicht, Nacken und Kleider und segnete den Vietnamkrieg, bei dem die chemische Industrie auf Kosten der Armee Mittel hatte entwickeln können, mit denen die Moskitos des vietnamesischen Dschungels abgewehrt wurden. Er erzählte, dass die Sommer hier in der kanadischen Wildnis vor dem Vietnamkrieg für den weißen Mann eine einzige Hölle gewesen seien. Die Indianer litten nicht unter den Mücken, weil sie sich in tausenden von Jahren daran gewöhnt hatten, und die Franzosen wurden von den Mücken nicht behelligt, weil sie sich nur selten wuschen. Ich sagte, das hätte ich schon einmal gehört und glaubte es angesichts der Kolonnen von Wanzen, die im Junggesellenheim von den Franzosen in mein Bett herübermarschiert waren.

Tikanmäki fragte nach Lintupelto.

»Der hat mich gestern Abend besucht«, sagte ich.

»Wo ist er jetzt?«, fragte Tikanmäki. Ich sagte, er sei mit Perkiö weggegangen, als Kamppuri und ich zum Abendessen in der Kantine waren. Tikanmäki glaubte nicht, dass Lintupelto in der nächsten Zeit in der Lage sein würde zu arbeiten, wenn er sich in die Gesellschaft von Perkiös Männern verirrt hatte.

»Sie haben von einer Fahrt nach Loulle gesprochen«, sagte ich.

»Da bleiben sie tagelang hängen«, klagte Tikanmäki und erzählte, er habe für Lintupelto einen Einschlagplatz reserviert.

»Der läuft freilich nicht weg«, sagte er dann. Er bat mich, Lintupelto so bald wie möglich auszurichten, er solle zur Arbeit kommen. Nevala habe aus Timmins eine neue Arbeitsmaschine, einen Harvester, mitgebracht, wie die Firma sie bisher nicht besessen hatte, und er habe angeordnet, sie Lintupelto zu geben, weil der sich mit der neuen Maschine sicher schnell vertraut machen werde. Ich erzählte, dass ich schon vor meiner Ankunft in Kanada Forstmaschinen gefahren hätte, aber Tikanmäki glaubte mir nicht, dass man in Finnland zum Holzfällen schon Maschinen einsetzte, da er meinte, Finnland sei für solche Maschinen ein viel zu kleines und armes Land, und es gebe dort nur wenig Wald. Also versprach ich, Raimo Lintupelto zu Tikanmäki zu schicken, sobald ich ihn sah.

11

Tikanmäki sagte, er gehe sich jetzt die Hiebsflächen der anderen ansehen und das Holz messen, bevor die Transportleute kämen. Ich fragte noch nach Nevala.

»Ich hab ausgerechnet, dass er neunundsechzig Jahre alt sein muss«, sagte ich. Auch Tikanmäki schätzte, dass Nevala auf die Siebzig zuging, er hatte mit dem alten Harju zusammen Nevaha gegründet, und die beiden Männer hatten den Namen der Firma aus ihren eigenen Namen gebastelt. Sie hatten immer behauptet, ein Name, der an einen warmen Südstaat erinnere, würde es ihnen erleichtern, Männer für die Winterwälder Kanadas anzuwerben, denn es gab viele, die für den Winter gerne nach Nevaha kommen wollten.

Tikanmäki wusste, dass Nevala seinen Anteil vor einigen Jahren an Harjus Sohn verkauft hatte, der einen Teil der Firma von seinem Vater geerbt und seine Brüder allmählich herausgekauft hatte. Nevala hatte, so wusste Tikanmäki, einen Vertrag geschlossen, nach dem er bei vollem Lohn so lange arbeiten durfte, wie er wollte und konnte. Die Firma hatte für die Besitzer und auch für die Mitarbeiter nämlich niemals Rentenbeiträge in einer Höhe eingezahlt, die es Nevala erlaubt hätten, seinen Lebensunterhalt mit einer Rente zu bestreiten.

Ich vermutete, dass er für seinen Anteil jedoch so viel bekommen hatte, dass er bis an sein Lebensende finanziell abgesichert war. Tikanmäki glaubte nicht, dass die Firma etwas anderes zu verkaufen hatte als die Einschlagslizenzen für die kanadischen Bruchwälder. Die hatten Harju und Nevala während des Zweiten Weltkriegs vom kanadischen Staat bekommen, als alle Kräfte gebraucht wurden, um die Deutschen zu besiegen. Die Sägewerke von Harju und Nevala liefen Tag und Nacht auf Hochtouren, denn die kanadische Armee brauchte endlose Mengen von Schnittholz für ihre Baracken und Schanzarbeiten in Europa und für ihre Schulungszentren auf dem amerikanischen Kontinent. Die Einschlagslizenzen hatte man von der Firma nie zurückgefordert, und jetzt waren sie Gold wert. Auch Tikanmäki glaubte, dass Nevala, als er sie an Harjus Sohn verkaufte, genug bekommen hatte, um sein Dasein als Rentner zu finanzieren.
Als Tikanmäki ging, erinnerte er mich noch einmal an Lintupelto, auf den der Harvester wartete. Ich dagegen erinnerte ihn daran, dass es in der Firma noch andere Männer gab, die die Maschine bedienen konnten.
»Die bekommt keiner, der nicht damit vertraut ist«, sagte Tikanmäki.
»Lintupelto hat so ein Ding bisher noch nie gesehen außer auf Fotos«, sagte ich.
»Aber du, ja?«, versetzte er.
Am Nachmittag kamen die Männer mit den Lastwagen. Sie schleppten die Stämme mit der Hubwinde und einer langen Stahltrosse zum Wegrand, und ich musste den Einweiser spielen. Es waren zwei Fahrer, und sie sprachen Englisch, sodass wir uns über den größten Teil der Aufgaben durch Handzeichen verständigen mussten. Der Gehilfe half beim Einweisen,

der Fahrer betätigte die Winde und dann den Kran, als die Stämme beim Lastwagen am Weg angelangt waren. Der Hilfsmann zählte währenddessen etliche finnische Flüche auf und brachte sie mir auf Englisch bei.

Tikanmäki kam, als die Fuhre fertig war. Er plauderte ein Weilchen mit den Fahrern, bevor er sie losfahren ließ. Ich machte Feuer, die Arbeit für diesen Tag war getan. Auch Tikanmäki kam dazu, ich feilte gerade das Blatt der Motorsäge. Tikanmäki warf kleine Zweige ins Feuer, rauchte und seufzte. Die Franzosen hatten ihren Wohnwagen in den Wald mitgebracht und weigerten sich, ins Dorf zu kommen, bevor die Wanzen, die die Finnen mit ins Junggesellenheim gebracht hatten, vernichtet waren. Sie verlangten, dass man ihnen die im Voraus bezahlte Miete zurückerstatten, das Essen in den Wald bringen und ihre Wäsche zum Waschen nach Nevaha holen solle. Tikanmäki schwor, die Franzosen könnten in dem Aluminiumwohnwagen in ihrem Dreck ersticken, sobald Lintupelto von seiner Sauftour aus Loulle zurückgekehrt sei und der von Harju und Nevala angeschaffte Harvester anfangen würde, den Wald abzumähen wie ein Mähdrescher den Prärieweizen.

Ich hatte mich schon so oft angeboten, die Maschine zu fahren, dass ich nichts mehr dazu sagte. Tikanmäki erinnerte sich, mit den Franzosen während seines ganzen Kanada-Aufenthalts und von Anfang an Ärger gehabt zu haben. Er war in den Fünfzigerjahren Vorarbeiter geworden, sein erster Arbeitsplatz war am Thousand Island Lake gewesen, wohin der alte Harju ihn geschickt hatte, damit er dort das Holz vermaß, das die Franzosen im Laufe des Winters geschlagen hatten. Die Franzosen hatten den ganzen Winter allein in einer Waldarbeiterbaracke gewohnt, Bäume gefällt und sich ihr Essen aus den Zutaten bereitet, die nur ab und zu von einer Raupe durch den Schnee bis zur Einschlagstelle hatte gebracht werden können. Schnittholz aus der Einöde ins Sägewerk zu transportieren hatte man in der Zeit des tiefen Schnees gar nicht erst versucht. Vor dem Flößen mussten die Stämme jedoch vermessen werden, damit man den Franzosen in Nevaha ihren Lohn zahlen konnte. Harju hatte Tikanmäki befohlen, nach Thousand Island Lake zu fahren, bevor die Wege unpassierbar wurden, die Wälder sich mit Schmelzwasser füllten und die Flüsse nicht mehr überquert werden konnten.

Tikanmäki erzählte, er habe lange Fischerstiefel angezogen, deren Schäfte bis zur Leiste reichten und die er, wenn er auf dem Trockenen ging, herunterkrempelte, und so sei er trockenen Fußes über Bäche und Flüsse gelangt. Vom Ende der Autostraße bis zum Waldarbeitsplatz waren es etwa zwanzig Meilen durch den Wald, und wegen der Bären, die Junge hatten, habe er eine Waffe mitnehmen müssen. Die für die Raupe in den Wald geschlagene Schneise war deutlich zu erkennen und gut begehbar, und sie führte ihn, ohne dass er sich verirrte, zum Hof der Holzfällerbaracke. Die Franzosen hielten sich in dem Blockhaus auf, denn wegen der Frühjahrsflut hatten sie die Arbeiten schon eingestellt und auch deshalb, weil das Eis auf dem See kein Pferd mehr trug. Die Männer kochten Elchfleisch in einem großen Kessel.

Mit der Firma hatten sie vereinbart, dass sie den Verdienst selbst untereinander aufteilen würden, Tikanmäki sollte nur die im Winter gefällten Stämme vermessen. Das hatte man ihm schon in Nevaha gesagt, und so hatte er keinerlei Namenslisten mit. Sprecher der Franzosen war ein junger Mann gewesen, der Englisch in der Volksschule von Kapuskasing gelernt hatte, wo er zusammen mit anderen, die kein Englisch konnten, in dieselbe Klasse gesteckt worden war. Mit diesem jungen Mann hatte Tikanmäki sich lange auseinander setzen müssen, bevor die Franzosen verstanden, was das für ein Mann war, der in Fischerstiefeln in der Wildnis aufgetaucht war, um zu beobachten, wie sie Elchfleisch kochten. Jedenfalls war es kein Lizenzelch gewesen, der da im Topf der Betrüger garte.

Zum Streit war es gleich beim ersten Stapel gekommen, als Tikanmäki bemerkte, wie lose die Stapel für den Holzvermesser geschichtet worden waren. Tikanmäki hatte angeordnet, den ersten Stapel einzureißen. Im Innern hatten sich große, höhlenartige Löcher befunden, die die Franzosen an den Winterabenden zum Zeitvertreib aus Sparrenenden gebaut hatten. Tikanmäki hatte kein Wort von dem verstanden, was die Franzosen ihrem Dolmetscher zubrüllten, und er hatte auch nicht viel von dem verstanden, was der Dolmetscher übersetzte, doch der Tonfall der Männer brauchte auch nicht übersetzt zu werden.

Zank und Streit hatte es auch beim Messen der anderen Stapel gegeben, die Franzosen spähten in Tikanmäkis Papiere und nach seinen Eintragungen und stupsten mit ihren schmutzigen Fingern auf die Zahlen. Beim zweiten Holzstapel versuchten sie schon handgreiflich zu werden, nachdem Tikanmäki mit dem Axtrücken gegen den Stapel geschlagen hatte und dieser daraufhin in sich zusammengefallen und nur noch halb so hoch gewesen war. Sie fingen gar nicht erst an, den Stapel wieder aufzuschichten, sondern hetzten ihre Hunde auf Tikanmäki. Die Hunde der Franzosen waren eine Wolfsrasse, die den Winter über in der Wildnis so außer Rand und Band geraten waren, dass ihre Besitzer sie nicht lange auf Tikanmäki zu hetzen brauchten. Tikanmäki rannte vom See in Richtung Ufer. Das Ufereis gab schon unter ihm nach, trug aber noch die Hunde, die versuchten, ihm durch den Pullover hindurch die Schultern und durch die Hosen hindurch die Schenkel zu zerfleischen.

Am Ufer konnte Tikanmäki sich auf einen Baum retten, die Hunde blieben darunter stehen und bellten wütend. Die Franzosen gingen in ihre Baracke und aßen Elchfleisch. Am nächsten Tag kam Harju, er war mit dem Flugzeug auf einem Nachbarsee gelandet, dessen Eis die Maschine noch trug, und durch die Wälder zum Waldarbeitsplatz der Franzosen gewandert. Tikanmäki saß immer noch auf dem Baum, die Hunde hockten ihm zu Füßen, und die Franzosen ließen es sich in ihrem Quartier wohl sein. Harju war am Seeufer entlanggewandert, hatte die Hunde fort- und Tikanmäki heruntergescheucht. Im Waldcamp verloren die Franzosen kein Wort darüber, dass sie ihre Hunde auf den Holzvermesser gehetzt hatten, und auch Harju brachte das nicht zur Sprache. Er ließ die Franzosen die Holzstapel nicht einreißen und wieder errichten, denn sie verstanden einander so gut, dass sie keinen Dolmetscher brauchten. Harju hatte mit ihnen ausgemacht, wie viel von den gemessenen Kubikmetern wegen der losen Schichtung und der Höhlungen, die er in den Stapeln der Franzosen vermutete, abgezogen würde, und die Betrüger hielten das für ein gerechtes Verfahren.

Tikanmäki war von der Einschlagstelle mit Harjus Flugzeug wieder unter Menschen gelangt. In Nevaha hatte Harju allen erzählt, er habe geglaubt, die Hunde der Franzosen hätten einen Grizzly auf den Baum am Seeufer gejagt und mit dem Gewehr auf ihn gezielt, um ihn herunterzuschießen, der Bär habe jedoch eindeutig im Dialekt von Karstula um Gnade gefleht.

Tikanmäki erzählte, die Geschichte habe ihm einen zählebigen Spitznamen eingetragen, man habe ihn in dieser Gegend noch bis in die Siebzigerjahre hinein ›Grizzly‹ genannt, aber nach dem Tod des alten Harju und seitdem eine ganze Generation von Waldarbeitern auf Friedhöfen und in Altersheimen verschwunden war, geriet der Name in Vergessenheit. Und Tikanmäki war darüber ganz offensichtlich nicht traurig.

12

Lintupelto wartete bei unserem Haus, als wir gegen Abend von der Arbeit kamen. Er brach einen Streit vom Zaun, noch ehe wir im Haus waren. Ich kannte diese Gemütsverfassung bei ihm und widersprach nicht, und ich sagte auch Kamppuri, er solle sich nicht um Lintupeltos Reden scheren.

Lintupelto meinte, es würde mir niemals gelingen, in den kanadischen Wäldern mein Brot zu verdienen, lieber solle ich nach Lappajärvi und zu den Waldarbeitsstellen von Nissi und Kirsinpäkki zurückgehen. Ich gab ihm Recht. Er befürchtete, dass er mich noch mit ernähren müsse, wenn im Winter die Schneestürme und der Hunger begännen. Vor allem Kamppuri aber wollte er nicht durchfüttern, sodass Kamppuri nur hoffen konnte, von Lintupelto nicht im Stich gelassen zu werden.

Wir gingen hinein und wuschen uns, obwohl Lintupelto der Meinung war, dass wir bei dem bisschen Arbeit, das wir tagsüber getan hatten, kaum geschwitzt haben könnten. Dafür Wasser herbeizuschleppen sei reine Verschwendung. Wir sollten uns doch einfach mit nacktem Oberkörper auf den Hof stellen, damit der Wind das bisschen Schweiß trocknen könne. Ich erklärte ihm, dass die Lastwagen viel Staub aufgewirbelt hätten, den ich von der Haut spülen wolle. Ich zog mich nackt

aus und wusch mich am Waschtisch in der Küche. Lintupelto saß dabei und taxierte meine Muskeln und meinen Körperbau und befand, dass mit meinem Gemächt kein Staat zu machen sei. Im Freudenhaus von Loulle würden die französischen Mädchen vor Lachen ersticken, wenn ich die Hosen auszog.
Ich sagte ihm, dass Tikanmäki ihn vermisst hatte, und auch Nevala und Harju. Lintupelto fand, das habe keinen Nachrichtenwert. Ich erwiderte, dass die Männer von der Firma glaubten, Lintupelto sei der einzige Mann, der mit dem Harvester so viel anfangen könne, dass dessen Preis sich rechtfertigte. Er war derselben Meinung, denn seiner Ansicht nach gab es in ganz Nord-Ontario keinen Arbeiter, der sich mit ihm messen konnte.
In den nächsten Tagen wollte er daher bei Harju vorsprechen.
»Es kann passieren, dass die jemand anderes einstellen, der die Maschine fährt«, sagte ich.
»Dich etwa?«, fragte Lintupelto.
»Zum Beispiel, oder Kamppuri«, sagte ich.
»Das juckt mich nicht«, versetzte Lintupelto.
Ich zog mich an. Kamppuri zog sich nicht vor Lintupelto aus, um sich dessen Kommentare zu seinem Körperbau nicht anhören zu müssen. Er goss sich Wasser in die Schüssel und ging sich draußen auf der Treppe waschen, aber Lintupelto folgte ihm und beobachtete ihn von der Tür aus. Er äußerte die Vermutung, Kamppuri habe in Hallapuro vor seiner Abreise nach Amerika Brot aus Kiefernrinde essen müssen. Solche Oberkörper wie Kamppuris habe er zuletzt im Sommer 1970 am Ufer des Lapua-Flusses in Ylihärmä gesehen, als die Patienten der Lungenheilanstalt zum Sonnenbad dorthin gebracht worden waren.
Ich fragte nach Perkiö.

»Seine Angelegenheiten gehen dich nichts an«, erklärte Lintupelto.
»Möchtest du einen Whiskey?«, fragte ich.
»Gerne«, sagte er. Ich bedauerte, keinen Whiskey und auch sonst nichts dazuhaben, meine Frage sei allgemeiner Natur gewesen. Er stürzte sich sofort auf mich, und ich nahm die Beine unter den Arm. Ich rannte hinaus, auf dem Hof war Kamppuri gerade dabei, sich abzutrocknen. Ich rief ihm zu, gleich kämen Männer der Gewichtsklasse unter fünfundachtzig Kilo aus dem Haus. Lintupelto erwischte mich auf dem Hof, und ich schlug lang hin. Er versuchte sofort, mich zu bearbeiten, aber ich konnte mich befreien und rammte ihm mein Knie in die Rippen. Er wollte wissen, ob das Freistil oder griechisch-katholisch wäre. Ich antwortete nur, dass ich in einer anderen Gewichtsklasse ringen würde. Lintupelto wälzte sich auf meinen Kopf, schob mir die Hände unter die Achseln und bekam die Fäuste unter meinem Nacken zusammen. Ich schrie, die Krawatte sei ein verbotener Griff.
»Nicht beim Freistil«, behauptete er.
Unvermittelt ließ er mich los, ging und setzte sich auf die Treppe. Ich lag einen Augenblick auf dem Hof. Lintupelto sagte, erwachsene Männer sollten sich nicht kabbeln wie kleine Bengels, sie sollten sich an Männerarbeiten halten. Er steckte sich eine Zigarette an und bot auch Kamppuri eine an. So saßen sie oben auf der Treppe und rauchten. Der Hund des Nachbarn kam angelaufen, stieß mich mit der Schnauze an, beschnupperte mich und winselte.
»Na, Elvis«, sagte ich. Der Hund legte sich neben mich, ich streichelte ihn und erzählte den Jungs, dass wir gestern gute Freunde geworden seien, obwohl der Beginn unserer Freundschaft ein wenig schwierig gewesen war. Lintupelto wollte,

dass ich den Hund vom Hof jage. Ich stand auf und klopfte mir Staub und Grashalme aus den Kleidern. Der Hund lief nach Hause, als ich es ihm befahl.

13

Perkiö kam mit dem Auto auf den Hof gekurvt und wendete so auf dem Rasen, dass die Schnauze des Wagens zum Weg wies. Ich beschwerte mich, dass er in den frisch gemähten Rasen hässliche Spuren gefräst habe, aber Perkiö hatte den Rasen auf dem Hof gar nicht bemerkt. Ich öffnete die hintere Tür des Wagens und prüfte mit der Hand den Rücksitz. Er fühlte sich nass an, und es roch im Auto nach Schimmel.

Perkiö hatte sich schon neben Lintupelto auf die Treppenstufen gesetzt. Kamppuri berichtete, dass wir soeben geklärt hätten, wem von denen aus Lappajärvi, die in Nordamerika leben, die Meisterschaft im Freistilringen gebühre.

»Wer hat gewonnen?«, fragte Perkiö.

»Das ist doch gar keine Frage«, sagte Lintupelto.

Ich erklärte, die Trainer hätten Lintupelto in Finnland mit so viel Hormonen und anderen Muskeln bildenden Medikamenten gefüttert, dass ich bei dieser Meisterschaft im Ringen gar keine Chance gehabt hätte, da die männlichen Hormone Lintupelto auf dieselbe Baumhöhe gebracht hätten, von denen seine affenartigen Vorväter seinerzeit auf den Boden heruntergestiegen waren. Lintupelto erinnerte mich kurz daran, dass wir verwandt waren.

»Ich hab keine Hormone genommen«, sagte ich.

Lintupelto meinte, dass es sich auch nicht gelohnt hätte, für mich teure Medikamente zu verschwenden, denn jedem Trainer wäre sofort klar gewesen, dass ich nicht das Zeug zum Ringer habe. Da habe es auch nicht geholfen, dass ich jahrelang jeden Abend mit schief gelegtem Kopf und offenem Mund bei den Ringern von Lappajärvi neben der Matte gesessen und das Training beobachtet hatte.

Perkiö rühmte die großen Ringer aus alter Zeit, die es nicht nötig gehabt hatten, ihre Kondition mit Chemikalien aufzumöbeln. Armas Laitinen zum Beispiel, der große Ringer, der als Profi auch in Amerika Siege errungen hatte, konnte eine Brücke halten, die mit dem Gewicht von zehn erwachsenen Männern, also siebenhundertfünfzig Kilo, belastet war. Zu so einer Brücke war keiner der heutigen Ringer mehr im Stande. Laitinen hatte gegen Stanislaw Zbyszko, den polnischen Bären, 1920 in New York ein Unentschieden errungen, als der Pole noch als bester Freistilringer der Welt galt. Der Kampf hatte eine Stunde und 45 Minuten gedauert und musste als unentschieden abgebrochen werden, weil solche Veranstaltungen in Amerika damals nach dem Gesetz nicht länger als bis Mitternacht dauern durften.

Lintupelto fragte Perkiö, ob er den Rest des Abends mit Erinnerungen an finnische Großringer verbringen wolle. Der meinte nur, dass die Erinnerung an die Sportkarrieren der Anwesenden nicht viel Zeit erfordere. Lintupelto behauptete darauf, seine Karriere habe Höhen erreicht, von denen wir nicht einmal träumen könnten.

»Ist sonst noch jemand für Olympia trainiert worden?«, fragte er. Ich konnte mich nicht erinnern, dass Lintupelto zur Olympiamannschaft gehört hätte. Perkiö behauptete, er habe in den Fünfzigerjahren ein gewichtiges Wort beim Bezirks-

wettkampf im Skistaffellauf, beim großen Dreikönigssportfest, mitzureden gehabt, wo er in mehreren Jahren die Staffel aus Kauhava auf der letzten Etappe zum Sieg geführt hatte.
»Hat dich die Prothese beim Skilaufen nicht behindert?«, fragte ich. Perkiö erzählte, die Prothesenwerkstatt des Finnischen Kriegsinvalidenverbands habe schon in den Fünfzigerjahren so gute Kunstglieder und Eisengelenke hergestellt, dass sie von den Invaliden aller am Weltkrieg beteiligten Länder gekauft wurden.
Kamppuri trat aus dem Haus, wobei er ein sauberes Hemd zuknöpfte. Perkiö forderte ihn auf, das Kaff Nevaha für ein Weilchen zu verlassen und sich mit ihm und Lintupelto auf weitläufigere Weidegründe zu begeben. Kamppuri wollte nicht mitfahren, da er sich morgen wieder demütig vor der Kanadakiefer verneigen müsse. Perkiö fand das gute, saubere Hemd übertrieben, wenn Kamppuri den Abend in der Kantine nur damit verbringen wollte, seinen Bohneneintopf zu löffeln. Er versprach uns jedoch, uns bis zur Kantine mitzunehmen, an der er und Lintupelto auf ihrem Weg in die große Welt sowieso vorbeikommen würden. Ich wollte lieber zu Fuß gehen, die Rücksitze in Perkiös Auto war mir zu nass. Perkiö sagte, er habe aus dem Lager der Firma schon Plastikfolie für die Vordersitze geholt. Im Gepäckraum habe er eine große Rolle Folie, von der ich ein Stück abreißen könne, um mich darauf zu setzen. Ich glaubte jedoch nicht, dass die aus dem Lager der Firma gestohlene Folie mich vor dem Schimmelgeruch schützen würde, der signalisierte, dass im Auto bereits ein Fäulnisprozess begonnen hatte, an dem ich nicht teilhaben wollte.
Also befand Perkiö, dass wir zu Fuß gehen könnten, wenn die Mitfahrgelegenheit uns nicht gut genug war. Er und Lintupelto stiegen ein, Perkiö auf der Fahrerseite. Er bekam den Mo-

tor in Gang, nachdem er ihn eine Weile hatte stottern lassen, fuhr auf den Weg hinaus und verschwand in einer Staubwolke, die vom Sandweg aufstieg. Wir schlugen den Weg zur Kantine ein, kamen aber nicht weit, weil Perkiö schon zurückkam, hielt, ausstieg und die hintere Tür öffnete. Er befahl uns einzusteigen und breitete Plastikfolie über die Rücksitze. Wir setzten uns ins Auto. Lintupelto sagte, Perkiö sei weicher geworden, seitdem er den Bezirksstaffellauf von Kauhava zum Sieg geführt hatte, obwohl er mit nur einem Bein hatte Ski laufen müssen, nachdem ihm das andere am Taipaleenjoki erfroren war. Er rechnete aus, dass Perkiö mit zehn Jahren am Taipaleenjoki hatte kämpfen müssen, und ihn wunderte überhaupt nichts mehr an dem Winterkrieg: Mutter Finnland hatte sich selbst die Säuglinge von den Brüsten gerissen, damit sie den Feind abwehrten.

Ich sah, dass es immer noch keinen Sinn hatte, sich mit Lintupelto auf ein Gespräch einzulassen. Perkiö stieg ein, wendete bei unserem Häuschen und fuhr in Richtung Sägewerk. Dort hielt er aber nicht an, worauf ich ihn auch aufmerksam machte. Lintupelto befahl mir, die Schnauze zu halten. Auch Perkiö fand, Kamppuri und ich sollten uns nicht beklagen, er und Lintupelto hätten uns vor der ewigen Bohnensauce und dem Kartoffelbrei der Kantine gerettet. Jetzt könnten wir mit einem guten amerikanischen Schlitten dorthin fahren, wo das himmlische Manna an das auserwählte Volk verteilt wurde.

Der Abend brach bald herein, und in den Lichtkegeln des Wagens wirkte der Wald schwarz und undurchdringlich.

»Halt an«, bat Kamppuri.

»Gehalten wird nicht, aber ihr könnt während der Fahrt abspringen«, sagte Lintupelto.

»Wohin fahren wir?«, fragte ich.

»Das geht dich nichts an«, sagte Lintupelto.

Perkiö fuhr mit hoher Geschwindigkeit den schmalen Sandweg entlang. Ich erinnerte ihn daran, dass es noch nicht lange her sei, dass man ihn und den Wagen aus dem Fluss gezogen hatte. Perkiö erwiderte, der Weg werde bald besser. Lintupelto hatte gehört, dass ich versuchte, das Indianermädchen zu bezirzen, und warnte mich vor den Indianern, die nur Krankheiten zwischen den Beinen hätten. Lintupelto sagte, er kenne viele Jungs, die sich in Morteau eine Spritze hatten abholen müssen, nachdem sie mit dem Mädchen aus der Kantine ein Weilchen Hand in Hand gegangen waren.

»Du auch?«, fragte ich.

»Kann sein«, sagte Lintupelto.

»Du lügst«, sagte ich.

Perkiö erinnerte sich, dass Lintupelto erzählt hatte, die Penizillinspritze in Morteau sei ein geringer Preis für die Freude gewesen, die das Mädchen ihm bereitet hatte, und dasselbe hätten auch viele andere gesagt. Ich fragte nach deren Namen, die ihnen aber entfallen waren. Außerdem vermuteten sie, dass ich sowieso schon verloren sei, versprachen mir aber, die Namen der Zeugen zu nennen, noch bevor ich bei Rachel ans Ziel gelangt sein würde.

14

Wir kamen auf eine größere Straße, Perkiö folgte ihr in westlicher Richtung und eröffnete uns, dass unser Ziel Morteau sei. Kamppuri wollte aussteigen. Die Jungs sagten ihm, dass sie es nicht wagen würden, ihn in der Wildnis abzusetzen, wo Wölfe und Bären herumliefen. Ich hatte keine Lust, mit ihnen zu streiten, und machte auf dem Rücksitz ein Nickerchen, obwohl die Schlaglöcher im Sandweg das Auto so durchrüttelten, dass ich mehrmals wach wurde, bevor wir in der Stadt waren.

Ich sah mir die Stadt im spärlichen Licht der Straßenlaternen von der Rückbank aus an: den Holzbau des Bahnhofs, die niedrigen Häuser. Perkiö erzählte uns von einem großen Sägewerk am Stadtrand, wo wir nach Arbeit fragen könnten, wenn wir von Nevaha, den schlechten Löhnen, der Miete, die die Firma für das Haus verlangte, und den Preisen für Gummistiefel und Handschuhe im firmeneigenen Laden genug hätten. Er sagte, in Morteau finde sich Arbeit und alles, was der Mensch für seinen Lohn kaufen kann. Am Bahnübergang spähte er in beide Richtungen und behauptete, auf die kanadischen Bahnschranken und Lichtsignale sei kein Verlass, sodass man in der Zeitung fast täglich von Unfällen lesen könne, bei denen die Warnblinkanlage eines Bahnübergangs versagt

hatte und ein Auto unter dem Zug zerquetscht worden war. Lintupelto konnte sich nicht erinnern, Perkiö jemals mit einer Zeitung in der Hand gesehen zu haben.
Wir brauchten nicht zu fragen, wohin sie wollten, Perkiö hielt gegenüber einer Kneipe, deren flackernde Lichtreklame wir schon von weitem gesehen hatten. Lintupelto und Perkiö stiegen aus und forderten auch uns dazu auf. Ich sagte, ich wolle mir ein Weilchen die Stadt ansehen und käme später in die Kneipe. Perkiö meinte, dass selbst ein Fußgänger nicht lange brauchen würde, um die Sehenswürdigkeiten von Morteau abzuklappern. Ich machte mich auf den Weg, Kamppuri ging mit den Jungs in die Kneipe.
Ich folgte der Straße, die Perkiö entlanggefahren war, zurück in Richtung Bahnhof. Neben der Kneipe lagen an der Straße einige Geschäfte, ein Supermarkt und ein Textilladen sowie eine Gaststätte mit Hausmannskost. Ich trat nirgendwo ein, obwohl die Läden abends um acht anscheinend noch offen waren. In der Gaststätte saßen Leute und aßen. Am Ende der Straße lag ein heruntergekommenes Hotel, vor dem einige dicke, traurig wirkende Indianer saßen. Sie sprachen nicht miteinander und sahen mich nicht an, als ich vorbeiging. Ich kam zu den Gleisen und ging über den Verschiebebahnhof bis vor das Bahnhofsgebäude. Auf dem Bahnsteig stand Rachel, das Indianermädchen aus der Kantine, aber sie erwiderte meinen Gruß nicht, als ich ihr einen guten Abend wünschte.
Ich trat zu ihr und fragte, wie sie sich denn nach Morteau verirrt habe. Sie entgegnete, sie habe sich überhaupt nicht verirrt, sondern warte auf den Zug, um nach Nevaha zurück zu fahren. Was sie denn in Morteau gemacht habe, fragte ich, aber sie gab mir keine Antwort. Ich setzte mich auf die Bank vor dem Bahnhofsgebäude neben der Wand, zündete mir eine Zigaret-

te an und verscheuchte mit der Hand die Mücken. Rachel schienen sie nicht zu behelligen. Ich versprach ihr, sie könne in Perkiös Auto mit zurück nach Nevaha fahren, wenn wir in die Wälder zurückkehrten. So lange könne sie nicht warten, meinte sie, da sie nur heute freigehabt habe und morgen vor Sonnenaufgang wieder arbeiten müsse. Ich sagte, Kamppuri und ich hätten vor, am Morgen wieder im Wald zu sein. Rachel glaubte nicht, dass wir morgen in der Verfassung sein würden, im Wald zu arbeiten, wenn wir mit Perkiö und Lintupelto in der Stadt blieben.

Ich fragte, wann der Zug komme, und Rachel sagte mir, dass er in etwa einer halben Stunde abfahre. Also sagte ich ihr, dass ich mit ihr nach Nevaha fahren würde, da es keinen Sinn habe, auf die Mitfahrgelegenheit zu warten. Rachel sagte, der Zug sei ein öffentliches Verkehrsmittel, in das jeder einsteigen könne. Ich bat sie, sich zu setzen, aber sie sagte nur, dass sie sich noch gut auf den Beinen halten könne. Ich fragte nach der Fahrkarte, und sie erklärte, die bekäme man im Zug.

Bald verließ Rachel den Bahnsteig und ging über die Schienen quer über den Verschiebebahnhof. Ich stand auf und ging neben ihr her. Ich fragte, wohin sie wolle, und sie erklärte mir etwas von einem von Westen kommenden Güterzug. Da war das Geräusch des Zuges schon zu hören, und Rachel blieb abwartend stehen. Von Westen kam bald darauf ein langer, von einer großen Lokomotive gezogener Zug, der mühsam hielt, und wir gingen seitlich daran entlang bis zum Waggon des Schaffners, der die Tür öffnete und uns einsteigen ließ.

Wir warteten, und Rachel sprach mit dem Zugbegleiter. Dann erklärte mir Rachel, dass der Zug in Nevaha halten werde, wo Grubenhölzer für das Bergwerk von Supper abgeholt werden

sollten, die auf den toten Gleisen in offenen Waggons bereitstanden. Der Zug ruckte zurück und vor, die Puffer der neuen Waggons knallten aneinander. Vom Fenster des Schaffnerwagens aus konnte ich die Straße überblicken, die mich zum Bahnhof geführt hatte. Perkiös Auto stand noch bei der Kneipe. Rachel fragte, ob ich nicht gehen und den Jungs Bescheid sagen wolle, dass ich zurück nach Nevaha fahre. Ich glaubte jedoch nicht, dass sie sich überhaupt noch an mich erinnerten. Später, als die Jungs nach Nevaha zurückgekehrt und ihr menschliches Aussehen wiedererlangt hatten, erzählte Kampuri, sie hätten mich zwei Nächte lang in der Stadt gesucht und auch auf der Polizeistation nachgefragt, ob man mich eingesammelt und auf das dortige Strohlager verfrachtet habe. Die Polizisten wussten nichts von mir und nahmen die Vermisstenanzeige nicht an, die Lintupelto und Perkiö machen wollten, da es sich ihrer Ansicht nach nicht lohnte, einen erst zwei Tage verschwundenen finnischen Lumberjack mit Polizeikräften suchen zu lassen. Am dritten Tag war ein englischsprachiger Mann in die Kneipe gekommen, der erzählte, ich sei mit einem Indianermädchen im Güterzug nach Osten gefahren. Danach hatten Lintupelto und Perkiö in Morteau nicht mehr von mir gesprochen.
Im Zug bot uns der Schaffner Kaffee aus einer großen Thermoskanne an, die er in einem Gestell auf der Bank neben der Tür aufbewahrte. Er fragte Rachel etwas, was sie verneinte. Ich konnte nicht verstehen, wovon sie sprachen, bis der Schaffner eine frivole Gebärde mit der Hand machte, als Rachel ihm den Rücken zuwandte. Ich schüttelte den Kopf, Rachel sah es und sagte, sie habe schon erklärt, dass wir kein Paar seien.
»Was nicht ist, kann aber noch werden«, versetzte ich.

»Das glaube ich nicht«, sagte Rachel.

Ich hatte das Gefühl, dass der Zug auf dieser Station so lange stehen würde, bis aus uns Großvater und Großmutter geworden waren. Dann setzte sich der Zug ohne Vorwarnung in Bewegung, nahm auf dem Verschiebebahnhof kläglich Fahrt auf, beschleunigte und war bald im Wald, fort von den Lichtern der Stadt. Rachel bemerkte, dass wir nun doch noch vor der Geburt unserer Enkel abgefahren seien. Der Zugbegleiter fragte, was für eine Sprache wir sprächen. Ich sagte, wir hätten Englisch gesprochen, aber Rachel behauptete, wir hätten uns der Sprache der Cree-Indianer bedient. Der Schaffner wunderte sich, weil ich eigentlich überhaupt nicht indianisch aussah. Ich sagte, ich sei ein halber Cree.

Der Zug klapperte durch die kanadische Wildnis. Ich versuchte, aus dem Fenster zu gucken, sah aber nur das Innere des Wagens, das sich im Fenster spiegelte, den Zugbegleiter, Rachel und mich selbst, wie wir am Waldrand entlangfuhren. Als wir nach Nevaha kamen, verlangsamte der Zug seine Fahrt ganz allmählich, hielt dann, und der Schaffner öffnete die Tür. Ich fragte nach dem Fahrpreis, woraufhin er allerlei Rufe ausstieß, die Hände klatschend vor dem Mund zusammenschlug, hüpfte und lachte. Ich bedankte mich, und wir stiegen aus dem Waggon auf den Bahndamm hinunter.

Der Zug war am Dorf vorbeigefahren und setzte jetzt zurück auf das tote Gleis, wo die offenen Waggons standen. Wir nahmen eine Abkürzung durch die Büsche und erreichten den Weg, der zum Dorf führte. Beim Sägewerk begegneten wir Harju, der in Richtung Bahnhof fuhr. Er hielt an und fragte, wer Rachel führe. Ich nannte meinen Namen, Harju fragte nach Lintupelto.

»Der holt Schwung in Morteau«, sagte ich.

Harju forderte mich auf, am Morgen zum Sägewerk zu kommen, ich könne die Forstmaschine zur Hiebsfläche bringen und sie dort fahren. Tikanmäki habe erzählt, dass ich in der Heimat mit dem Harvester Bäume umgelegt hätte. Er riet mir, die Finger von Rachel zu lassen, da ihre Brüder mir den Skalp abnehmen und ihn, für alle sichtbar, an den Giebel meines Hauses nageln würden, wenn ich dem Mädchen etwas Böses täte.

Als Harju weitergefahren war, fragte ich Rachel nach ihren Brüdern. Sie erzählte, der eine sitze in Toronto im Gefängnis, und der andere wohne im Reservat hinter Morteau. Wir näherten uns den Häusern. Ich sagte, ich würde ihr einen Kaffee kochen, wenn ihr das recht sei. Sie willigte ein. Wir gingen ins Haus, Kamppuri und ich hatten die Tür nicht abgeschlossen, als wir zur Kantine gingen, aber das Haus hatte niemanden interessiert. Ich bot Rachel am Küchentisch einen Platz an und fing an, auf dem Holzherd Kaffee zu kochen. Rachel sah zu, wie ich im Herd Feuer machte, Wasser abmaß und in den Kaffeekessel füllte. Anerkennend sagte sie, ich sei ein geschickter Koch, und lachte, als ich die Holzscheite, die nicht Feuer gefangen hatten, aus dem Herdloch herausnehmen und neu arrangieren musste, bevor sie richtig anbrannten.

Ich sagte, Rachel könne ruhig über Nacht hier bleiben, Kamppuri werde sich nicht vor dem Morgen von Morteau nach Hause verirren. Davon wollte sie nichts hören und schickte sich an zu gehen, sobald sie ihren Kaffee getrunken hatte. Ich wollte sie begleiten. Sie behauptete, dass sie den Weg nach Hause auch allein finden könne, jedenfalls sei das bisher immer so gewesen. Ich sagte, ich würde ihr Haus aber nicht finden, wenn sie mich nicht dorthin führte. Wir gingen hinaus, ich machte mir nicht die Mühe, die Tür abzuschließen.

Es war stockdunkel, ich nahm Rachel bei der Hand und ließ mich von ihr quer über die Höfe und den Weg zwischen die Häuser führen, ins Haus ließ sie mich aber nicht.

Ich ging zurück. Lindas Mann stand im Dunkeln auf der Treppe. Ich hörte ihn sagen, dass er genau wisse, wer da sei und aus welchem Grund.

15

Von Kamppuri gab es am Morgen keine Spur. Ich ging zum Essen in die Kantine. Das Indianermädchen war schon in der Küche, im Speisesaal saßen Tikanmäki, Harju und Nevala am Herrentisch. Ich bekam an der Essenausgabe Kaffee, gebratenen Speck, Brot und gebratene Kartoffeln. Ich fragte, wie Rachel geschlafen habe, und sie antwortete mir, sie sei sofort eingeschlafen und habe eine ruhige Nacht gehabt. Ich wollte wissen, ob sie von mir geträumt habe, woran sie sich aber nicht erinnern konnte. Ich dagegen konnte berichten, dass ich die ganze Nacht wach gelegen und an sie gedacht hatte.

Ich setzte mich an den Tisch, wo die aus Alahärmä und der aus Toholampi saßen. Sie hatten schon gehört, dass ich gestern in Morteau gewesen und von dort mit Rachel zurückgefahren war, aber dass die Jungs noch in dieser Woche nach Nevaha zurückkehren würden, glaubten sie nicht. Der aus Toholampi wusste, dass Rachel hinter Morteau gewesen war und dort ihre Familie besucht hatte. Die Indianer hätten dort ein großes Gebiet für ihre Indianerspiele, ein Reservat, und den Bewohnern zahle der kanadische Staat eine Entschädigung dafür, dass der weiße Mann den Indianern seinerzeit das Land weggenommen hatte. Aber nicht alle Indianer waren bereit, vom Staat eine Entschädigung anzunehmen, denn dann mussten

sie im Reservat bleiben, wo es nur wenig zu tun gab: Powwow und das Nähen von Mokassins für die Touristen.
Ich war noch beim Essen, als Harju und Tikanmäki an meinen Tisch kamen. Ich sollte mir mit ihnen die neue Maschine ansehen. Ich trank meinen Kaffee aus, und dann gingen wir. Harju und Tikanmäki beschimpften Lintupelto, der sich wieder auf eine seiner Touren verirrt hatte, sodass die neue Maschine nicht in Betrieb genommen werden konnte. Gleichzeitig erwähnten aber beide Lintupeltos Vortrefflichkeit so oft, bis auch ich ihnen versicherte, dass ich hoffte, Lintupelto möge bald aus Morteau zurückkehren und ordentlich loslegen, damit Harju und Tikanmäki sich nicht lange mit der zweiten Wahl, mit mir also, zu begnügen brauchten. Sie bemerkten die Ironie in meinen Worten nicht, sondern fuhren fort und erzählten, was Lintupelto seit seiner Ankunft in Kanada verdient hatte, und das nicht nur mit bloßer Kraft, von der er wahrlich genug besaß, sondern auch mit seiner Geschicklichkeit. Sie behaupteten, Lintupelto habe den besten Holzfällerblick, den sie Zeit ihres Lebens bei einem Lumberjack erlebt hatten, so einen Blick, der einem Mann sofort sagt, wie ein Baum von der Hiebsfläche zu nehmen sei. Mit diesem guten Blick spare Lintupelto Zeit und Kräfte und den Abholern viel Mühe. Sie schätzten, dass die Firma dank Lintupelto tausende von Dollars eingespart habe. Ich bemerkte, wie schade es sei, dass dieser Blick nun in Morteau verschlafen aus der Wäsche gucke.
Der Harvester befand sich in der Produktionshalle des Sägewerks, ein Timberjack, wie ich ihn im Winter zuvor auf dem Waldarbeitsplatz von Schauman in Lehtimäki gefahren hatte, aber davon sagte ich Harju und Tikanmäki nichts. Sie hörten nicht auf, von Lintupelto zu reden, von dem sie wussten, dass

er eine solche Maschine vor zwei Jahren bei Timmins gefahren hatte. Ich kletterte in die Fahrerkabine und sah mir die Armaturen an, setzte die Maschine in Gang und bedeutete Tikanmäki, er solle die Türen der Halle öffnen.

Ich fuhr die Maschine hinaus und kletterte aus dem Fahrerhaus. Harju meinte, ich hätte die Maschine gefahren wie einer, der sich damit auskennt. Ich erwiderte, ich hätte eine rasche Auffassungsgabe, und bat die beiden, mir den Waldrand zu zeigen, wo ich mit dem Fällen beginnen sollte. Der aus Toholampi und die aus Alahärmä waren gekommen, um sich den Harvester anzusehen, Tikanmäki beorderte sie in den Schulbus, wo die anderen schon warteten. Dann forderte Harju mich auf, die Maschine auf die Ladefläche eines Lkw zu fahren, Tikanmäki setzte ihn schon vor dem Sägewerk auf die Verladerampe zurück. Ich stieg in die Fahrerkabine der Forstmaschine und fuhr sie die Rampe hinauf, eine für Gabelstapler gegossene Ebene, so hoch wie eine Lkw-Ladefläche, auf die ich über eine schräge Rampe gelangte. Ich fuhr die Maschine auf den Lkw und blockierte die Räder, aber als ich heraus auf die Ladefläche kam, wies Harju mich an, in der Kabine zu bleiben. Er stieg ins Fahrerhaus des Lkw, und Tikanmäki fuhr los. Wir überquerten die Gleise und fuhren den parallel zu den Schienen verlaufenden Waldweg gen Westen. Bald bog der Weg zu den im Norden gelegenen Wäldern ab.

Wir fuhren eine halbe Stunde, der Morgen graute. Ich saß in der Kabine des Harvesters auf der Lkw-Pritsche und sah mir von hoch oben die Wälder und den Weg an. Tikanmäki musste auf diesem Weg auf vereiste Durchlässe und kleine Wasserstaus aufpassen, die von den Bibern gebaute Dämme auf dem Weg aufgestaut hatten.

Wir kamen zu dem Waldarbeitsplatz, auf dem Harju und Tikanmäki den Harvester einsetzen wollten. Harju erzählte, er habe aus den Papieren der Firma ersehen, dass der alte Harju, sein Vater, diese Wälder Ende der Dreißigerjahre geschlagen hatte. Aber jetzt wuchs hier wieder ein vollwertiger Sägeholzbestand, den ich anfangen sollte zu schlagen: Mit dem Timberjack würde ich an einem Tag eine genauso große Schneise schlagen wie zehn Waldarbeiter mit der Motorsäge, wenn es stimmte, was die Verkäufer gesagt hatten.

Mir war bewusst, dass mir eine verantwortungsvolle Aufgabe übertragen worden war. Wir steckten uns eine Zigarette an und zogen die Verladeschienen, die Tikanmäki vorsorglich mitgebracht hatte, von der Ladefläche. Ich fuhr den Harvester auf den Weg, Harju lobte den Zustand der Maschine und erzählte, wie günstig er sie in Timmins hatte kaufen können. Tikanmäki erklärte mir in groben Zügen die Grenzen des Fällorts. Es war ebenes Gelände bis zu den Anhöhen und dem Bach, und auf die würde ich erst treffen, wenn ich eine beachtliche Schneise in den Wald rasiert haben würde. Tikanmäki schätzte, ich würde in etwa einer Woche die Hügel erreichen, dann sollte ich mich nach rechts wenden und den Einschlag so weit führen, bis ich zu einem von den Bibern aufgestauten Bach käme, und auch das Ufer des Biberweihers kahl schlagen.

»Soll ich den Staudamm zerstören?«, fragte ich.

»Wozu?«, wunderte sich Tikanmäki.

»Damit der Wald trocken wird«, sagte ich. Ich erklärte, dass ich mit dem Harvester nicht ins Wasser fahren könne, schließlich sei er nicht dafür gemacht, um Schilf zu mähen. Tikanmäki fand, es gebe in Kanada noch so viel Holz, dass man es den Bibern nicht zu missgönnen brauche.

Harju legte den Lohn für diese Arbeit fest. Ich fand ihn nicht

fair gegenüber einem neuen Mann an einer neuen Maschine, aber Harju fing wieder davon an, mit welchem Tempo Lintupelto die Arbeit erledigt hätte und wie gut er an dem für mich festgesetzten Akkordlohn verdient hätte.
Ich hatte keine Lust, mir dieses Gerede noch länger anzuhören. Ich stieg in den Harvester und fuhr die Maschine in den Wald. Dann schnappte ich mir mit dem Greifer der Maschine den ersten Baumstamm, setzte die Kreissäge an, fällte den Baum, zog ihn in die Entästung und schnitt ihn ab. Die ersten Stämme lagen am Boden, noch bevor Harju und Tikanmäki sich eine neue Zigarette hatten anzünden können.
Ich achtete nicht darauf, wie lange sie am Wegrand standen und meine Arbeit bestaunten, ich fällte Bäume. Der Boden bestand hier aus ebenem Sand, hatte festen Grund und trug die Maschine gut. Ich stapelte die Stämme in geeigneten Abständen. Mittags stoppte ich die Maschine und aß meinen Proviant in der Kabine, wo die Mücken mir nichts anhaben konnten. Harju und Tikanmäki sah ich nicht mehr auf dem Weg stehen und auch den Lkw nicht.
Nach dem Essen rauchte ich eine. Schon als ich den Motor abstellte, hatte ich von der Seite die Stimmen von Motorsägen gehört. Jetzt kam der aus Toholampi aus dem Wald, stieg auf das Trittbrett des Harvesters und öffnete die Tür. Ich warnte ihn, er solle keine Mücken ins Cockpit lassen. Er kümmerte sich nicht darum, ließ die Tür offen und betrachtete die Schneise, die ich dem Wald am Vormittag verpasst hatte.
»Bei diesem Tempo sind die kanadischen Wälder bald abgeholzt«, vermutete er.

16

Kamppuri, Lintupelto und Perkiö kamen einige Tage später von ihrer Reise zurück. Kamppuri jammerte über das viele Geld, das er ausgegeben hatte, und beschloss, seine Sparziele zu überarbeiten und den Tag, an dem er als reicher Mann nach Hallapuro in Vimpeli zurückzukehren wollte, um wenigstens einige Monate zu verschieben. Nach Ansicht von Lintupelto und Perkiö wäre es für ihn sowieso das Klügste gewesen, dort zu bleiben und Kalkstein zu klopfen. Kamppuri verbrachte den nächsten Tag im Bett, ich ging morgens zur Arbeit. Die Forstmaschine stand auf der Hiebsfläche, ich fuhr mit dem Schulbus der Firma in den Wald.

Ich sah, dass Lintupelto schon hinten im Bus saß, als ich einstieg. Ich setzte mich neben ihn. Er sagte nichts von dem Harvester und fragte auch nicht, was ich mit dem Job verdienen würde. In seinen Augen war Kamppuri ein echter Mann, der seine Kumpels nicht wegen eines Indianermädchens im Stich ließ, sondern das Leben von Männern in der Welt der Männer lebte.

Die Ruhmestaten der Ausflügler waren durch Perkiö schon allen zu Ohren gekommen, und viele riefen Lintupelto jetzt Kommentare zu und fragten, ob das, was Perkiö gesagt hatte, stimme. Ich hatte die besten Einzelheiten bereits von Kamppuri gehört. Lintupelto schwieg zu seinen Heldentaten und riet den Schreiern, in den Privatklubs von Morteau und Loulle ihre eigenen Erfahrungen zu machen. Kamppuri hatte erzählt, dass sie zwei Tage in Morteau geblieben und dann mit Perkiös Auto nach Loulle gefahren waren, wofür Lintupelto einen englischsprachigen Polizisten von der Polizeistation in Morteau als Fahrer angeheuert hatte. Der Polizist hätte gerade frei gehabt und konnte dem Hundertdollarschein, mit dem Lintupelto vor seiner Nase herumgewedelt hatte, nicht widerstehen. In Loulle hatten sie dem Polizisten einen vom Pfarrer unterhaltenen Schnapshandel im Keller der Kirche, einen finnischen Privatklub und die Freudenhäuser der Franzosen gezeigt. Kamppuri behauptete, in der 500-Seelen-Stadt werde in vierzehn geheimen Kneipen Schnaps ausgeschenkt.

Lintupelto stieg als Erster aus, er ging wortlos mit der Motorsäge auf der Schulter und seinem Proviantbündel unter dem Arm davon. Mein Arbeitsplatz war der nächste Halt, und der aus Toholampi stieg mit mir zusammen aus. Wir rauchten eine, bevor wir anfingen zu arbeiten. Der aus Toholampi äußerte sich lobend über Lintupelto, der seiner Ansicht nach ein tüchtiger Arbeiter war und es verstand zu feiern. Dabei sparte er nicht mit Dollars. Der aus Toholampi hatte gehört, dass ein Polizist die Jungs nach Nevaha gefahren habe, man hatte ihm aus Morteau ein Taxi geschickt. Das hatte ich auch von Kamppuri gehört.

Der aus Toholampi ging zu seiner Hiebsfläche, ich meine Schneise entlang zum Harvester, der die Nacht über am Waldrand gewartet hatte, ließ die Maschine an und begann den Wald zu fällen. Ich war schon bis zu den Hügeln gekommen, wo meine Hiebsfläche endete. Vor dem Wenden holzte ich noch ein Stück den Hügel hinauf ab. Das Vorderrad des Harvesters geriet dabei in eine Höhlung, die Maschine neigte sich und begann auf die rechte Seite zu kippen. Ich bekam die Tür zwar noch auf, schaffte es aber nicht mehr hinaus, bevor die Maschine auf der Seite landete und sich am Abhang überschlug.

Ich war übel unter der Maschine eingeklemmt. Bevor mir schwarz vor Augen wurde, spürte ich noch, wie der seitliche Bogen der Fahrerkabine mir Haut und Fleisch von Schenkel und Bein hobelte, während die Maschine den Abhang hinunterglitt.

Als ich erwachte, war Lintupelto da. Er befahl mir, mich nicht zu rühren, weil die Maschine so auf mir lag, dass sie noch weiter abzurutschen drohte. Die Schmerzen kamen, und ich schrie. Lintupelto sagte, ich solle lauter schreien. Ich schrie, er stand da und sah zu. Ich fragte, ob er mich unter der Maschine sterben lassen wolle, aber da ging er schon ohne ein Wort den Abhang hinunter. Wieder schrie ich lange, weil ich glaubte, er habe mich allein gelassen. Bald kam er, zwei Langhölzer hinter sich her ziehend, zurück und befahl mir, mit dem Schreien fortzufahren.

Ich erwachte wieder, als Lintupelto und der aus Toholampi eine Tragevorrichtung bauten, mit der sie mich aus dem Wald herausschaffen konnten. Lintupelto sagte, meine Beine sähen schlimm aus. Ich sah die Forstmaschine weiter unten am Hang, der aus Toholampi erzählte mir später, Lintupelto habe Baumstämme als Walzen unter den Harvester gelegt, und sie hätten die Maschine mit einem langen Stamm über die Rundhölzer gleiten lassen. Der aus Toholampi glaubte nicht, dass es viele Männer gebe, die mit diesen Gerätschaften den viele Tonnen schweren Harvester von mir herunterbekommen hätten.

Ich versuchte, meine Beine zu betrachten, während die Jungs die Bahre bauten, aber ich konnte nicht erkennen, was unter den Hosenfetzen war. Lintupelto sagte, er kenne im Augenblick keine andere Arznei für mich als das Schreien, aber davon könne ich genießen, so viel ich nur wolle. Ich glaubte nicht an diese Arznei, aber schreien musste ich, als sie mich auf die Trage legten und aus dem Wald zum Weg brachten. Ich hörte, dass sie von dem Pick-up der Männer aus Alahärmä sprachen, mit dem sie immer zur Arbeit fuhren. Der aus Toholampi rannte zur Hiebsfläche der Männer aus Alahärmä, sobald wir auf dem Weg angekommen waren.

Lintupelto saß neben der Bahre und rauchte. Ich wollte keine Zigarette und übergab mich lieber. Lintupelto äußerte den Verdacht, dass die Maschine auch meine Innereien zerrissen habe, weil mir übel war. Ich sagte, mir werde schon allein von dem Gedanken an meine Beine übel. Lintupelto betastete meine Beine, obwohl ich es verbot. Er vermutete, dass beide an mehreren Stellen gebrochen sein müssten, und wettete, dass ich für den Rest meines Lebens im Rollstuhl sitzen müsste, was meine Stimmung auch nicht wirklich verbesserte.

Der aus Toholampi und einer aus Alahärmä kamen von vorn mit dem Pick-up, da waren meine Schmerzen schon unerträglich. Der aus Toholampi meinte, Lintupelto hätte wenigstens einen Teil des Schnapses aufsparen sollen, den er in den letzten Tagen in Morteau und in Loulle in sich hineingeschüttet hatte, jetzt wäre es gut gewesen, mir eine Gallone davon unter die Haare zu gießen. Sie redeten die ganze Zeit, während sie auf der Ladefläche des Pick-up aus Planen und Overalls, die sie in der Fahrerkabine gefunden hatten, und aus ihren eigenen Kleidern ein Lager für mich bereiteten. Ich konnte nicht mehr schreien, als sie mich auf die Ladefläche hoben, obwohl Lintupelto mir befahl zu schreien, und zu schreien befahlen mir auch der aus Toholampi und der aus Alahärmä. Der stieg jetzt ins Fahrerhaus, und Lintupelto kam zu mir auf die Ladefläche. Der aus Toholampi blieb, soweit ich mich erinnere, an seinem Arbeitsplatz. Während der Fahrt wurde nicht viel geredet, und ich mochte mir gar nicht vorstellen, wie lange sie dauern würde. Ich sah die Baumwipfel zu beiden Seiten des Weges und spürte jedes Schlagloch und jede Unebenheit, über die der aus Alahärmä mit seinem Pick-up fuhr. Ich weiß noch, dass der Himmel klar und blau war, aber ich weiß nicht mehr, ob die Baumwipfel sich im Wind bewegten.

Lintupelto sagte, er werde in den Wald zurückkehren, sobald ich im Krankenhaus wäre. Er versprach herauszubekommen, ob der Harvester noch zu gebrauchen sein würde, und Harju und Nevala zu sagen, dass die Maschine nicht durch meine Unachtsamkeit oder Ungeschicklichkeit gekippt sei. Am Hang habe sich vielmehr unter weichem Sand eine große Höhle befunden, die von den Frühlingsschmelzwässern ausgewaschen worden war, und die habe vom Cockpit des Harvesters aus niemand bemerken können, weil darüber Gras und Büsche wuchsen.

Lintupelto versprach, mich im Krankenhaus zu besuchen. Zu Hause in Finnland anzurufen verbot ich ihm und sagte, ich würde das alles den Leuten zu Hause schreiben, wenn ich wieder auf den Beinen sein würde.

II. BUCH

HERBST

1

Aus dem Krankenhaus entließen sie mich Ende Oktober, obwohl ich noch nicht ordentlich gehen konnte. Lintupelto holte mich in seinem Wagen von Toronto ab, wo ich im Streckverband und in Gips gelegen hatte. Wir fuhren über Parry Sound und Sudbury, wo wir übernachteten.

Ich wollte Lintupeltos Bekannten mit meinen Krücken nicht zur Last fallen und sagte, ich ginge ins Hotel. Lintupelto wollte nicht als Liftjunge ins Hotel und sagte, ich solle mich mit einem ebenerdigen Motel begnügen, damit ich mich ohne Betreuer bewegen könne. Er ging, sobald er mich in mein Zimmer gebracht hatte, und versprach, in der Nacht oder am Morgen zu kommen.

Ich verbrachte den Abend mit Fernsehen. Während meines Aufenthalts im Krankenhaus hatte ich versucht, Englisch zu lernen, hatte die Lehrbücher aus der Krankenhausbibliothek durchgearbeitet, die Übungsaufgaben gemacht und Sprachkassetten gehört und mit den Ärzten und Schwestern sowie mit den Männern gesprochen, die in meinem Zimmer lagen. Nachdem ich mein Bein aus dem Streckverband nehmen durfte und wieder umhergehen konnte, suchte ich das Raucherzimmer und das Krankenhauscafé auf und hörte mir an, was die Leute sprachen.

Jedem neuen Patienten, der in mein Zimmer gebracht wurde, musste ich meinen Unfall schildern, und jeder Einzelne berichtete mir, was ihm fehlte. Meistens waren wir immer fünfzehn Mann, und ich lag dort am längsten. Später in Nevaha versuchte ich auszurechnen, wie viele Krankengeschichten ich gehört hatte, und erinnerte mich an über hundert sehr verschiedene. Als Lintupelto mich abholen kam, kannten alle meine Zimmergenossen ihn aus meinen Erzählungen und warnten ihn, mich unterwegs nur ja nicht irgendwo zu vergessen, wenn wir von Toronto nach Nevaha fuhren.

Lintupelto bezahlte die Krankenhausrechnung und sagte, das Geld habe er von der Firma in Nevaha bekommen.

»Von der Versicherung?«, fragte ich. Das wusste Lintupelto nicht, Harju hatte ihm das Geld als Scheck gegeben.

»Wie viel?«, fragte ich. Lintupelto nannte die Summe, sagte, die Quittung liege auf dem Stubentisch in Nevaha und mein Geld auf meinem Bankkonto in Morteau. Ich wunderte mich, wieso ich ein Bankkonto hatte. Lintupelto sagte, er habe es eröffnet, damit zwischen uns alles klar sei.

In Sudbury waren wir gegen acht Uhr abends angekommen. Kurz vor Mitternacht hatte ich es satt, durch die Kanäle zu zappen, und ging schlafen. Auf die Krücken gestützt kam ich bis zur Badezimmertür, wo ich mich mit beiden Händen am Türrahmen abstützen konnte. Die Beine taten mir immer noch ziemlich weh, wenn ich allein auf sie angewiesen war, und so rückte ich Knochen und Fleisch an ihre Plätze, während ich einen Augenblick aufrecht stehend schwankte. Dann neigte ich mich über die Schwelle, bekam den Rand des Waschbeckens mit der linken Hand und die Handtuchleiste mit der anderen zu fassen und zog mich weiter hinein.

Beim Waschbecken drehte ich mich um, und mir fiel ein, dass

ich meinen Koffer nicht geöffnet hatte, in dem sich all die Sachen befanden, die ich im Badezimmer brauchte, bis hin zu den Salben, mit denen ich die Narben behandeln musste. Ich drehte mich wieder um, bekam, ohne zu stürzen, die Türpfosten zu fassen und zog mich in die Türöffnung. Ich versuchte mich umzudrehen, um zu meinen Krücken zu gelangen, aber als ich mit den Füßen rückwärts tappte, stieß ich eine der Krücken weit in den Vorraum hinein. Wieder musste ich mich in der Tür umdrehen und überlegte, wie ich die drei Schritte bis zu der Krücke zurücklegen könnte, wobei mir der schmale Vorraum so breit wie das Rote Meer dem Volk Israel erschien.

In der Tür schwankte ich einen Moment, tat zwei Schritte, zog eine Grimasse und verfluchte meine Schmerzen, bückte mich und bekam die Krücke zu fassen. Darauf gestützt ging ich ins Zimmer. Ich verfluchte Lintupelto, der mich allein gelassen hatte. Ich kam zu meinem Koffer, den Lintupelto auf einen Hocker neben dem Fernseher gesetzt hatte, öffnete ihn und nahm heraus, was ich brauchte. Das Telefon klingelte – fünfmal, bevor ich den Apparat erreichte und den Hörer abnahm. Es war Lintupelto, der fragte, ob ich schon geschlafen habe. Ich sagte, dass ich mich gerade zum Schlafengehen fertig mache. Er fragte, warum ich mich nicht gleich gemeldet habe. Ich erklärte ihm, dass ich ein Invalide sei, ein wegen eines Arbeitsunfalls nahezu bewegungsunfähiger Krüppel. Lintupelto teilte mir mit, er sei in eine Gesellschaft geraten, die es ihm erst am Morgen erlaube, ins Motel zu kommen. Ich solle auf keinen Fall wach bleiben und auf ihn warten. Ich dankte ihm für die Mitteilung und legte auf.

Am Morgen kam er. Ich hatte mich schon angezogen, das Frühstück aufs Zimmer bestellt und gegessen. Ich fragte, ob er fahren könne. Er behauptete, immer fahren zu können. Er wirkte nicht betrunken und erzählte auch nichts von der vergangenen Nacht, obwohl ich danach fragte. Er hatte es eilig, an die Arbeit zu kommen, der Harvester stand unbenutzt auf den Schlagflächen von Nevaha. Das Motel bezahlte er mit meinem Geld.

Ich verließ, auf meine Krücken gestützt das Motel. Lintupelto zeigte mir den Weg auf der anderen Seite des Busbahnhofs, wo er angekommen war, als er zum ersten Mal in dieses Land und nach Sudbury gereist war. Damals habe er einen Augenblick vor dem Busbahnhof gestanden und überlegt, wohin er sich wenden solle, um nach Arbeit zu fragen. Aus dem hohen Schornstein von Big Nickel sei schwerer Rauch genau zum Busbahnhof herübergeweht, habe in den Augen gebrannt und beim Atmen Schmerzen verursacht, und mit dem Rauch sei Asche und Ruß zu Boden gefallen. Während er diesen Rauch kostete, beschloss Lintupelto, sich irgendwo Arbeit zu suchen, wo die Luft besser war, stieg wieder in einen Bus und kam am nächsten Tag in Nevaha an. Nach Sudbury kehrte er erst ein halbes Jahr später zurück. Seine Kumpels aus Lappajärvi, die ihm von dem Arbeitsplatz geschrieben und auch schon eine Stelle für ihn besorgt hatten, mussten ihm mitteilen, dass die Stelle an einen Englischsprachigen vergeben worden war. Lintupelto hatte ihnen nicht gesagt, dass er sowieso schon seit einem halben Jahr den Stämmen der Weymouthskiefern mit der Säge zu Leibe rückte.

Ich bugsierte mich ins Auto. Lintupelto legte die Krücken auf die Pritsche des Pick-up und band sie fest. Wir fuhren los, Lintupelto erzählte, dass er später einen Winter in Sudbury verbracht habe, im Nickelbergwerk Falconbridge, dann aber wieder in reinere Landschaften gezogen sei. Er behauptete, er

werde noch einmal in die großen Goldminen des Nordens gehen, weil seiner Ansicht nach nur das Goldschürfen eine wirklich angesehene Arbeit sei, und ein pfiffiger Bergmann finde Mittel und Wege, reines Gold auch auf eigene Rechnung aus dem Schacht mitzubringen. Er hielt das nicht für Diebstahl, obwohl darauf nach kanadischem Gesetz eine langjährige Haftstrafe stand.
»Das Gesetz ist nicht immer dasselbe wie das Recht«, sagte er. Ich fragte, ob der Kater bei ihm einen Rededurchfall ausgelöst habe, angeblich war ihm jedoch eine Krankheit namens ›Kater‹ unbekannt. Die Sitzbank im Pick-up war hart und die Federung für Arbeitsfahrten konzipiert, sodass ich mich während der ganzen Fahrt selbst auf Händen tragen musste.
Wir hielten nur einmal an, bei der Tankstelle an der Wasserscheide, wo die Straße nach Loulle von der nach Timmins abzweigt, und tranken einen Kaffee. Die Leute sahen mir zu, wie ich mich mit den Krücken mühsam fortbewegte. Lintupelto kaufte Bier zum Mitnehmen, das man im Kühlraum der Tankstelle à fünfzig Dosen bekam. Er sagte, das sei für mich, für sich selbst kaufte er zwei Flaschen kanadischen Whiskey zu je einer halben Gallone, und ich solle immer daran denken, dass man in die Wildnis nie ohne Schnaps fahre.
Nach Loulle führte nur ein Sandweg, achtzig Kilometer lang, und die Schmerzen in meinen Beinen wurden schlimmer. Lintupelto bot mir einen Schluck Whiskey an, aber ich traute mich nicht, den auf die Schmerztabletten zu kippen, ich sagte, die Ärzte hätten mir das verboten. Zu beiden Seiten der Straße waren umfangreiche Abholzungsarbeiten im Gang, und Lintupelto wusste zu erzählen, dass hier das große Sägewerk von Morteau fälle. Er sagte, ich hätte diese Sägewerke im Sommer in Morteau kennen lernen können, wenn ich nicht so an dem

Indianermädchen aus der Küche von Nevaha interessiert gewesen wäre. Ich wollte wissen, wie es ihr gehe.
»Das wirst du bald sehen«, sagte Lintupelto. Er erzählte mir nichts über Rachel, obwohl ich noch einmal fragte. Die ganze Fahrt über wollte ich ihn nach der Narbe fragen, die im Sommer noch nicht an seinem Kinn gewesen war und aussah wie eine Stichwunde. Er antwortete nicht gleich, und ich fragte nochmals. Da erzählte er, dass er sich die Wunde beim Kartenspiel in Supper zugezogen hatte, während ich im Krankenhaus lag. Er hatte eigentlich nach Toronto kommen und mich besuchen wollen, sei aber bei seinen Bekannten in der Nickelstadt hängen geblieben.
»Wurden da die Karten mit dem Finnenmesser ausgeteilt?«, fragte ich.
»Mit dem Stilett«, sagte er.
Wir sprachen nicht weiter darüber, aber später in Nevaha hörte ich von Perkiö, dass die Schlägerei erst nach dem Kartenspiel begonnen hatte. Ein polnischer Bergmann hatte all sein Geld an Lintupelto verloren und wütend den Privatklub verlassen, hatte aber im Nachbarhaus gewartet, und als Lintupelto und Perkiö zum Auto gingen, hatte der Pole sie mit zwei Kumpels angegriffen. Sie hatten nicht gewusst, dass Lintupelto ein ehemaliger Ringer und daher gewöhnt war, seinen Mann zu stehen. Lintupelto hatte die Polen wie Handschuhe auf dem Parkplatz verstreut, noch ehe Perkiö überhaupt einen von ihnen hatte packen können. Einer der Polen hatte jedoch ein Messer in der Hand gehabt, und als Lintupelto ihn durch die Luft schleuderte, hatte er ein Stück von dessen Kinn geschnitten. Perkiö hatte die Wunde verbunden, zum Arzt hatte Lintupelto nicht gehen wollen, da der eine durch eine Stichwaffe verursachte Wunde sofort der Polizei hätte melden müssen.

Die Narbe hatte unregelmäßige Ränder und war hässlich, weil sie nicht genäht worden war. Lintupelto erzählte, die Wunde habe geeitert und sei schlecht verschorft, meinte aber, dass jeglicher Zusatz dieses Gesicht, das er täglich im Spiegel betrachten müsse, nur verschönern könne.

2

Am Nachmittag kamen wir in Nevaha an. Es regnete. Der Wind hatte die Blätter von den Bäumen gerissen, aber niemand hatte sich die Mühe gemacht, sie zusammenzuharken, sodass sie überall auf dem Hof und vor der Treppe lagen wie ein Teppich. Lintupelto half mir hinein.

Kamppuri hatte unser Haus wie sein eigenes bewohnt, hatte morgens, als er zur Arbeit ging, seine Sachen auch auf meinem Bett liegen lassen, sodass kein Platz mehr für mich war. Lintupelto legte die Sachen auf Kamppuris Bett und prüfte, ob Kamppuri in der Zeit, wo ich zum Strecken in Toronto gelegen hatte, in der Schlafkammer eine Frau zur Untermiete gehabt hatte.

Ich legte mich auf mein Bett, das lange Sitzen im Auto spürte ich in Beinen und Hüften. Lintupelto holte meine Sachen aus dem Auto und lehnte mir die Krücken ans Bett, wobei er jammerte, wie viel Mühe ich ihm mache. Er sah die Schränke und den Kühlschrank durch und kam dabei zu der Feststellung, dass Kamppuri ein Mann sein müsse, der mit wenig Essen auskommt. Daraufhin ging er in den Laden der Firma, um einzukaufen. Vorher brachte er noch die Packung mit den fünfzig Bierdosen an mein Bett, empfahl mir, mich in der Zeit, wo er einkaufte, schon mal von Brühe zu ernähren, jedoch daran zu denken, dass das Herzhäuschen sich am Ende des Grundstücks am Waldrand befand. Ich hatte keine Lust, das Thema zu kommentieren, und lag einfach nur da.

Ich erwachte davon, dass er in der Küche rumorte, die Schranktüren öffnete und Sachen herumschob.

»Du hast Besuch, bedeck dir die Eier«, rief er.

Rachel kam mit Lintupelto in die Kammer. Lintupelto erzählte, er habe mit Rachel vereinbart, dass sie einmal am Tag nach mir sehen, mir warmes Essen aus der Kantine bringen und ein bisschen sauber machen würde, dass sie mir aber oberhalb der Knie keine Vaseline auf die Narben zu streichen brauche.

»Jetzt hat auch Pauli eine Frau für Geld«, sagte er und erzählte, Harju habe Rachel zusätzlichen Lohn dafür zugesagt, dass sie kam und mich betreute. Rachel sagte, sie habe mit Harju abgemacht, dass sie mir Essen bringe und sauber mache, vom Einreiben mit Vaseline sei keine Rede gewesen.

»Für wessen Geld hat Harju Rachel eingestellt?«, fragte ich.

Lintupelto vermutete, dass Harju einen Teil des Geldes, das ich von der Versicherung bekommen hatte, in die eigene Tasche gesteckt habe, dass ihn aber das Gewissen doch so weit plage, dass er es nicht gewagt habe, mich Rachels Lohn zahlen zu lassen.

Rachel ging und versprach, am Abend mit dem Essen wiederzukommen. Lintupelto befahl mir, die Finger von dem Indianermädchen zu lassen, weil niemand sonst bereit gewesen sei, mich zu versorgen, so schlecht sei inzwischen mein Ruf in Nevaha. Wenn ich Rachel also erzürnte, könne ich Lintupeltos wegen so lange bei kaltem Essen und in meinem Dreck im Haus liegen, bis ich wieder auf die Beine käme. Ich glaubte nicht, dass mein Ruf sonderlich gelitten hatte, bevor ich nach Toronto gekommen war.

Lintupelto setzte sich an den Küchentisch und rechnete aus, wie viel ich ihm für die Toronto-Tour schuldete, für fast zweitausend Kilometer, die er mit seinem eigenen Benzin hatte fahren müssen. Er rief mir die Summe zu, ich forderte ihn auf, mir das Ganze schriftlich vorzulegen. Ich würde es dann begleichen, sobald ich zur Bank käme, auch wenn ich glaubte, dass Lintupelto so wie Harju einen Teil der Versicherungssumme in die eigene Tasche gesteckt hatte. Lintupelto versprach, mir alle Rechnungen zu zeigen, damit ich ihn nicht als Dieb bezeichnen konnte.

Kamppuri kam von der Arbeit, noch ehe Lintupelto gegangen war, und sagte, dass er uns bereits erwartet habe. Lintupelto fragte nach dem Harvester. Kamppuri sagte, er stehe auf der Hiebsfläche und sehne sich nach Lintupelto. Erst jetzt erzählte mir Lintupelto, er habe der Firma den Harvester abgekauft und in Ordnung gebracht, kurz nachdem ich nach Toronto gebracht worden war. Während der Monate, die ich im Krankenhaus gelegen hatte, habe er dann auf eigene Rechnung für das Sägewerk Nevaha Bäume gefällt.

»Mit wessen Geld hast du den gekauft?«, fragte ich.

»Harju hat mir Kredit gegeben«, sagte Lintupelto.

Jetzt erzählte Kamppuri, er habe in Morteau Gerüchte gehört, wonach Harju seine Firma an eine große kanadische Firma verkaufen wolle, deren Namen niemand kenne. Lintupelto schenkte diesen Gerüchten keinen Glauben. Er ging. Kamppuri saß einen Augenblick in der Kammer und fragte, wie es mir gehe, er würde es nämlich sicher nicht lange aushalten, einen im Bett liegenden Mann zu betrachten. Dann nahm er den Fernseher aus dem Einbauschrank, den er, wie er sagte, in Morteau gebraucht gekauft hatte, aber aus Angst vor Dieben tagsüber im verschlossenen Schrank aufbewahrte, stellte mir das Bild ein und gab mir die Fernbedienung in die Hand, sodass ich die Kanäle wechseln konnte, ohne vom Bett aufstehen zu müssen.

Dann ging auch Kamppuri fort, sagte mir aber noch, dass er vor Mitternacht zurück sei.

3

Ich wachte davon auf, dass Rachel mir die Fernbedienung aus der Hand nahm und den Fernseher ausmachte und dann in die Küche ging. Ich setzte mich auf, und als das Blut in den Beinen zu zirkulieren begann, nahmen die Schmerzen so zu, dass mir der Schweiß durch die Unterwäsche drang, in der ich gelegen hatte. Ich langte nach meiner Tasche, in der die Schmerzmittel waren, öffnete das Röhrchen und nahm zwei Tabletten in den Mund. Mit Bier spülte ich sie hinunter.

Einen Augenblick saß ich auf dem Bettrand und wartete darauf, dass die Pillen mir die Schmerzen aus den Beinen wuschen. Ich nahm die Hose vom Stuhl und zog sie an. Die Krücken bekam ich da zu fassen, wo Lintupelto sie hingestellt hatte, zog mich mit ihrer Hilfe hoch und schleppte meinen Körper in die Küche.

Rachel sagte, sie wolle mir das Essen in die Kammer bringen. Ich sagte ihr, dass ich in Toronto so lange im Liegen gegessen hatte, dass ich jetzt lieber am Tisch sitzen wollte. Rachel stellte mir einen Teller und ein Glas hin. Ich bat sie, mir aus der Kammer ein Bier zu holen, aber sie goss mir Milch ein, die sie aus der Werkskantine mitgebracht hatte, und behauptete, Milch sei mit den Schmerztabletten besser verträglich als Bier. Sie habe gesehen, wie ich mir vorhin auf dem Bettrand eine

Hand voll Schmerzmittel eingeworfen hatte, um aufstehen zu können.

Rachel hatte das Essen in einem metallenen Wärmebehälter mitgebracht. Jetzt suchte sie in unserem Haushalt eine Kelle, fand aber keine, goss mir die Suppe in den Teller und kratzte mit einem Aluminiumlöffel aus dem Behälter Kartoffeln und Fleischstücke. Den Aluminiumlöffel hatte Kamppuri ungewaschen auf einem kleinen Tisch neben dem Herd liegen lassen, und Rachel musste erst mit einem Eimer vom Hydranten an der Straße Wasser holen, um den Löffel abspülen zu können.

Ich aß und fragte, warum Rachel mir kein einziges Mal nach Toronto geschrieben und mich nicht an meinem Krankenbett besucht habe, um mir Trost zuzusprechen. Sie behauptete, sie habe sich gar nicht an mich erinnert. Das glaubte ich nicht und erinnerte sie an unsere gemeinsame Zugfahrt von Morteau nach Nevaha, auf der man mich für ihren Ehemann und für ein Mitglied des Cree-Stammes gehalten hatte.

»Was für Rechte haben die Cree-Männer gegenüber den Frauen des Stammes?«, fragte ich.

»Sie haben nur Pflichten«, sagte Rachel.

Ich fragte nochmals, warum sie mir nicht nach Toronto geschrieben habe. Sie zuckte die Achseln. Ich fragte, ob sie schreiben könne, sah dann, dass sie sich über meine Frage ärgerte, und bat um Verzeihung. Sie überlegte einen Augenblick, bevor sie die Entschuldigung annahm. Dann nahm sie meinen Teller und mein Glas und wusch sie in der Waschschüssel ab, spülte den Essenträger aus und schüttete das Abwaschwasser hinter dem Abtritt aus.

Ich saß noch am Küchentisch und bat Rachel, Kaffee zu kochen. Rachel durchsuchte Küche und Kammer, fand aber keinen Krümel Kaffee. Ich vermutete, dass Kamppuri, während ich in Toronto gewesen war, sich wohl kaum selbst verpflegt hatte. Rachel wusste, dass er viel mit Perkiös Truppe unterwegs gewesen war und nur noch selten Zeit gehabt hatte, im Wald zu arbeiten. In der Kantine hieß es, Harju habe Kamppuri schon aus der Firma entlassen, jedoch darauf gewartet, dass ich aus Toronto zurückkommen würde, um die Miete zu bezahlen.

»Wird im Sägewerk davon geredet, dass Harju die Firma verkaufen will?«, fragte ich. Davon hatte Rachel nichts gehört und glaubte solche Gerüchte auch nicht.

Ich nahm meine Krücken, schleppte mich zum Bett und legte mich hin, als Rachel mich fragte, ob ich noch etwas brauchte. Ich erwähnte die Salben, die man mir im Krankenhaus mitgegeben hatte und die ich abends auf die Narben auftragen sollte, die ich aber noch nicht bis zu den Füßen hinunter selbst auftragen konnte.

Jetzt kam Rachel in die Kammer, und ich sagte ihr, die Salbe sei in meiner Tasche. Sie fand die Medikamente aus dem Krankenhaus und brachte sie mir. Ich zeigte ihr den Tiegel mit der Salbe, öffnete die Hosen und zog sie herunter. Rachel ging zum Fußende meines Betts, ergriff die Hosenbeine und zog mir stumm die Hose vom Leibe. Dann öffnete sie den Salbentiegel, nahm etwas Fett auf die Finger und verteilte es auf den Narben an Füßen und Waden, entsetzte sich über die Spuren, die die Forstmaschine hinterlassen hatte und die Narben von den Hauttransplantationen an den Waden, den Außenseiten der Beine und an den Schenkeln. Ich nahm den Salbentiegel und rieb mir die Narben an den Schenkeln ein, zog das Hemd aus den Unterhosen, sodass die Rippen sichtbar wurden, und zeigte Rachel an meiner linken Seite eine Stelle, wohin die

Ärzte in Toronto Fleisch vom Rücken verpflanzt hatten. Rachel nahm die Salbe und trug sie auf Rücken und Rippen auf. Ich fragte, ob die alten Schamanen und Heiler des Cree-Stammes nicht Naturheilkräuter kannten, mit denen die Wunden der großen Krieger kuriert wurden, aber in diesen Scherz stimmte sie nicht ein.

Rachel schloss den Salbentiegel, steckte ihn in meine Tasche und sagte dann, dass sie jetzt gehe.

»Und den Kranken lässt du hier allein?«, fragte ich. Sie fand, ich wirke nicht sehr krank und es sei sowieso jeder mit seinem Schmerz allein. Sie meinte, bis zum Morgen würde ich schon allein zurechtkommen, und versprach, mir das Frühstück zu bringen, sobald die morgendliche Stoßzeit in der Kantine vorbei war.

Kamppuri blieb die ganze Nacht aus. Am Morgen kam Rachel und brachte mir Frühstück. Ich sagte, ich hätte die ganze Nacht qualvoll ohne Pflegerin wach gelegen, ich hätte nicht einmal aus dem Bett aufstehen können, um Schmerzmittel zu nehmen. Sie erinnerte sich, dass ich es gestern bis in die Küche geschafft hatte, wenn auch mit Mühe. Ich sagte, in meinem Befinden sei eine radikale Verschlechterung eingetreten, sobald Rachel mich verlassen hatte. Ich erzählte auch, dass Kamppuri die ganze Nacht nicht nach Hause gekommen war. Rachel wusste, dass Kamppuri mit dem aus Toholampi auf den Dachboden des Sägewerks in zwei Zimmer gezogen war, die niemand hatte haben wollen, weil die Sägen von morgens um sechs bis abends um zehn in Betrieb waren und ihr Kreischen in den Zimmern dermaßen laut zu hören war, als würde man direkt nebenan ein Eisenrohr in Stücke schneiden.

Ich behauptete, ich hätte die ganze Nacht wach gelegen und auf Kamppuri gewartet und würde sogar vor Einsamkeit geweint haben, weil die ganze Welt mich, einen Behinderten, im Stich gelassen hatte, wenn ich nur gewusst hätte, ob sich das für einen richtigen Cree-Mann schickte.

4

Mittags kam Kamppuri seine Sachen holen, er sagte, er wolle meine Genesung nicht durch sein Kommen und Gehen stören und habe sich deshalb eine andere Wohnung gesucht.

»Das hab ich gehört«, sagte ich.

»Von wem?«, wunderte er sich.

»Von Rachel«, sagte ich.

»Was hat sie sonst noch erzählt?«, fragte Kamppuri.

»Dass dir der Wald nicht mehr schmeckt.«

Kamppuri erklärte, er mache deshalb nicht mehr so viel Waldarbeit, weil ihm das nötige Maß an Demut fehle.

»Welche Demut?«, fragte ich.

»Mich vor so vielen Bäumen zu verneigen«, versetzte er.

Er meinte, ich solle nicht zu viel auf die Reden der Indianer hören und ihnen nicht glauben, auch wenn sie finnisch sprachen. Ich erzählte, dass ich mit Rachel englisch spreche, weil ich die Sprache der Cree noch nicht gelernt hatte.

Ich sagte, ich hätte noch genug Demut, um mich vor den Bäumen zu verneigen, wenn mein Fleisch sich nur so weit dehnen würde, dass ich mich bücken konnte. Kamppuri suchte seine Sachen zusammen. Ich fragte nach dem aus Toholampi. Kamppuri erzählte, dass auch er jetzt, wo der Winter sich nä-

herte, vom Wald genug habe, sie würden jetzt für Perkiö Waren aus Supper und von noch weiter her holen.
»Lebende Ware?«, fragte ich.
»Lebende und tote«, sagte Kamppuri.
Mehr konnte ich nicht fragen, denn Rachel kam mit dem Essen, aber sie blieb nicht, nachdem sie Kamppuri gesehen hatte. Sie stellte den Wärmebehälter in die Küche, befahl Kamppuri, mich zu füttern, und sagte, sie nehme den Essenträger am Abend wieder mit, wenn sie mir das Abendbrot bringe. Ich wollte sie nicht fragen, nach welchem Vertrag sie angefangen hatte, mir dreimal täglich Essen zu bringen. Kamppuri verbot Rachel, über ihn und den aus Toholampi unwahre Geschichten zu verbreiten. Sie seien ehrliche Männer, und Perkiös Geschäfte brauchten das Tageslicht nicht zu scheuen.
»Wirst du dreimal täglich von der Firma betreut?«, fragte Kamppuri, als Rachel gegangen war. Ich sagte, ich sei Invalide und ein bewegungsunfähiger Mann, der bei der Arbeit für die Firma verunglückt war.
»Durch deine Ungeschicklichkeit«, sagte Kamppuri.
»Wird das behauptet?«, fragte ich.
»Solche Reden hat es gegeben«, bestätigte Kamppuri.
Ich bat ihn, er möge mir ein Stück Seil besorgen und in die Kammer bringen.
»Ist es so schlimm?«, fragte er. Er behauptete, für mich sei in der Welt noch viel Schönes und Gutes vorgesehen, ich solle jetzt noch keinen endgültigen Beschluss fassen. Ich versprach, mich mit dem Seil nicht vom Leben zum Tode zu befördern.
»Wie lang soll dein Strick sein?«, fragte er.
»Zwei Meter«, sagte ich und maß das Bett mit den Blicken. So einen Strick fand Kamppuri aber in der Hütte nicht. Er ging ins Dorf. Ich richtete mich mühsam auf und schleppte mich

an den Krücken zum Küchentisch. Rachel hatte den Essenträger, Teller und Löffel, ein Glas und eine Flasche Milch auf den Tisch gestellt. Ich aß direkt aus dem Essenträger.

Kamppuri kam mit dem Strick und setzte sich mir gegenüber an den Tisch. Ich fragte ihn nach den Fahrten für Perkiö. Er erzählte, Perkiö habe sich einen Van gekauft, einen alten Kombischlitten, mit dem der aus Toholampi und er selbst zweimal wöchentlich in die Städte im Süden fuhren und von dort Waren holten, die Perkiö dann an die Geschäfte im Norden und an Privatleute verkaufte, die weitab vom Schuss wohnten.

»Was für Sachen?«, fragte ich.

»Kurzwaren und lange«, sagte Kamppuri. Ich sah, dass er keine Lust hatte, mir von Perkiös Geschäftstätigkeit zu erzählen, aß und legte mich aufs Bett. Ich bat Kamppuri, mir den Strick zu bringen, und befestigte ihn am Fußende des Bettes. Ich zog das Ende zu mir heran, als ich mich ausstreckte. Kamppuri stand neben dem Bett und sah zu, wie ich mich an dem Strick zum Sitzen hochzog, und fand es praktisch. Kamppuri ging und versprach, mich zu besuchen, fragte noch, ob er mir etwas aus der Stadt mitbringen solle, wo er am Abend hinfahren wollte. Ich glaubte, dass ich auch so zurechtkommen würde.

Rachel kam gegen Abend wieder und brachte mir etwas zu essen. Ich zeigte ihr den Strick, den ich am Fußende des Betts verknotet hatte, und wollte wissen, was für Pferdenamen die Indianer benutzt hatten, da ich meinem Ross den Namen eines Indianerpferdes geben wollte, weil ich ja auch schon eine schöne indianische Braut hatte, die gut für mich sorgte. Rachel nannte mir einige Pferdenamen: Kurzbein, Sohn des Spähäugigen, Elchhund.

Darüber wunderte ich mich etwas, denn ich hatte immer geglaubt, die Indianer hätten schönere Namen für ihre Pferde gehabt, da sie ihnen doch so wichtig waren.
»Was ist denn Elchhund für ein Pferdename?«, fragte ich.
Rachel erklärte, dass der Hund lange vor dem Pferd ein Diener des Menschen gewesen sei, die Pferde wiederum hätten äußerlich an einen Elch erinnert und dem Menschen so wie die Hunde gedient.
Diese Erklärung fand ich gut und gab meinem Strick den Namen Elchhund. Jedes Mal, ehe ich mich im Bett hochzog, rief ich Elchhund. Rachel sagte mir auch, wie Elchhund in ihrer Sprache hieß.
Ich fragte sie, wie ihr eigener Name in der Indianersprache lautete, aber sie behauptete, dass die Indianer ihres Stammes ihren Kindern keine Namen aus ihrer eigenen Sprache mehr gäben. Das glaubte ich nicht.
Ich ging an Krücken in die Küche und aß, was Rachel mir aus der Kantine mitgebracht hatte. Ich fragte nach Lintupelto, sie hatte ihn seit gestern nicht gesehen.
Rachel erzählte, dass die anderen Waldarbeiter jetzt früh aus dem Wald zurückkehrten, weil es früh dunkel wurde, dass aber Lintupelto im Scheinwerferlicht des Harvesters bis spät in die Nacht hinein arbeitete.

5

Rachel war noch nicht gegangen, als Harju mit dem Auto auf den Hof fuhr und einmal um das Haus herumging, bevor er hereinkam. Rachel sah ihn durch das Fenster kommen und ging in die Küche hinüber. Ich hörte, dass Harju mit ihr in der Küche etwas besprach, was ich nicht verstand. Ich lag schon im Bett, Harju kam mit Schwung und wichtigtuerisch in die Schlafkammer, wunderte sich lautstark, wie gesund und wohlauf ich wirkte, obwohl ich immerhin einen der schlimmsten Unfälle gehabt hatte, die in der Geschichte von Nevaha passiert waren, und bei der Firma hätten im Lauf der Jahrzehnte doch zehntausende von Männern gearbeitet.

Er setzte sich auf Kamppuris Bett, betrachtete prüfend die Matratze und die Decke und bemerkte, dass sie nicht im Laden der Firma gekauft worden seien. Ich erzählte, dass Perkiö sie uns seinerzeit für die Hälfte des Preises verkauft hatte, der im Laden der Firma dafür verlangt wurde.

»Er verkauft gestohlene Sachen«, sagte Harju.

»Davon weiß ich nichts«, sagte ich.

»Hehlerei ist eine Straftat«, sagte Harju.

»Dies sind Räume der Firma«, sagte ich. Darüber dachte Harju einen Augenblick nach.

»Kamppuri ist auf den Dachboden des Sägewerks gezogen«, sagte ich.
»Das gehört nicht hierher«, sagte Harju.
Er kündigte an, er werde Perkiö wegen des Verkaufs von gestohlenen Sachen die Leviten lesen, denn Perkiö habe den ganzen Herbst über billige Sachen aus dem Süden herbeigekarrt und auf diese Weise die Rentabilität des Ladens der Firma geschmälert. Ich bot ihm ein Bier an, aber Harju holte aus seinem Auto eine Flasche Whiskey. Rachel sagte, sie gehe. Sie brachte Gläser und eine Kanne Wasser aus der Küche und sagte, Whiskey und Schmerztabletten sollten nicht zusammen geschluckt werden.
»Nimmst du noch Schmerzmittel?«, wunderte sich Harju. Ich versuchte zu lachen und sagte, dass meine Knochen an vielen Stellen gebrochen gewesen seien und dass das Fleisch von den Rippen bis auf die Knochen und von der halben Höhe der Schenkel bis zum Fuß abgehobelt worden sei, sodass man bratpfannengroße Stücke vom Rücken habe verpflanzen müssen. Harju verzog das Gesicht. Rachel ging, aber versprach, am Morgen wiederzukommen.
Als Rachel gegangen war, fragte Harju, ob ich das Mädchen schon flachgelegt habe. Denn, so behauptete er, er habe Rachel zu diesem Zweck eingestellt, als Freude für meine einsamen Abende. Ich zog mich zum Sitzen hoch und griff nach dem Glas, das Rachel gebracht hatte. Harju schenkte es zur Hälfte voll Whiskey und füllte das Glas dann mit Wasser auf. Er goss sich auch selbst einen ordentlichen Schluck ein, wir stießen an und tranken darauf, dass ich diese harte Prüfung lebend überstanden hatte.
Harju versprach, ich könne den Winter über umsonst in dem Haus wohnen, wenn ich es mit den Latten heizte, die er dem-

nächst vom Sägewerk in den Hof fahren lassen würde. Ich glaubte, dass ich in ein paar Wochen schon wieder im Wald würde arbeiten können. Nach Harjus Ansicht sollte ich das nicht überstürzen, da ich mit dem Geld, das ich von der Versicherung bekommen hatte, den Winter über bis zum Frühjahr leben könnte. Ich fragte nach der Forstmaschine. Harju erzählte, er habe sie an Lintupelto verkauft.

»Das hab ich gehört«, sagte ich.

»Was hast du sonst noch gehört?«, fragte er.

»Dass du die Firma verkaufst«, sagte ich.

»Das ist Quatsch«, erklärte Harju.

»So wird geredet«, versetzte ich.

»Das stimmt nicht«, sagte Harju.

Ich widersprach ihm nicht. Ich sagte, Lintupelto habe ausgerechnet, dass er Harju den Harvester mit der Arbeit bezahlen werde, die er den Winter über für die Firma tun wollte.

Harju saß den ganzen Abend bei mir in der Kammer. Zwischendurch kochte er Kaffee, den tranken wir, und auch die Flasche Whiskey, die Harju mitgebracht hatte, aber über den Verkauf der Firma sprach er nicht. Ich wagte es nicht, viel zu trinken. Harju leerte fast die ganze Flasche allein, aber diese Whiskeymenge hatte anscheinend keine großen Auswirkungen auf ihn. Ich wurde müde, lag auf dem Bett. Harju saß auf Kamppuris Bett und redete lange über die Zeit, als er noch ein junger Bursche gewesen war und seine Brüder und der alte Charles noch lebten, und über das Leben der Lumberjacks damals in den Wäldern Nord-Ontarios. Ich schlief ein und merkte nicht, wie Harju ging.

6

Ich erwachte, als Rachel mir auf die Schulter tippte und sagte, sie habe das Frühstück gebracht, es warte auf dem Küchentisch.

»Ich muss gleich zurück«, sagte sie und erzählte, dass das finnische Mädchen, das mit ihr in der Küche arbeitete, krank geworden sei und sie nun allein das Frühstücksgeschirr abwaschen müsse.

Ich zog mich zum Sitzen hoch, indem ich den Elchhund anspornte, und erwähnte, dass ich über Harjus Erzählungen aus seiner Vergangenheit eingeschlafen sei. Rachel holte die leere Whiskeyflasche unter dem Bett hervor und vermutete, dass die wohl auch ihren Anteil an der Sache gehabt habe. Ich behauptete, nur zwei Glas Whiskey getrunken zu haben, und zwar mit Wasser verdünnt, den Rest habe Harju getrunken. Rachel sagte, Harju sei schon um sechs in der Kantine gewesen, und zwar frisch und munter. Ich erinnerte sie an die Behandlung meiner Narben, die am Abend unterblieben war, obwohl Rachel dafür von der Firma angestellt worden war. Rachel meinte, meine Pflege sei nicht ihr Job, zu gering sei der Zusatzlohn, den Harju ihr in Aussicht gestellt hatte. Ich bat sie, Wasser für mich warm zu machen, damit ich mich abreiben und die Salbe auftragen konnte. Sie versprach, am Abend länger zu bleiben, der Vormittag würde mit der Beseitigung der Spuren des Frühstücks und der Bereitung des Mittagessens für die Männer vom Sägewerk und die Leute vom Büro ausgefüllt sein und der Nachmittag mit der Beseitigung der Spuren des Mittagessens und der Zubereitung der Abendmahlzeit. Ich sagte, dass ich bis zum Abend mit dem Frühstück auskommen und in der Erwartung des Glücks leben würde, dass Rachel käme und über Nacht bei mir bliebe. Sie behauptete, in ihrem eigenen Quartier ruhiger schlafen zu können, und ging.

Ich nahm meine Krücken und zockelte in die Küche. Das Frühstück stand auf dem Tisch, ich spülte mir den Geschmack der Nacht mit Wasser aus dem Mund, das ich dem Eimer neben dem Waschtisch entnahm, und ging hinaus, um das Wasser auf den Hof zu spucken. Auf diesem Weg hatte ich mit den Türen zu kämpfen. Am Tisch saß ich lange und aß. Ich sah durchs Fenster hinaus auf den Hof und zum Waldrand hinüber, von wo ein großer Elch kam, ein gehörnter Bulle. Er blickte sich um und horchte einen Augenblick, rupfte Gras dort, wo der Wald endete, horchte zwischendurch auf die Geräusche des Sägewerks, stand lange unbeweglich da und starrte mich an. Plötzlich erschrak er vor etwas, sprang jäh zur Seite, sodass alle Füße gleichzeitig in der Luft waren, dann senkte sich sein Hinterleib, während die Hinterbeine zum Galopp einknickten, und mit zwei langen Sätzen war er im Wald verschwunden.

Am Abend erzählte ich Rachel von dem Elch, als sie mir das Essen brachte und auf dem Herd Waschwasser für mich warm machte. Sie hielt die Tatsache, dass der Wald zu den Menschen gekommen war, für kein gutes Omen, der Wald würde das Dorf Nevaha in Besitz nehmen. Ich glaubte nicht, dass die Elche solche Dinge wussten, und erzählte ihr, dass sie bei uns manchmal sogar durch die großen Städte liefen. Sie sagte nur, dass es in Finnland keine großen Städte gebe.

»Woher weißt du das?«, fragte ich.

»Ich war in Morteau in der Bibliothek und hab im Lexikon unter ›Finnland‹ nachgeschlagen«, bekannte sie.

»Wann?«

»Im August«, sagte sie.

Ich fragte, ob ich da schon in Toronto war. Das bejahte sie. Das Wasser war warm, und sie mischte es mit kaltem in der Waschschüssel, sodass es die passende Temperatur hatte, holte das Handtuch vom Nagel, betrachtete es im Lampenlicht und behauptete, dass man seine Haut sicher nicht sauber bekäme, wenn man sich damit abrieb. Sie suchte im Schrank einen saubereren Lappen, fand aber keinen und ging aus ihrem eigenen Haus ein sauberes Handtuch holen. Sie sagte, ich solle mich ausziehen und auf den Fußboden legen. Ich wollte wissen, ob sie sich unter mich legen würde. Sie antwortete mir, dass sie mir eine Minute geben würde, um mich auszuziehen und auf den Boden zu legen. Wenn ich dann nicht auf dem Bauch am Küchenboden läge, würde sie gehen, und ich könne von ihr aus bis Weihnachten in meinem Dreck liegen bleiben.

Ich zog mich bis auf die Unterhose aus, sagte, meine Narben sähen schrecklich aus, die Beine wie Glieder eines fremden Menschen. Ich legte mich auf den Bauch und sagte zu Rachel, dass der Unfall meine Schönheit dermaßen ruiniert habe, dass ich den Frauen niemals mehr gefallen könne. Wofür aber keine Versicherung aufkommen würde. Ich fragte, ob sie meine, dass die Versicherungsgesellschaft verpflichtet sei, mir meinen verlorenen Charme zu ersetzen. Rachel konnte nicht ein-

schätzen, wie viel Charme ich verloren hatte, da sie nicht wusste, welches Niveau er vor meinem Unfall gehabt hatte.
Ich hatte mich schon auf den Rücken gedreht, und Rachel wusch mir gerade mit einem nassen Lappen die Beine, als Lintupelto und Perkiö hereinkamen. Rachel sprang auf und warf das Handtuch auf den Stuhl.
»Wir stören ja wohl nicht?«, fragte Lintupelto.
»Ein wenig«, erwiderte ich.
Rachel sagte, dass sie gehen würde, und forderte Lintupelto und Perkiö auf, den Rest meiner Wäsche zu besorgen. Davon wollten die Jungs nichts hören. Sie sagten, Rachel solle zu Ende führen, was sie begonnen habe. Rachel wollte gehen, aber Lintupelto hielt sie fest und drückte sie auf einen Stuhl. Ich kam nicht hoch und bat, Lintupelto oder Perkiö möchten mir helfen. Lintupelto fasste mich unter den Achseln und hob mich hoch. Rachel lief hinaus.
Ich setzte mich auf einen Stuhl und bat Lintupelto, mir die Waschschüssel und das Handtuch zu bringen. Ich tauchte das Handtuch ein, drückte das überschüssige Wasser aus und wusch mich überall, wo ich hinkam. Die Jungs mussten über Rachels Aufbruch lachen, sie fragten, ob sie zu früh oder zu spät gekommen seien. Ich verbot ihnen, im Dorf irgendetwas zu verbreiten, was Rachel zu Ohren kommen könnte, aber schon am nächsten Tag erzählte Rachel, alle im Dorf wüssten, wie sie den bewegungsunfähigen Mann in der Küche unter sich zu Boden gezwungen habe.
Ich war schon wach, aufgestanden und angezogen, als Rachel am Morgen kam. Ich ging ohne Krücken in die Küche, wenn ich auch an den Türpfosten Halt suchen musste, um nicht zu fallen. Ich stand an der Tür und sah zu, wie Rachel das Frühstück auf den Tisch stellte, aber ich setzte mich nicht, ehe sie

mich dazu aufforderte. Ich sah, dass der gestrige Vorfall ihr schwer zusetzte.
Als Rachel erzählte, was man schon am Morgen in der Kantine zu ihr gesagt hatte, stand ich schwerfällig auf, indem ich mich am Tischrand abstützte, und nahm Rachel in die Arme. So standen wir in der Küche, und auch Rachel schlang vorsichtig die Arme um mich. Ich versprach, für sie einzutreten, sobald ich wieder das Haus verlassen konnte, und auch vorher schon. Rachel glaubte nicht, dass ich noch irgendetwas ändern könnte.
Ich ging mit ihr in die Kammer, wobei ich mich auf sie stützen musste, weil ich aus Stolz meine Krücken, die neben dem Bett an der Wand lehnten, hatte stehen lassen. Aufs Bett gelangte ich nur mit Rachels Hilfe. Wir lagen nebeneinander. Ich vermutete, dass ich nicht in der Lage sein würde, meinen Mann zu stehen. Rachel fasste mit beiden Händen meinen Kopf und drückte ihren Mund auf meinen. Ich schaffte es, ihr einige Kleider auszuziehen und auch meine eigenen, wenn auch nicht ohne Hilfe. Ihre Behaarung war so hart wie eine Wurzelbürste, mit der man den Herd reinigt, und ich schaffte es nur mit Rachels Hilfe, mich auf sie zu legen.
Beine und Rippen taten mir fürchterlich weh, und alles war im Nu vorbei. Rachel wand sich unter mir hervor, ließ mich auf dem Bauch im Bett liegen und ging sich in der Küche waschen. Ich lachte und rief ihr zu, dass die Schmerzen einen Augenblick lang verschwunden gewesen seien.
»Der Mann ist ein Stier von Geburt an«, sagte sie, als sie zurückkam. Ich sagte, sie solle am Abend ihre Sachen mit ins Haus bringen, dann würde das Gerede im Dorf aufhören. Rachel sagte, sie wolle es sich überlegen, und sah mich lange wortlos an. Sie stieg in ihre Kleider und sah mich dabei die

ganze Zeit unverwandt an. Das machte mich verlegen, und ich zog die Decke über meine Narben. Ich behauptete, auch die indianischen Krieger hätten früher Narben von den Kämpfen davongetragen, in denen sie ihren Stamm verteidigt hatten. Rachel ging in die Küche, sagte, ich solle mein Frühstück essen, sie werde die Sachen mittags wieder mitnehmen.
Später am Tag ging ich schon mit den Krücken die Dorfstraße entlang. Ich schaffte es bis zum Sägewerk und ans Seeufer und zurück zum Haus. Die Luft war frisch und kühl, der Wind trug vom Sägewerk den Duft von frisch gesägten Brettern herüber.

7

Rachel brachte mir keine Zwischenmahlzeit, also suchte ich im Küchenschrank nach etwas Essbarem, Brot und Butter. Ich trank Wasser, aß am Küchentisch und sah auf den Hof hinaus. Im Herd unterhielt ich ein Feuer. Am Nachmittag kamen Kamppuri und Perkiö, Kamppuri sagte, er habe noch Sachen im Hause vergessen. Perkiö erwähnte, dass Rachel in der Kantine sei. Sie hätten sie gefragt, wann wir Hochzeit halten wollten, aber keine Antwort bekommen. Ich kommentierte das nicht weiter, sondern fragte nach den Waren, von denen Harju behauptet hatte, sie seien gestohlen.

»Du kannst kommen und diese Reden bezeugen«, sagte Perkiö.

»Wo?«, fragte ich.

»Bei Gericht«, sagte Perkiö.

Ich glaubte nicht, dass Perkiös Angelegenheiten sich bei Gericht klären würden. Er setzte mir auseinander, welche Mühe es ihn gekostet hatte, Warenlieferanten zu finden, aber auch Händler und Privatleute, die hier die Waren kauften. Und jetzt wolle Harju ihm Knüppel zwischen die Beine werfen, damit sein eigener Laden neben dem Sägewerk rentabel blieb.

»Sind die Sachen gestohlen?«, fragte ich.

»Mit Sicherheit nicht«, sagte er.

»Wer weiß«, sagte ich.

Perkiö erzählte, er kaufe im Süden in großen Geschäften Lebensmittel kurz vor dem Verfallsdatum, sodass sie schon bald im Müll landen würden. Er aber habe hier dafür Käufer, sodass die Lebensmittel noch vor dem Verfallstag an den Mann gebracht werden konnten. Ich fragte, ob er die Waren auch von der Müllkippe hole. Kamppuri holte seine Kleider aus der Kammer, sah in der Küche Töpfe und Pfannen durch und versuchte sich zu erinnern, ob er sie in der Zeit gekauft hatte, wo ich in Toronto meine Gesundheit pflegte.

»Ich habe darüber kein Inventar geführt«, sagte ich.

»Aber ich erinnere mich, dass ich irgendwas gekauft habe«, sagte Kamppuri.

»Erinnere dich in Ruhe«, sagte ich.

Kamppuri setzte sich an den Küchentisch und zündete sich eine Zigarette an. Perkiö versprach ihm aus dem Lager seines Ladens so viele Töpfe und Pfannen, wie er Zeit seines Lebens nur irgend brauchen würde. Also könne ich die Sachen ruhig im Hause behalten.

»Wo ist der aus Toholampi?«, fragte ich.

»Im Westen«, sagte Perkiö.

»Auf Diebestour«, sagte ich.

Perkiö behauptete, der aus Toholampi sei nach Winnipeg gefahren, um Aluminiumleisten zu besorgen, aus denen sie Einbauschränke und normale Schränke bauen würden. Perkiö hatte den Schrankbedarf für ein ganzes Reihenhaus nach Morteau verkauft, und sie wollten mit der Montage beginnen, sobald der aus Toholampi die Aluminiumleisten aus Manitoba herbeigeschafft haben würde.

»Da gäbe es auch für dich Arbeit«, sagte Perkiö.

»Ich bleib im Wald«, sagte ich.

»Und du hast ja auch Rachel«, sagte Kamppuri.
»Den Wald hab ich auch ohne sie«, sagte ich.
»Aber nicht denselben«, sage Kamppuri. Ich sah, dass sie darauf brannten, über Rachel zu sprechen. Ich stand auf und ging mit den Krücken in die Schlafkammer, ergriff den Strick und legte mich aufs Bett. Kamppuri kam an die Kammertür, um sich das anzusehen.
»Wir gehen dann wohl wieder«, sagte er.
»Und stehlt nichts«, sagte ich.
»Wir nehmen nichts, was nicht ohnehin schon gestohlen wäre«, sagte Perkiö von der Küche her. Ich hörte, wie sie gingen und die Tür hinter sich zumachten. Ich hörte auch, wie das Auto im Hof angelassen wurde und wie das Motorengeräusch sich entfernte. Ich zog mich hoch, nahm die Krücken und ging in die Küche. An der Tür zog ich Stiefel und einen dicken Pullover an.
Lange stand ich auf der Treppe und betrachtete das Dorf, vom Sägewerk hörte man das Summen der Maschinen und das Kreischen der Sägeblätter. Ich ging, auf die Krücken gestützt, zur Straße und entfernte mich vom Geräusch der Säge in Richtung Wald. Der Hund des Nachbarn kam vom Hof, schnupperte an mir und ging wieder zurück. Die Straße verengte sich am Waldrand, ich ging in den Wald. Ich folgte dem Pfad den sanften Hang hinauf, der nach rechts zum See hin abfiel. Der See war jetzt gut zu sehen, wo die Herbstwinde die Blätter von den Bäumen gerissen hatten. Ich wagte es nicht, mit meinen Krücken den Pfad zu verlassen und einen Abstecher auf den büttenreichen Waldboden zu machen, sondern ging bis zur Bahnlinie, die, wie ich wusste, von Montreal bis nach Vancouver führte, und stand dort ein Weilchen. Jenseits der Gleise begann ein Sandweg, dem ich in Richtung Dorf bis

zum Übergang folgte. Die schweren Holzautos hatten in dem vom Regen aufgeweichten Weg tiefe Rillen hinterlassen, in denen trübes Wasser rann.

Am toten Gleis beluden die Männer offene Waggons mit Schnittholz, der Gabelstapler des Sägewerks brachte Bretter von den Stapeln. Lange stand ich da und sah der Arbeit zu. Niemand kam, um mit mir zu sprechen. Mühsam ging ich bis zum Sägewerk und in die Kantine. Das finnische Mädchen, das mit Rachel dort arbeitete, erzählte, dass Rachel zu ihren Angehörigen gefahren sei.

»Ins Reservat?«, fragte ich.

»Wahrscheinlich«, sagte sie und brachte mir einen Kaffee an den langen Tisch. In der Kantine war niemand außer uns, als das Mädchen mir berichtete, Lintupelto und Perkiö hätten allen erzählt, wie sie Rachel und mich in der Küche in voller Fahrt überrascht hätten. Das Mädchen musste lachen, ihr fiel das alte Weihnachtslied ein: »... und Krumme werden grade ...«

Ich sagte ihr, dass Rachel mir mit einem nassen Handtuch den Rücken gewaschen habe, weil ich mich noch nicht selbst waschen konnte. Das Mädchen hörte auf zu lachen, nahm mir den Becher aus der Hand und brachte ihn in die Küche. Ich wartete ein Weilchen, dass sie zurückkäme, aber als sie sich nicht blicken ließ, stand ich auf und ging hinaus. Die Uhr an der Wand zeigte zwei. Ich scheute mich, fragen zu gehen, wann Rachel zurück sein wollte.

Zu Hause legte ich mich sofort hin, ich war müde vom Gehen und vom Sitzen in der Kantine und von allem, was ich gehört hatte. Der Abend dunkelte, aber ich mochte nicht aufstehen und Licht machen. Schließlich lag ich ganz im Dunkeln, hörte aber jeden Aufschrei der Stämme, die im Sägewerk gegen die Sägeblätter der Gattersäge geschoben wurden.

Ich hörte, dass jemand ins Haus kam, an den leichten Schritten erkannte ich, dass es Rachel war. Ich sagte nichts, in der Küche wurde Licht gemacht und im Herd Feuer angezündet. »Was sagen deine Leute?«, fragte ich, als Rachel in die Schlafkammer kam. Das erzählte sie mir nicht, sagte nur, dass das Essen auf dem Tisch stehe. Auf dem Tisch standen zwei Teller. Ich erzählte, dass ich in der Kantine gewesen war und gehört hatte, was über uns geredet wurde. Ich forderte sie auf, ihre Sachen ins Haus zu holen. Rachel meinte, das Gerede der Leute sei kein Grund zusammenzuziehen, sie sei daran gewöhnt, dass die Leute tratschten. Ich sagte, ich hätte gedacht, dadurch in den Augen der Leute ihren Ruf wieder herzustellen.

»Willst du hierher ziehen?«, fragte ich.

»Ich muss es mir überlegen«, sagte sie.

»Wie lange?«, fragte ich.

»Das ist schwer zu sagen.«

»Tage oder Wochen?«, fragte ich.

»Wochen«, sagte sie.

»Ich kann fortlaufen, wenn meine Beine in Ordnung kommen«, sagte ich.

Rachel sagte nur, dass sie auch keine schlechte Läuferin sei und es noch Wochen dauern würde, bevor ich überhaupt einen Fluchtversuch wagen könne.

8

Rachel ging gegen Mitternacht, sie blieb nicht über Nacht, obwohl ich sie darum bat und versuchte, ihr mit der Dunkelheit Angst zu machen. Ich erinnerte sie daran, dass sie durchs Dorf und über die Höfe gehen musste, unter den steinernen Stützen des Nachbarhauses hervor könnte Elvis, der Hund, sich auf sie stürzen, oder vom Waldrand her eine Wildkatze, die im Dunkeln keinen Unterschied zwischen einem Hasen und einem kleinen Menschen machen würde. Rachel sagte nur, dass es keinen Sinn hätte, einem Menschen, der seine Kindheit im Reservat verbracht hatte, mit den Tieren des Waldes Angst zu machen.

»Wann nimmst du mich dorthin mit?«, fragte ich.

»Wenn die Zeit gekommen ist«, sagte sie. Ich fragte, ob ihre Leute es akzeptieren würden, wenn sie zu mir zöge.

»Darüber muss ich mit ihnen sprechen«, sagte Rachel.

Ich fragte, über welche Angelegenheiten sie bei ihrem Besuch zu Hause gesprochen habe, sie behauptete, die hätten mit mir nichts zu tun.

»Wissen sie von mir?«

»Alle wissen von dir.«

Ich zog mich so weit an, dass ich es wagen konnte, sie bis zur Treppe zu begleiten. Die Nacht würde kalt werden, Rachel hatte im eisernen Ofen in der Kammer ein kleines Feuer gemacht und sagte, ich solle die Ofenklappe so weit schließen, dass ich nicht an Rauchvergiftung sterben würde.

»Erteile Kekkonen keine Ratschläge, wie man Ski läuft«, sagte ich.

»Wer ist das?«, fragte sie.

»Ein eifriger Skiläufer«, sagte ich.

»Ein Finne?«, fragte Rachel und ging schon über den Hof. Weiter konnte ich sie nicht begleiten.

Am Morgen kam Rachel, noch bevor ich aufgestanden war, und brachte mir das Frühstück. Lintupelto hatte die Nacht im Dorf verbracht und ließ ausrichten, er würde am Abend kommen und mich zur Vernunft bringen.

»In welcher Sache?«, wunderte ich mich.

»Das hat er nicht gesagt.«

»Er soll sich um seine eigenen Angelegenheiten kümmern«, sagte ich. Rachel erzählte, dass es am Samstag kein Abendessen gebe, und am Sonntag sei die Kantine ganz geschlossen. Ich bat sie, im Laden alles Notwendige einzukaufen und als Wochenendhausherrin zu mir zu kommen. Sie sagte, sie wolle es sich überlegen. Ich holte Geld aus der Tasche meiner Jacke, die im Schrank in der Kammer hing, und legte es auf den Küchentisch.

»Aber wenn Lintupelto kommt«, sagte Rachel.

»Kauf für ihn mit ein«, sagte ich.

»Er will mit dir reden«, sagte Rachel.

»Wer Ohren hat, der höre«, sagte ich. Ich aß mein Frühstück, Rachel saß da und sah mir zu. Ich glaubte nicht, dass Lintupelto unsere Angelegenheit besprechen wollte, aber Rachel war sich da nicht sicher. Sie hatte keine Zeit zu bleiben, nahm das Geschirr, sobald ich mit dem Essen fertig war, und brachte es in die Werkskantine.

Lintupelto kam schon gegen Mittag, er sagte, dass die Bäume dieser Woche geschlagen seien. Ich holte Bier, wir setzten uns in die Küche.

»Du wolltest mit mir reden«, sagte ich, als wir das erste Bier getrunken hatten.

»Über das Mädchen«, sagte er.

»Das ist doch wohl meine Sache«, sagte ich.

»Was weißt du von ihr?«, fragte er.

»Was sollte ich von ihr wissen?«, fragte ich.

»Ihr Bruder ist im Gefängnis. Der bringt dich um, sobald er herauskommt.«

»Das glaube ich nicht.«

»Einen hat er schon umgebracht«, sagte Lintupelto.

»Weswegen?«

»Frag deine Schnepfe.«

»Gibt es sonst noch was?«, fragte ich.

Ich bat ihn, er möchte mir ein Gewehr besorgen, ein neues, wenn sich kein gutes gebrauchtes fände, und Patronen.

»Wegen des Bruders?«, fragte Lintupelto.

»Zum Beispiel, oder wegen der Verwandten. Aber ich sage dir nicht, wessen Verwandte ich meine«, sagte ich. Lintupelto versprach, sich danach umzusehen. Seine Narbe am Kinn, die rot geworden war, als er mit mir über das heikle Thema gesprochen hatte, glich sich in der Färbung allmählich wieder ihrer Umgebung an, sodass man die Unterschiede zwischen der glänzenden und der bartstoppelfreien Haut nur von ganz nahem sah, als Lintupelto neue Bierdosen aus dem Kühlschrank holte. Er erzählte, Kamppuri habe ihn zum Wochenende auf den Dachboden des Sägewerks zum Saufen eingeladen, der aus Toholampi solle mit Aluminiumleisten aus dem Westen kommen und aus Thunder Bay Getränke mitbringen,

falls er sich dort nicht in die Gesellschaft solcher Finnen verirrt hatte, die ihm Mitbringsel und Proviant abnahmen.
Rachel kam erst, als Lintupelto gegangen war, sie sagte, sie habe aus dem Fenster zugesehen, wie er vom Hof fuhr. Sie hatte eine bunte Stofftasche mit, die sie in die Kammer brachte, und eine zweite, die sie in der Küche ließ.
»Bringt dein Bruder mich um, wenn er aus dem Gefängnis kommt?«, fragte ich.
»Das tut er nicht«, versprach Rachel.
»Lintupelto war anderer Ansicht.«
»Er kennt meinen Bruder nicht«, sagte Rachel.
»Weshalb sitzt er?«, fragte ich.
»Weil er sich nicht hat umbringen lassen«, sagte Rachel. Ich hielt den Grund für respektabel und vernünftig. Abends kamen der aus Toholampi und das finnische Mädchen aus der Kantine und baten uns, zu einer Party mitzukommen. Sie waren schon angetrunken, besonders der aus Toholampi, der seine Tour nach Westen und die Größe des Landes rühmte. Er rechnete aus, dass er in drei Tagen viertausend Kilometer gefahren sei, eine Fuhre Aluminiumleisten geladen, in Thunder Bay noch alte Kumpels aus Mittel-Ostbottnien besucht und eine Kurzzeitbraut gefunden habe, mit der er zur halben Nacht Momente des Glücks erlebt, sich zerstritten und den Bund wieder gelöst habe, dem sowieso niemand eine lange Lebensdauer vorausgesagt hatte.
»Aber es sind noch Bohnen für eine neue Suppe da«, versicherte der aus Toholampi und drückte das Küchenmädchen an sich.
»Die Suppe ist schon fertig«, sagte das Mädchen und stieß den aus Toholampi von sich.
»Gehen wir«, sagte der.

»Gehen wir?«, fragte ich.
»Nein«, sagte Rachel.
»Wer hat in diesem Haus das Sagen?«, fragte der aus Toholampi.
»Niemand«, sagte ich.
Der aus Toholampi meinte, es sei wichtig, dass ich mitkäme und Leute hier in Nevaha kennen lernte, und auf einer Party sei das am besten möglich, wenn die Arbeit vergessen sei und alle von der Sklaverei in den Wäldern befreit waren. Er erzählte, aus dem fernen Sudbury sei ein Akkordeonspieler gekommen, zu dessen Musik getanzt werden könne. Ich verzog das Gesicht, weil ich nicht glaubte, dass ich mit meinen Krücken viel würde tanzen können.
»Du guckst zu, wie wir tanzen«, sagte der aus Toholampi und führte in der Küche vor, wie er das Küchenmädchen zum Tanz führen würde.
»Ich geh nicht mit«, sagte Rachel.
»Na klar kommst du mit«, sagte das Mädchen aus der Kantine. Ich fragte sie nach ihrem Namen, denn ich hatte ihn vergessen, während ich unter der Forstmaschine lag.
»Ines«, sagte das Mädchen.
»Das ist kein Name, den man in Finnland den Kindern gibt«, sagte ich.
Das Mädchen erzählte, ihre Mutter sei Finnin, ihr Vater englischsprachig, ein Kanadier.
»Wo ist er jetzt?«, fragte der aus Toholampi.
»Er ist nach Amerika gegangen«, sagte Ines.
»Wann?«
»Kurz bevor ich geboren wurde«, sagte Ines. Das betrübte den aus Toholampi sehr, und er versprach, Ines, das arme, vaterlose Mädchen, vor der bösen Welt zu beschützen.

»Ines ist Waise«, sagte der aus Toholampi.
»Dann gehen wir«, sagte Ines.
»Geht ihr«, sagte Rachel.
»Ich geh nicht ohne Rachel«, sagte ich.
»Dann geht Rachel eben auch«, sagte der aus Toholampi.
Wir gingen in die sternenklare Nacht hinaus. Der aus Toholampi wollte gehört haben, dass Lintupelto auf der Suche nach einer Flinte für mich sei. Perkiö habe zugesagt, nächste Woche eine aus Timmins mitzubringen und mir auch gleich einen Waffenschein von der Polizei zu besorgen. Ich richtete die Krücke auf die Sterne und sagte nichts, als der aus Toholampi versuchte herauszubekommen, wofür ich die Waffe brauche. Die Frauen gingen voran, anscheinend stritten sie auf Englisch. Der aus Toholampi wollte wissen, ob Rachel mir geraten hatte, wegen ihres Bruders eine Waffe zu kaufen.
Der Sandweg war hart vom Nachtfrost, in der Nähe des Sägewerks begann die Straßenbeleuchtung, ich sah die Pfützen und konnte ihnen ausweichen, während der aus Toholampi mit seinem Schuhabsatz das Eis zertrat. Im Sägewerk brannte unten und oben Licht, aber Sägelärm war nicht zu hören, man hörte nur das gleichmäßige Stampfen der Dampfmaschine, die den Generator antrieb, der Dorf und Sägewerk mit Strom versorgte.
Die Frauen waren vor dem Sägewerk stehen geblieben. Ich fragte, ob die Party auf dem Dachboden steigen sollte. Der aus Toholampi erzählte jedoch, dass die Leute sich in der leer stehenden Baracke versammelt hätten, die neuerdings als Tanz- und Versammlungsraum genutzt wurde, und dass es bis dahin noch ein Stück Wegs sei.
Rachel kam, fasste mich unter dem Arm und führte mich vor-

wärts, indem sie sich der Bewegung der Krücken anpasste. Die Akkordeonmusik war schon von weitem zu hören, parkende Autos standen vor der Baracke auf dem Hof, weiter hinten unter den Bäumen am Abhang und beiderseits des Wegs, der zur Baracke führte.
Rachel blieb plötzlich stehen und sagte, dass sie nicht weiter mitkommen wolle. Der aus Toholampi und Ines gingen schon über den Hof. Ich brauchte lange, um Rachel zu überreden mitzukommen.
»Wir bleiben nur eine Stunde«, versprach ich.
Die Baracke war voller Leute. Ich suchte nach einem Sitzplatz, aber es gab keinen. Der Akkordeonspieler, ein vierschrötiger Mann mit rundem Gesicht, begann gerade einen Tango zu spielen. Er spielte mit Inbrunst, und sein Mienenspiel folgte der Musik.
»Das Akkordeon muss man mit ebenso sanften Griffen spielen, wie man einer Frau den Slip auszieht«, erklärte der aus Toholampi.

9

Ich sah, dass die Leute schon etwas betrunken waren. Die aus Alahärmä kamen gleich und fragten nach Toronto, wo sie noch nicht gewesen waren, wo sie aber mit ihrem neuen Auto hinfahren wollten, das der ältere Bruder in der Lotterie gewonnen hatte.

Ich sagte, ich hätte Toronto nur aus dem Fenster des Rettungswagens und von Lintupeltos Auto aus gesehen. Der ältere der Brüder aus Alahärmä erzählte, er habe in einer Gemischtwarenhandlung in Loulle ein Los gekauft, aber vergessen, es mit dem Verzeichnis der Gewinne abzugleichen, weil er nicht an die Möglichkeit eines Gewinns geglaubt hatte. Als er im Herbst in Loulle eine Stippvisite machte, war ihm jedoch das Los wieder eingefallen, und er hatte es in seiner Brieftasche gefunden. Der Kaufmann hatte in der Gewinnliste nachgeschaut, der aus Alahärmä hatte ein Auto gewonnen. Der Kaufmann hatte gar nicht gewusst, was in einem solchen Fall zu tun sei, weil nie eines der Lose, die er verkauft hatte, etwas Großes gewonnen hatte. Also hatte er dem aus Alahärmä geraten, nach Morteau ins Polizeirevier zu fahren und dort zu fragen.

»Anniweh«, sagte der aus Alahärmä: Von Loulle nach Morteau waren es vierzig Meilen, und der aus Alahärmä hatte beschlossen, bei der nächsten Gelegenheit, wenn er in Morteau zu tun haben würde, auf die Polizeiwache zu gehen. Bis dahin vergingen zwei Wochen.

Die Polizisten hatten beim Veranstalter der Lotterie in Toronto angerufen, und dort erfuhren sie, dass das Auto vor Ablauf einer Woche, nachdem der Besitzer des Gewinnloses bekannt gegeben habe, welche Farbe sein Auto haben solle, abzuholen sei. Bis Toronto waren es über vierhundert Meilen, jedoch sollte das Auto nach Sudbury gebracht werden, wohin es nur etwa zweihundert Meilen waren.

Eine Weile hatte der aus Alahärmä nichts von dem gewonnenen Auto gehört, sodass er schon vermutete, die Kanadier hätten sich seinen Gewinn unter den Nagel gerissen – an so was war er in diesem Land schließlich gewöhnt. Als die Polizisten aus Morteau einmal in Nevaha waren, hatte er ihnen gegenüber deshalb die Vermutung geäußert, das gewonnene Auto sei irgendwo zwischen Toronto und Sudbury verschwunden. Die Polizisten hatten sofort im Büro der Lotterie angerufen. Dort hieß es, der Wagen warte nun schon seit fast einem Monat in Sudbury auf den aus Alahärmä.

»Anniweh«, sagte der aus Alahärmä. Sie hatten den Wagen aus Sudbury abgeholt, aber auf den schlechten Wegen von Nevaha konnte man mit dem schönen, neuen Pkw nicht fahren. Die aus Alahärmä hatten für den Wagen eine Garage gebaut, in der das Auto jetzt auf den Frühling und den Sommer wartete, dann wollten sie damit eine Fahrt durch das südliche Ontario machen.

»Ein amerikanischer Traum«, sagte der aus Toholampi. Darüber sannen die aus Alahärmä lange nach. Der Akkordeonspieler machte eine Pause und kam, um sich mit denen aus Alahärmä zu unterhalten. Ich stützte mich auf die Krücken und auf

Rachel, die aus Alahärmä hielten mir die Betrunkenen vom Leib, die nach dem Tanzen durch die Baracke segelten. Der Musiker erzählte, er habe im Sudbury Star von meinem Unfall gelesen. Er wollte wissen, wann ich aus der alten Heimat gekommen sei.

»Da war noch Sommer«, sagte ich.

Jetzt fragte der Akkordeonspieler, ob es in Seinäjoki noch das Hotel und Restaurant Seurahuone gebe. Ich erinnerte mich, dass es noch existierte. Der Akkordeonspieler erzählte, dass sich Anfang der Fünfzigerjahre dort an den Sonntagmorgen die Musiker zu treffen pflegten, nachdem sie am Samstag zum Tanz aufgespielt und sich dann jeder in irgendwelchen offenen Armen ein Nachtlager gesucht hatte. Der Akkordeonspieler erinnerte sich, im Seurahuone auch ein paar Mal übernachtet zu haben.

»Ich weiß noch, dass sie mich da beim Bezahlen fragten, welche Summe sie auf die Rechnung schreiben sollten«, sagte er.

Schließlich fragte ich, ob sich in der Baracke nicht irgendeine Sitzgelegenheit für einen Invaliden fände. Der Musiker und die aus Alahärmä gingen hinaus und brachten ein Brett und zwei Steine herein. Sie bauten neben der Wand eine Bank und setzten mich darauf. Ich zog Rachel neben mich.

»Die werden sich aufregen«, sagte sie.

»Worüber?«, wunderte ich mich.

»Über das Sitzen«, sagte sie. Nach Ansicht des Akkordeonspielers würde sich niemand über das Sitzen aufregen, aber aus Aufregung könne ein Sitzen werden. Die aus Toholampi und Alahärmä ließen sich das auf der Zunge zergehen. Der Akkordeonspieler sagte, dass die tarifvertragliche Pause zu Ende sei, ging in den hinteren Teil der Baracke und spielte auf seiner Teufelslunge einen Walzer.

»Ein Walzer, aber nicht der letzte!«, rief er und verschwand hinter den Tanzenden aus meinem Blickfeld, als die Paare aufs Parkett stürmten. Rachel und ich saßen ein paar Tänze lang.
»Gehen wir«, sagte ich dann.
»Ich wollte gar nicht erst herkommen«, sagte Rachel. Sie half mir auf, gab mir die Krücken und schützte mich vor den Tanzenden, als wir zur Tür strebten. Die Tür stand offen, das Licht von drinnen zeichnete auf den Sand im Hof ein Muster, das wir zerstörten, als wir hinaustraten in die Kühle des Abends. Wir gingen den Weg entlang auf das Sägewerk und seine Lichter zu.
Im Halbdunkel, am Rand des Sägewerkparkplatzes, parkte Perkiös Wagen, der damals in den Fluss geraten war, als ich nach Nevaha kam. Perkiö war mit Ines auf dem Rücksitz in einer irgendwie komplizierten Stellung, das Mädchen wand sich auf Perkiös Schoß. Sie sah uns unverwandt an, als wir am Auto vorbeigingen, Perkiö wandte nicht den Kopf, sein Profil zeichnete sich dunkel vor den Lichtern des Sägewerks ab. Rachel zog mich mit sich fort, sie legte ein so scharfes Tempo vor, dass ich nicht Schritt halten konnte, und ging ohne stehen zu bleiben am Sägewerk vorbei und die unbeleuchteten Wege entlang auf die Häuser zu. Ich blieb auf eine Zigarette beim Werk stehen. Bald kam Perkiö und bot mir einen Schnaps an, aber ich wollte keinen.
»Du hast ja wohl nichts gesehen«, sagte er.
»Immerhin etwas«, sagte ich.
»Es hat wenig Sinn, dass du dich daran erinnerst«, sagte Perkiö.
»Man erinnert sich nicht, wenn es nicht nötig ist«, sagte ich.
Perkiö fragte nach Lintupelto. Ich sagte ihm, er habe schon mittags damit beginnen wollen, sich die Schufterei aus dem

Körper zu spülen. Perkiö vermutete, dass die Gegend von Nevaha Lintupelto nicht mehr genügte, wenn er mit dem Spülen schon mittags begonnen hatte. Ich konnte mich nicht erinnern, Lintupelto in der Baracke gesehen zu haben und auch Kamppuri nicht.

Perkiö ging zu seinem Auto und bemerkte, dass es in der kanadischen Wildnis noch immer nicht genug weiße Frauen gebe außer für die stattlichsten Männer, die übrigen müssten sich mit den Indianerinnen begnügen. Ich widersprach nicht und setzte mich mit meinen Krücken in Richtung Haus in Bewegung.

Das Gehen und das Stehen in der Baracke hatten mich so angestrengt, dass ich stehen bleiben und mich, auf die Krücken gestützt, ausruhen musste. Die Akkordeonmusik war deutlich bis hierher zu hören, es war ein Jenkka. Mir wurde kalt, aber ich hatte nicht die Kraft weiterzugehen. Der Tabak wärmte mir die Hände, aber im Inneren fror es mich.

Rachel saß am Küchentisch, als ich hereinkam. Sie sagte, sie bereue es, mit mir, dem aus Toholampi und Ines zur Baracke mitgegangen zu sein. Ines würde es ihr nie verzeihen, dass wir sie mit Perkiö im Auto gesehen hatten, denn sie wollte in den Augen der anderen immer ein besserer Mensch sein als Rachel und über den Indianern stehen. Ich glaubte nicht, dass Ines irgendeinen Nutzen davon haben würde, wenn sie anfinge, gegen Rachel zu intrigieren. Rachel sagte nur, dass sie in ihre Wohnung gehen wolle.

»Perkiö könnte da sein«, sagte ich.

»Ich schmeiß ihn raus.«

»Das ändert nichts«, sagte ich.

Ich ging in die Schlafkammer und legte mich in Kleidern aufs Bett. Rachel kam und sagte, ich solle mich ausziehen und an die Medikamente und Salben denken. Ich spülte eine Schmerztablette mit Bier hinunter, Rachel salbte mir Beine und Schenkel mit der Vaseline, die einen stechenden Geruch hatte und ein Gefühl erzeugte, als bekäme ich eine zusätzliche Haut.

Lintupelto kam in der Nacht, ich erwachte davon, dass jemand auf dem Hof hupte. Er hämmerte mit den Fäusten gegen die Tür, bevor es mir gelang vom Bett hochzukommen. Auch Rachel stand auf und kam in die Küche. Ich öffnete die Haustür und sah, dass in den Nachbarhäusern das Licht anging.

»Hände hoch!«, schrie Lintupelto, sobald ich die Tür aufmachte, richtete ein Gewehr auf meine Brust und zog am Abzug, dass das leere Schloss knackte.

»Du bist verrückt«, sagte ich. Lintupelto kam herein und beklagte sich über die Art, wie ich einen netten Gast empfing. Er behauptete, er habe einen großen Teil seiner Freizeit damit verbracht, meinen Wunsch zu erfüllen. Er ging an mir vorbei in die Küche, begrüßte Rachel mit Handkuss, stellte das Gewehr gegen die Wand und setzte sich.

»Hundertfünfzig Dollar«, sagte er.

Ich nahm die Waffe, zog das Schloss auf und prüfte den Lauf im Licht der Küchenlampe.

»Die Riefen wie frisch aus der Drehbank«, sagte Lintupelto.

»Wozu brauchst du die?«, fragte Rachel.

»Damit erschießt er deinen Bruder«, sagte Lintupelto.

»Welchen?«, fragte Rachel.

»Den, der im Knast sitzt«, sagte Lintupelto.

»Red doch keinen Stuss«, sagte ich.

Lintupelto holte Patronenschachteln aus der Tasche und stapelte sie auf dem Küchentisch. Dabei erzählte er, wie viel er für die Patronen hatte bezahlen müssen, und fragte, ob sich im Hause nicht eine Stärkung finde.

»Eine feste oder eine flüssige?«, fragte ich.

»Eine flüssige«, sagte Lintupelto. Rachel holte ihm aus dem Kühlschrank eine Dose Bier.

»Hat die Hausherrin dem Hausherrn das Bier verboten?«, fragte Lintupelto.

»Nicht in diesem Haus«, sagte ich. Rachel holte ein zweites Bier aus dem Kühlschrank. Ich hängte das Gewehr an einen Nagel am Türrahmen und setzte mich an den Tisch.

»Nimmt die Hausherrin kein Bier?«, fragte Lintupelto. Rachel schüttelte den Kopf und blieb an der Kammertür stehen. Ich fragte, ob Lintupelto das Geld für das Gewehr von der Versicherungssumme genommen habe, die man mir ausbezahlt hatte, oder ob ich ihm den Preis dafür schulde. Er sah mich einen Augenblick an, begann zu lachen und bekannte dann, dass er es geschafft habe, sich so viel Versicherungsgeld in die Tasche zu stopfen, wie ein Gewehr kostete. Auch ich fing an zu lachen, aber ein bisschen ärgerte es mich doch, und es fiel mir jedes Mal ein, wenn ich in Morteau auf der Bank zu tun hatte.

III. BUCH

WINTER

1

Das klauen die.«
»Die klauen nicht«, sagte ich.
»Klauen die?«, fragte Lintupelto.
»Kann sein, dass sie klauen«, sagte Rachel. Ich stieß mit dem Fuß gegen die Autoreifen, meine Beine versanken bis zum halben Stiefelschaft im Schnee. Lintupelto vermutete, dass die Autoversicherungen im Reservat, das nicht zum kanadischen Staatsgebiet gehörte, keine Gültigkeit hatten und dass er selbst alle Schäden würde bezahlen müssen, die die Mitglieder der Ersten Nation an dem Wagen verursachen würden. Ich versprach, Lintupelto das Auto abzukaufen, falls es Schäden geben würde.
»Würdest du das tun?«, fragte er.
»Mit Sicherheit«, versetzte ich.
»Du hast nicht viel Geld«, behauptete er.
Ich sagte, ich habe immer so viel Geld bei mir, dass, wenn ich einen Armen schlug, dann sofort bezahlen konnte. Lintupelto fragte, ob ich den ganzen Herbst über nur von der Wärme der Liebe gelebt habe, fasste nach Rachels Schulter und Arm und prüfte das Fleisch daran.
»Hat er seinen Lebensunterhalt aus dir gesaugt?«, fragte er.
Rachel erzählte, sie habe mir jeden Tag Frühstück, Mittages-

sen und Abendbrot kostenlos aus der Kantine des Sägewerks gebracht, und Harju habe mir die Miete für das Haus erlassen, weil ich bei der Arbeit für die Firma verunglückt war. Daraufhin meinte Lintupelto, dass auch er die Forstmaschine so umkippen würde, dass er sich in geeigneter Weise verletzte, von der Versicherung genügend Geld und von Harju eine kostenlose Pflegerin bekäme, die für alle seine körperlichen Bedürfnisse sorgte.

Ich führte ihn ins Haus, da ich nicht wollte, dass Lintupelto noch länger über dieses Thema redete. Ich konnte schon ohne Krücken gehen, obwohl ich mich beim Treppensteigen noch am Geländer festhalten musste. Drinnen nahm Lintupelto die Autoschlüssel aus der Tasche und legte sie auf den Tisch, er sagte, er wolle sie Rachel anvertrauen. Ich fragte, ob Rachel fahren könne, aber sie sagte nur, dass sie den Führerschein gemacht habe, sobald sie sechzehn war.

»Müssen Indianer eine Fahrerlaubnis haben?«, fragte Lintupelto.

»Wir sind auch Menschen«, sagte Rachel.

»Ich fahre«, sagte ich.

Lintupelto fragte, ob wir Rachels Angehörige in Alltagskleidung besuchen wollten, ob ich mich darüber informiert hätte, in welcher rituellen Kleidung ein angehender Schwiegersohn bei den Eltern und dem Stamm eines Cree-Mädchens zu erscheinen habe, und ob ich den Kopfschmuck in der Tasche hätte.

»Das geht dich wohl kaum etwas an«, sagte ich genervt. Lintupelto schlug vor, er könne mich als Brautwerber begleiten, da er wegen seiner körperlichen Kräfte und seines Rufs als tüchtiger Arbeiter auch bei den Menschen der Ersten Nation bekannt sei. Rachel versprach, dass er mitkommen könne, meine Familie sei ihnen immer willkommen.

»Es hat wenig Sinn, entfernte Verwandte einzubeziehen«, sagte ich.
Ich versprach Lintupelto jedoch, ihn bis ins Dorf mitzunehmen, er wollte auf den Dachboden des Sägewerks gehen und sehen, was Perkiö, Kamppuri und der aus Toholampi sich als Sonntagsvergnügen ausgedacht hatten. Ich konnte es mir gut vorstellen. Wir zogen uns an, es waren um die zwanzig Grad unter null. Ich nahm das Gewehr vom Nagel am Türrahmen, als wir hinausgingen.
»Ist Rachels Bruder aus dem Knast gekommen?«, fragte Lintupelto. Er erklärte mir das Fahrzeug, als ich mich auf den Fahrersitz gesetzt hatte, ging dann um das Auto herum, setzte sich neben Rachel und versuchte, sie auf den Schoß zu nehmen.
»Bis zum Sägewerk passt ihr schon nebeneinander«, sagte ich.
»Dann kannst du nicht schalten«, sagte Lintupelto.
»Der Wagen hat Automatik«, sagte ich.
»Ach so?«, fragte er.
»Du kannst auf die Ladefläche gehen«, sagte ich.
»Ich hab es doch nur versucht«, sagte er.
Ich legte den Fahrgang ein und ließ die Bremse los. Ich fuhr vom Hof auf den Weg und den Weg entlang Richtung Sägewerk. Lintupelto sagte noch einmal, dass er mit uns ins Reservat fahren wolle, wohin der weiße Mann besser nicht allein gehen solle, wenn er ein Verhältnis mit einer Frau des Stammes habe.
»Hast du keine Arbeit?«, fragte ich.
»Die Freiheit des Unternehmers«, sagte er.
Lintupelto versuchte, sich Rachel auf den Schoß zu ziehen. Er behauptete, so hätten wir alle mehr Platz, sie rangen die ganze Fahrt über bis zum Sägewerk. Dort hielt ich an und bedeutete Lintupelto mit der Hand, dass hier seine Haltestelle sei.

»Weiter«, sagte Lintupelto.
»Aber ohne dich«, sagte ich.
»Ich kann dich nicht allein zu den Indianern lassen«, sagte Lintupelto.
»Er kann mitkommen«, sagte Rachel.
»Er kommt mit Sicherheit nicht mit«, sagte ich.
»Dann beim nächsten Mal«, sagte Rachel. Lintupelto öffnete die Tür, sah hinaus und behauptete, ich habe absichtlich neben einem Schneewall gehalten, damit er bis an die Schenkel im Schnee stehen müsse. Ich fuhr in die Mitte der Straße, und Lintupelto stieg aus. Ich fuhr sofort los, zum Dorf hinaus und über die Brücke. Rachel zog die Tür zu. Die Strömungsstelle unter der Brücke war offen und schwarz, die Strömung hatte den Schnee vom Rand des Eises dort, wo das Wasser ruhig floss, aufgeleckt. Am Ufer beim Sägewerk stießen Männer und Frauen Baumstämme, die im Wasser gelegen hatten, in die Transportanlage des Sägewerks, vom Wasser stieg Dampf in die Frostluft auf wie Rauch von einem Moorbrand. Das Ufer wurde mit dem Kühlwasser der Dampfmaschine eisfrei gehalten. Ein leichter Wind trieb den Dampf zum Fluss und hinter den Fluss in den niedrigen Wald wie ein großes, weißes Stück Stoff, das an den Stämmen und Zweigen der Bäume hängen blieb. In der Vormittagssonne funkelte der Raureif in Farben, die man lange in seiner Erinnerung suchen muss, es war die ganze Farbskala des Regenbogens.
Vom Dorf bis zur Landstraße waren es etwa zehn Kilometer. Die Firma hatte zwar den Schnee räumen, aber nur die Steigungen, von denen es nicht viele gab, mit Sand streuen lassen. Von der Brücke eines zweiten Flusses sah ich, dass der Fluss zu beiden Seiten mit Eis bedeckt war und darauf tiefer Schnee lag. Hohe Birken hatten sich unter der Last des Schnees über

den Fluss geneigt so wie ein anderer Baum, der wie eine Espe aussah, dessen Name mir aber nicht einfiel, obwohl ich ihn viele Male gehört hatte.

2

Auf dem Hauptweg war so reichlich Salz gestreut worden, dass er aufgetaut und nass war, und von den Reifen der entgegenkommenden Autos spritzte das Salzwasser gegen die Windschutzscheibe und die Karosserie des Wagens, ebenso von den eigenen Reifen, sodass der Wagen dick mit Salz bedeckt war wie von einer Eiskruste, die das Blech angriff. Als ich in Toronto im Krankenhaus lag, habe ich immer die Werbetexte von Autohändlern gelesen, in denen eigens erwähnt wurde, wenn der Wagen aus den USA, aus Arizona, importiert war, wo die Luft trocken und warm war und auf die Straßen kein Salz gestreut wurde.

Ich erzählte Rachel, dass ich in der kommenden Woche zu Harju gehen und ihn nach Arbeit fragen wollte, Beine und Hüften waren allmählich so weit in Ordnung, dass ich durch den Schnee zu den Bäumen waten konnte.

»Ich komm mit«, sagte Rachel.

»Nach Arbeit fragen?«

»Nein, in den Wald.«

Darauf konnte ich nichts erwidern. Ich fuhr bis zu der Kreuzung, wo die Straße nach Timmins abbog, und von da nach Morteau. Seit dem Sommer, als ich mich mit Lintupelto, Kamppuri und Perkiö im Auto dorthin verirrt hatte, war ich nicht mehr in Timmins gewesen. Jetzt im Winter wirkte die Stadt, als hätte sie sich im Schnee vergraben und als wärmte sie sich unter Schneefeldern und hohen Schneewällen, an diesem Frosttag, an dem der Rauch senkrecht zum Himmel aufstieg. Rachel sagte mir, wie ich fahren sollte. Am Stadtrand bogen wir in einen schlecht geräumten Waldweg ein, an dessen Rändern sich der Schnee auftürmte. Der Pulverschnee auf dem Weg wurde unter dem Vierradantrieb zermahlen und bot keinen Halt, sodass ich das Lenkrad mit beiden Händen umklammern musste, damit Lintupeltos Pick-up in den Kurven nicht in die Schneewälle rutschte.

Ich fragte, wie weit es von der Stadt bis zum Ziel sei.

»Über den See zehn Kilometer«, sagte Rachel.

»Fahren wir über den See?«

»Das Eis ist einen Meter dick«, sagte Rachel.

Ich war sicher, dass so dickes Eis auch einen Pick-up mit Vierradantrieb tragen würde, und Rachel erzählte, dass auch die mit Baumstämmen voll beladenen Lkws den Weg über das Eis nahmen.

»Das verkürzt die Fahrt um fünf Kilometer«, sagte sie.

»Wird aus dem Reservat Holz verkauft?«, wunderte ich mich.

Rachel erzählte, ihr Stamm habe die Einschlagslizenz für die Wälder des Reservats, so wie der kanadische Staat die Einschlagslizenz für die anderen Wälder hatte, und das Holz würde nach einem Hiebsplan an die Einschlagsgesellschaften verkauft.

»Ich hab gedacht, Boden und Wald seien den Indianern heilig«, sagte ich.

Rachel sagte nur, ich hätte zu viele Kinderbücher gelesen und stellte mir das Leben der Indianer so vor, wie Fennimore Cooper es in seinem Buch *Der letzte Mohikaner* schildert.

»Und Tex Willer«, bekannte ich.
Wir waren den Waldweg schon einige Kilometer weit gefahren, als wir ans Seeufer kamen. Ich hielt und sah mir den Eisweg an, der auf den See hinaus führte. Ich erzählte, dass ich zu Hause jeden Winter über das Eis des Lappajärvi-Sees gefahren sei und wisse, dass sich über den Stellen mit Strömung im Eis Verdünnungen bildeten, weil das strömende Wasser das Eis von unten aushöhlte. Strömungen entstanden auch durch die Regulierung der Kraftwerke, wenn die Wasseroberfläche eines Sees je nach Bedarf gehoben oder abgesenkt wurde.
»Dies ist ein See ohne Regulierung«, sagte Rachel. Ich fuhr auf den See hinaus, der Weg dorthin verlief über eine sanft abfallende Stelle und eine Felszunge. Hier war der Schnee besser geräumt als auf dem Waldweg und mit kleinen Fichten markiert. Ich sagte, dass ich voll auf das vertraue, was Rachel von der Tragfähigkeit des Eises gesagt hatte. Falls Lintupeltos Pick-up unterginge, müsse Rachel Lintupelto diese Nachricht überbringen.
Ich gewöhnte mich bald an das Fahren auf dem Eisweg und erwartete nicht mehr, dass das Auto einbrechen könnte. Wir kamen auf die weite Fläche des Sees hinaus, wo der Wind den Schnee in Streifen quer über und auf den Weg getrieben hatte, die Schneewälle zu beiden Seiten waren senkrecht und zwei Meter hoch. Ich überlegte, mit was für einer Schleuder der Weg offen gehalten wurde.
Der Weg über den See war einige Kilometer lang, wir fuhren ihn in einer tiefen Bahn, in einer Schneeschlucht, in der ich nur die weißen Wände des Schnees, das graue Eis des Weges und oben den blauen Himmel sah. In der Nähe einer Insel hatte sich im Eisfeld eine Spalte geöffnet, aus der Wasser auf den Weg geschwappt und schon wieder gefroren war. Ich hielt

an und sah mir die Stelle an, ehe ich darüber fuhr. Die Spalte war ein zwanzig Zentimeter breiter, schwarzer Riss, aber schon so gründlich zugefroren, dass man es mit dem Stiefelabsatz nicht mehr aufschlagen konnte. Im Wagen erzählte Rachel, dass die Spalte schon im Dezember auf dem Weg gewesen sei, als sie das letzte Mal zu Hause einen Besuch gemacht hatte.

Ich fuhr über den Spalt hinweg. Das Auto schaukelte etwas an der Stelle, wo das unter dem Eis hervorgetretene Wasser zu einem kleinen Hügel gefroren war. Hinter den Inseln wurden die Schneewälle niedriger, und ich sah den Gürtel der Inseln und dahinter das Festland. Der Weg führte jetzt zwischen die Inseln und um sie herum, es waren bewaldete, hohe und unbewohnte Felseninseln. Rachel erzählte, dass ihre Leute alle in Dörfern wohnten, die der Staat in den Fünfzigerjahren gebaut hatte.

Hinter den Inseln war eine weitere große Seefläche zu sehen, weiß und blau, die durch einen schmalen Streifen Wald mit dem blassen Blau des Horizonts verbunden wurde. Vor dem Festland hielt ich und stieg aus, aber vom Eisweg aus konnte ich nicht über den Schneewall sehen. Ich stieg auf die Ladefläche des Wagens, den Motor hatte ich abgestellt. Hier war es ganz still und ruhig. Rachel stieg aus dem Auto und auf die Pritsche, dazu musste sie erst auf einen Reifen klettern und von da über den Rand zu mir. Oben half ich ihr auf die Beine. Wir standen einen Augenblick in unseren dicken Wintersachen auf der Ladefläche, die Arme umeinander geschlungen. Die Sonne wärmte so, dass man es spürte, wenn man es wusste. Ein paar sehr kleine, aber flinke grauweiße Vögel kamen in einem großen Schwarm von Süden und flogen so tief über uns hinweg, dass ich sie mir in die Tasche hätte stecken können.

»Ein Zeichen des Frühlings«, sagte ich. Rachel sagte nur, dass es bis zum Frühling noch lange hin sei. Wir kletterten von der Pritsche und stiegen ein. Bald waren wir auf dem Festland, der Weg führte einen sanften Hang hinauf in den Wald. Rachel sagte, von dort seien es bis zum Dorf noch etwa zwei Kilometer. Wir fuhren im Wald den geräumten Weg entlang, der über Land ins Dorf führte.

Der Wald endete wie abgeschnitten, die Häuser lagen auf einer kahlen Landzunge: ein Dutzend nach demselben Schema gebaute, anderthalb Stockwerk hohe, barackenartige Gebäude. Rachel erzählte mir, wie die Leute hießen, die in den einzelnen Häusern wohnten. Ich sah, wie aufgeregt sie war, weil sie mich ihrer Familie vorstellen sollte. Ich bog vom Weg zu dem Hof ab, den Rachel mir wies. Die Hunde kamen unter dem Haus hervor, noch bevor ich gehalten hatte, und schlugen gewaltigen Lärm.

Rachel hatte mir schon vor unserer Abfahrt genau erzählt, wie man mich im Dorf empfangen würde. Wir stiegen aus, die Hunde bellten und heulten noch lauter, erkannten Rachel aber bald und wuselten ihr um die Beine herum, während sie ihnen auf den Rücken klopfte. Dann kamen sie, um mich zu prüfen. Ich rührte keinen von ihnen an, sondern ließ sie schnuppern und knurren. Aus dem Haus kam niemand, um uns zu begrüßen. Darauf war ich vorbereitet.

»Jetzt gehen wir rein«, sagte Rachel.

Ich holte hinter dem Fahrersitz meine Tasche hervor, die die Flasche und die anderen Mitbringsel enthielt. Die Hunde machten wieder ein Spektakel, als ich die Tasche aus dem Auto holte, lärmten hinter mir, gingen aber nicht auf mich los. Rachel stieg schon die Treppe hinauf, und während ich über den Hof ging, sah ich im Schnee die Rippen und den Schen-

kelknochen eines großen Tiers, die die Hunde im Hof verstreut hatten, ein Stück Hüfte, das so aussah, als sei es mit der Axt gespalten worden, und einen Motorschlitten, dem die Walze und der Lenker fehlten.
Neben der Wand eines Wirtschaftsgebäudes standen zwei neuere Schlitten, die heil wirkten. Am Ufer sah ich eine Art Kote und davor umgedrehte Kanus, deren Buge unter dem Schnee hervorsahen. Die Hunde ließen nicht von mir ab.

3

Wir traten in den Vorraum, Rachel ging voraus. Die Hunde lärmten auf dem Hof und auf der Treppe. Im Vorraum war es ganz dunkel, ich war von draußen an die Sonne gewöhnt und sah nichts, und als ich die Augen schloss, flammte darin eine grünblaue Fläche auf. Rachel öffnete die Stubentür, und der Vorraum füllte sich mit Licht. Ich öffnete die Augen und trat ein.

Im ersten Zimmer waren zwei Personen, ein alter Mann und eine Frau. Der Mann saß mit dem Rücken zur Tür, sah sich im Fernsehen eine Quizsendung an, in der ein Mann mit fettigem Haar, der ein glitzerndes Sakko und gerade schwarze Hosen trug, ein großes Rouletterad drehte und den Spielern Fragen stellte. Die Frau saß am Fenster und sah auf den See. Rachel ging zu dem Mann, legte ihm die Hände auf die Schultern und sagte etwas, das ich nicht hörte.

Die Frau stand auf und gab mir die Hand. Sie fragte Rachel, ob wir bei unserer Fahrt über den See die Jäger gesehen hätten, die vor zwei Tagen mit Motorschlitten aus dem Dorf fortgefahren waren. Rachel verneinte das.

Mir wurde ein Platz im Sessel rechts von dem alten Mann angeboten, nachdem ich meine Oberkleider abgelegt hatte. Der alte Mann sagte immer noch nichts. Die Quizsendung im

Fernsehen ging zu Ende, und die Werbung begann. Der alte Mann sah sich alle Spots an. Die Frau erzählte Rachel, dass die Männer den Spuren einer Elchherde gefolgt seien, und wunderte sich, dass die Jäger noch nicht zurückgekommen waren, mit den Motorschlitten hätten sie die Elchherde schnell eingeholt und ausreichend Tiere getötet haben müssen. Sie fürchtete, dass den Männern etwas passiert war.
Rachel sprach die Frau mit einem Wort ihrer Sprache an, von dem ich wusste, dass es Mutter bedeutete: *nima'ma'*. Die Frau sagte auf Englisch, dass es in meiner Gegenwart das Beste sei, englisch zu sprechen. Im Fernsehen begann eine amerikanische Familienserie, in der Schuljungen bei einer Tanzveranstaltung der Schule viel Lärm um nichts machten, die Mädchen weite Röcke und enge Pullover trugen, woran ich erkannte, dass das eine alte Serie war, die schon viele Male ausgestrahlt worden war. Die Frau sagte, ich könne sie Ellen nennen. Ich nannte meinen Namen. Der alte Mann wandte nicht den Kopf, die Schuljungen im Fernsehen fuhren in offenen Wagen von leuchtender Farbe, die hohe Flügel wie Haifischflossen hatten.
Ellen fragte, wann wir gegessen hätten, und ich sagte, Rachel habe uns in Nevaha Frühstück gemacht.
»Dann hast du bestimmt Hunger«, sagte Ellen. Das stritt ich ab.
»Das ist doch ein weiter Weg«, sagte Ellen.
»Der ist doch nicht weit«, behauptete ich. Ellen glaubte mir nicht und begann den Tisch zu decken. Rachel saß dem alten Mann gegenüber, lächelte mir zu, stand dann plötzlich auf und sah durchs Fenster zum See hinaus. Ich hätte gern gefragt, ob die Indianer des Reservats mit Motorschlitten Elche jagten und ob man sie um diese Jahreszeit schießen durfte, aber ich

wusste nicht, ob das in diesem Haus ein schickliches Gesprächsthema war. Rachel fragte, mit wie viel Motorschlitten die Männer den Elchen gefolgt seien. Ellen zählte sie, indem sie die Namen der Jäger nannte. Der alte Mann fing an zu lachen, als die Jugend im Fernsehen Jive tanzte, sodass unter den Röcken der Mädchen die vielen gestärkten Unterröcke hervorblitzten.

Ellen sagte, sie fürchte, dass die Jäger in der Nacht oberhalb des Abflusses in eine eisfreie Stelle gefahren seien, aber Rachel glaubte nicht, dass die Männer den Elchen in der Nacht gefolgt waren, sondern dass sie die Nacht in den Jagdhütten oder an einem Nachtfeuer im Wald verbracht hatten, falls sie vom Jagen nicht die Nase voll hatten und nach Morteau gefahren waren, um sich dort voll laufen zu lassen. Das glaubte Ellen nicht.

Rachel hatte mich gewarnt, den alten Mann anzusprechen, bevor er dazu bereit war, sich mit mir zu unterhalten, und so ließ ich ihn in Ruhe seine Fernsehsendung verfolgen. Ich nahm die Mitbringsel, die Rachel gekauft hatte, aus der Tasche und gab sie Ellen. Sie dankte, indem sie mir die Hand reichte. Ich nahm die Flasche und stellte sie vor den alten Mann auf den Tisch. Im Fernsehen machten sich die Schuljungen in einem Hamburgerrestaurant Gedanken über ihr Leben. Der alte Mann stellte die Flasche in den Schrank, der im hinteren Teil des ersten Zimmers stand. Die obere Schranktür war verglast, und ich sah auf den oberen Borden Wassergläser und langstielige Weingläser. Der alte Mann stellte die Flasche in den Unterschrank, der Holztüren hatte, aber ich sah, dass der Unterschrank voller Flaschen war. Rachel lachte über den Flaschenvorrat des alten Mannes. Mir wurde seine Schweigsamkeit allmählich unangenehm, und ich hätte Rachel gern gefragt, ob all die Flaschen Mitbringsel von Freiern waren, aber ich wollte nicht mit ihren Angehörigen darüber sprechen. Lintupelto und Perkiö hatten mir so viele Männer aufgezählt, wie die amerikanische Fußballmannschaft Mitglieder hatte, und behauptet, sie alle hätten mit Sicherheit vor mir zwischen Rachels Beinen gepumpt. Darüber hatte ich niemals mit Rachel gesprochen.

Ellen hatte das Essen fertig und stellte es auf den Tisch. Sie brachte den Teller des alten Mannes in das andere Zimmer und bat mich an den Küchentisch. Rachel sagte, der Fisch sei eine Lachsforelle aus dem heimischen See, Ellen sagte, dass man mit dem Netz reichlich Fisch unter dem Eis fangen könne. Beim Essen erzählte sie vom Leben in den Fünfzigerjahren und dass der See die Menschen auch damals nicht habe verhungern lassen, als die Angelegenheiten des Reservats noch nicht so gut geregelt waren wie heute.

Ellen meinte, Rachel und ich sollten nach dem Essen mit zwei Motorschlitten auf den See fahren und an der eisfreien Stelle bei dem Abfluss des Sees nach den Jägern suchen. Sie sprachen den ganzen Nachmittag davon, Ellen plante, wir sollten Schneeschuhe und einen zweiten Schlitten mitnehmen für den Fall, dass einer kaputtginge, ihrer Meinung nach durfte man niemals mit nur einem einzigen Schlitten in den Wald fahren und auch nicht ohne Schneeschuhe. Rachel war der Meinung, es wäre wenig sinnvoll, noch heute auf den See hinauszufahren. Wogegen Ellen behauptete, der Mondschein würde in der Nacht so hell sein, dass es auf dem See die ganze Nacht hindurch genug Licht zum Fahren gebe.

Rachel wollte uns lieber in der Bodenkammer ein Bett machen, als auf den See hinauszufahren und dort zu erfrieren um der Männer willen, die in Morteau mit dem Whiskeyglas vor sich in der Kneipe saßen und zusahen, wie die aus Toronto herbeigeschafften mageren weißen Frauen auf der Bühne langsam ihre wenigen Kleider auszogen. Aber Ellen wollte nicht glauben, dass ihr jüngerer Sohn sich in solchen Lokalen wohl fühlte.

Ich ging mit Rachel über die steile Treppe, die sich in dem dunklen Vorraum befand, in die obere Etage hinauf. Rachel führte mich an der Hand. Oben waren zwei Zimmer, dazwischen ein kleiner Vorraum. Wir gingen in das rechte Zimmer, ich stellte fest, dass die Zimmertüren aus unlackiertem Sperrholz und die Türrahmen aus gehobelten Brettern gezimmert waren. In dem Zimmer gab es einen Kamin, in dem noch ein kümmerliches Feuer brannte. Rachel legte Holz nach.

Ich sah mir die Sachen in dem Zimmer an, und Rachel kam und zeigte mir ihre Schallplatten und den Plattenspieler, den sie bekommen hatte, als sie vierzehn geworden war. Ich war erstaunt, dass sie dieselben Platten hatte, die ich Anfang der Siebzigerjahre in Lappajärvi gehört hatte.

»Creedence Clearwater Revival«, sagte Rachel.

Ich sagte, dass ich nie auf den Gedanken gekommen wäre, dass Rachel hier zur selben Zeit dieselbe Musik am anderen Ende des Erdballs gehört hatte wie ich. Vielmehr hatte ich angenommen, dass man sich im Indianerreservat ganz andere Sachen angehört habe.

»Auch hier wohnen Menschen«, sagte Rachel.

Rachel breitete Bettzeug auf dem Bett aus, ich legte eine Platte auf. Rachel sang mit: *»Bad moon rising ...«* Ich glaubte nicht, dass der aufgehende Mond böse sei. Rachel war sich nicht sicher, ob wir beide in einem so schmalen Bett schlafen könnten.

»Hat da noch nie jemand anderes geschlafen?«, fragte ich.

»Nicht mit mir«, behauptete Rachel.
»Ich bin nicht müde, lass uns noch nicht schlafen«, bat ich.
Wir lagen bis tief in die Nacht hinein wach und hörten die Platten, die Rachel in dem Zimmer zurückgelassen hatte, als sie in die Welt hinaus ging. Es waren gemeinsame Lieder.

4

Der alte Mann hatte den ganzen Abend nicht mit mir gesprochen. Am Morgen, als die Jäger sich immer noch nicht hatten blicken lassen, war Ellen sehr unruhig und behauptete, die Hunde hätten in der Nacht mit ihrem Heulen den Tod prophezeit. Rachel behauptete, sie habe die Hunde nicht heulen hören.

»Pauli hat sie gehört«, sagte Ellen.

»Ja«, sagte ich.

Ellen fragte, ob ich mit dem alten Mann zusammen über den See fahren und die Jäger suchen würde. Wir sollten den Spuren ihrer Motorschlitten folgen, die auch auf der offenen Seefläche noch gut zu erkennen sein würden, weil die Tage klar und still gewesen waren, und im Wald würden die Spuren sich bis zu den nächsten Schneefällen halten. Ich bezweifelte, dass der alte Mann und ich eine gemeinsame Sprache finden würden, in der wir uns in der Wildnis verständigen könnten.

Auch Rachel begann davon zu sprechen, dass wir in den Wald fahren sollten, obwohl sie sich nicht vorstellen konnte, was vier erwachsenen Männern und drei Motorschlitten passiert sein sollte.

Ich sagte, ich könne die Jäger jagen gehen, aber in die Wildnis wollte ich nicht allein gehen, weil ich die Gegend jenseits des

Sees und auch die Männer nicht kannte, aber Ellen sagte, der alte Mann würde als Führer mitgehen.
»Morgen fahren wir«, sagte der alte Mann. Das waren die ersten Worte, die ich ihn sagen hörte.
»Warum erst morgen, warum nicht gleich«, jammerte Ellen, aber der alte Mann erklärte nichts. Er hatte vor dem Fernseher gesessen, als wir von oben herunterkamen, und auch während wir frühstückten. Ich kümmerte mich nicht darum, was für Sendungen er sich ansah.
Rachel sagte, sie wolle mich ihren Verwandten vorstellen, die schon lange der Meinung gewesen waren, sie würde keinen anständigen Mann bekommen, weil sie aus dem Reservat nach Nevaha gegangen war. Außerhalb des Reservats gab es keine anständigen Indianer, und dass Rachel unter den Weißen einen Mann finden würde, hatten sie nicht geglaubt.
»Was bin ich?«, fragte ich Rachel.
»Ein halber Indianer«, sagte Rachel.
»Wieso?«, fragte Ellen. Rachel erklärte ihr, dass die Finnen aus dem Wald stammten. Ich hatte ihr auch die alte Anekdote aus dem Westen erzählt, nach der in den Kneipen seinerzeit an Indianer und Finnen kein Alkohol verkauft wurde. Das brachte Ellen zum Lachen, und sie ging und erzählte die Geschichte auch dem alten Mann. Ich ging nachsehen, was der jetzt für eine Sendung eingeschaltet hatte, und sah, dass im Fernsehen gerade eine lange, dicke Schlange versuchte, ein Reh zu verschlingen. Der alte Mann sah sich das an, ohne eine Miene zu verziehen.
Rachel und ich zogen uns an und gingen hinaus. Sofort kamen die Hunde irgendwo unter dem Haus hervor und liefen mit uns mit. Die Sonne stand hoch am Himmel, vom See her wehte ein leichter Wind, der im Gesicht stach. Der Weg führte bis

zum Ufer, zu beiden Seiten standen Häuser die alle anderthalbstöckig und aus fertigen Bauelementen errichtet waren. Aus jedem Haus folgten uns neue Hunde, sodass alle Hunde des Dorfes bei uns waren, als Rachel in den Hof einbog, zu dem wir wollten. An den Fenstern sah ich Gesichter von Menschen, die verschwanden, und während wir den Hof überquerten, kamen die Frauen schon auf die Treppe hinaus, um uns zu begrüßen.

»Ich bin gekommen, um euch diesen Mann zu zeigen«, sagte Rachel zu ihnen.

»So sieht er also aus«, wunderten sich die Frauen. Sie mussten herzlich lachen und zupften an meinen Kleidern und befühlten mir Arme und Rippen, erzählten, dass sie von meinem Unfall gehört hatten, und vermuteten, dass Rachel mich wegen meiner Behinderung ergattert hatte. Alle nacheinander ergriffen sie meine Hand, schüttelten sie und nannten ihren Namen. In der Stube wusste ich keinen einzigen mehr. Es waren vier oder fünf Frauen, ich bekam keine genaue Vorstellung von ihrer Anzahl, weil sie zwischen Stube und Schlafkammern und den Schränken im Vorraum hin und her gingen und mit schriller Stimme in der Sprache des Stammes redeten, die ich nicht verstand. Es klang so, als wiederholten sie ständig dieselben Silben, aber mit unterschiedlicher Stimmhöhe. Auch Rachel sprach mit ihnen in ihrer Sprache, ließ mich im Wohnzimmer im Sessel Platz nehmen und erzählte mir, dass die Frauen schon den dritten Tag ohne einen Mann im Haus seien, da einer der jungen Männer auf die Elchjagd gegangen war und die anderen Männer sich jenseits des Sees bei der Waldarbeit befanden. Von dort sollten sie erst in zwei Wochen zurückkehren.

Ich fragte, ob es im Haus keine Schwiegersöhne gebe, Töchter scheine es ja doppelt und dreifach zu geben. Rachel erzählte, einer der jungen Männer sei ein Schwiegersohn und zwei der Frauen Schwiegertöchter. Ich hatte keine Lust, mir darüber genauere Gedanken zu machen. Eine junge Frau kam zu mir und fragte, was ich essen möchte. Ich sagte, ich hätte gerade gegessen und sei völlig zufrieden, wenn ich einfach dasitzen und die schönen Frauen ansehen könne. Die junge Frau ging und erzählte das auch den anderen, und in der Küche erschallte Gelächter. Man brachte mir eine Flasche Whiskey und ein kleines Glas. Ich sah mir die Flasche einen Moment an, Rachel kam aus der Küche und spähte zu mir herüber, zog aber ihren Kopf schnell zurück, als ich zu ihr hinsah.

Ich öffnete die Flasche und schenkte mir ein. Ich machte die Flasche wieder zu und schüttete mir den Whiskey auf einmal in den Hals. Rachel kam sofort, nahm die Whiskeyflasche und das Glas und brachte es in die Küche. Dort wurde gekichert. Die Frauen kamen jetzt nacheinander ins Zimmer und setzten sich auf die Stühle in der Stube. Ich zählte vier außer Rachel. Ich fragte, ob das alle Frauen des Hauses seien. Daraufhin erzählte eine der Frauen, dass die Älteste am Morgen mit einem Holztransporter nach Morteau zum Arzt und in die Apotheke gefahren sei. Die Frauen sagten alle, dass Rachel Glück gehabt habe, dass sie einen so netten Mann wie mich gefunden habe, einen halben Indianer, der gut zu ihr sei. Ihrer Meinung nach war es heutzutage schwer, einen Mann zu finden, der seine Frau nicht verprügelte, nicht trank und sein Geld nicht beim Kartenspiel durchbrachte, sondern arbeitete und mit seiner Arbeit den Unterhalt der Familie verdiente.

Ich sagte, sie hätten von mir ein allzu gutes Bild bekommen, weil Rachel mich nur als einen ans Krankenbett gefesselten Krüppel kennen gelernt habe, der noch keine Gelegenheit gehabt hatte, die schlechten Seiten seines Charakters zu zeigen. Meine Äußerung wurde ins Cree übersetzt. Die Frauen boten mir Torte an, die sie aus dem Kühlschrank im Vorraum geholt hatten, eine flache, oben braune Platte, an deren Rand eine helle Schicht Konfitüre oder Beeren zu sehen war. Ich versicherte, ich wolle weder essen noch trinken, das Glas Whiskey sei gerade die passende Vormittagsmahlzeit gewesen. Trotzdem wurde die Torte auf einem Teller vor mich hingestellt. Bald vergaßen die Frauen mich und unterhielten sich in ihrer eigenen Sprache, bisweilen ermahnten sie einander, doch englisch zu sprechen, sagten auch ein paar Worte auf Englisch und gingen dann wieder zu ihrer eigenen Sprache über. Ich aß von der Torte.

Dann sagte die älteste Frau auf Englisch, dass wir nach der Hochzeit nicht in den Städten der weißen Männer bleiben sollten, Nevaha sei auf jeden Fall verloren, und Rachel bekäme im Reservat für uns einen Platz für ein Haus. Ich fand, das Dorf liege an einer windigen Stelle, zu allen Richtungen hin offen, weil der Wald bis zum Ansatz der Landzunge abgeholzt worden war. Die Frauen behaupteten, im Frühling würde ich verstehen, warum das Dorf auf einer windigen, offenen Landzunge lag. Im Juni entstünden in den Weihern, im flachen Uferwasser des Sees und in den Mündungen der Bäche Schwärme von Mücken, und spätestens im August, wenn die Schwarzfliegen kamen, würde ich den Grund einsehen.

Als wir das nächste Haus aufsuchten, fragte ich Rachel, was die Worte, Nevaha sei auf jeden Fall verloren, zu bedeuten habe.

»Nevaha wird bald verkauft«, sagte Rachel.

»Wer kauft es?«, fragte ich, aber das wusste Rachel nicht.

»Wer sollte es verkaufen?«, fragte ich.

»Der, dem es gehört«, sagte Rachel.
Im nächsten Haus wurde das Essen sofort auf den Tisch gestellt, als wir eintraten. Auch hier waren die Frauen wegen der Jäger in Sorge, was sie auf Englisch sagten, und auch der in Cree geführten Unterhaltung konnte ich schon entnehmen, ob über fröhliche oder traurige Dinge gesprochen wurde. Rachel erzählte, dass ich am andern Morgen gehen und die Jäger suchen würde, falls sie bis dahin nicht nach Hause gekommen waren, und der alte Mann würde mitkommen. Das schien die Frauen zu beruhigen.
Ich fragte, ob es im Dorf kein einziges Kind gebe und ob der Stamm allmählich aussterbe. Sogleich wurden aus den anderen Zimmern kleine Kinder gebracht und mir gezeigt, ebenso Bilder von größeren Kindern, von denen es hieß, dass sie in Morteau zur Schule gingen. Mir wurden die Namen und das Alter aller Kinder genannt, aber ich vergaß sie ebenso schnell, wie ich auch die Namen der Frauen vergessen hatte.

5

Wir kehrten zu Rachels Haus zurück. Ellen tadelte uns, weil wir im Dorf gegessen hatten, obwohl sie für uns eine Elchfleischsuppe zubereitet hatte, von der sie meinte, sie würde mich zu Kräften kommen lassen. Rachel erzählte, wir hätten die gleiche Suppe schon bei den Nachbarn bekommen, aber Ellen glaubte nicht, dass sie so gut gewesen war wie ihre eigene. Wir mussten uns hinsetzen und essen. Die Suppe wurde in einem großen Topf auf den Tisch gestellt, in der kräftigen Brühe schwammen Fleischstücke. Ellen schöpfte Fleisch und Brühe in tiefe Teller und legte auf einen anderen Teller gekochte Kartoffeln und weich gekochte Stücke, die aussahen wie Steckrüben. Auch der alte Mann kam an den Tisch, aß wortlos und ging hinaus, als wir noch am Tisch saßen. Ellen sagte, er mache die Motorschlitten und die anderen Sachen, die man im Wald brauche, zur Abfahrt bereit und habe beschlossen, schon am Nachmittag in den Wald zu fahren.

Ich glaubte nicht, dass die Jäger an dem alten Mann und mir eine große Hilfe haben würden, Ellen meinte, wir könnten die Leichen aus dem Wald holen, falls es dort welche gebe. Rachel verbot Ellen, von Leichen zu sprechen, die Männer seien ganz sicher mit den Motorschlitten nach Morteau gefahren und saßen in der Kneipe, solange das Geld reichte.

Ich zog mir die Jacke an und ging hinaus. Die Hunde kamen vom Wirtschaftsgebäude her angestürzt, knurrten und versuchten, auf mich loszugehen. Ich ging dorthin, wo der alte Mann die Skikufen und Walzen des Motorschlittens untersuchte. Den Motor des einen Schlittens hatte er angelassen und gab Gas, sodass er auf Touren kam, verminderte die Umdrehungen bis auf den Leerlauf, horchte, erhöhte die Umdrehungen und ließ sie wieder absinken.

Als ich zu den Schlitten kam, ging einer der Hunde auf mein Bein los und versuchte zu beißen, bekam aber nur Stoff zu packen. Ich packte den Hund im Nacken, bekam ihn gut in den Griff, der Eckzahn des Hundes hatte das Hosenbein durchgebissen, und im Hosenbein entstand ein dreieckiges Loch, als ich den Hund losriss. Der Hund jaulte, als an seinem Eckzahn gerissen wurde, und auch die anderen Hunde versuchten nun auf mich loszugehen. Ich verscheuchte sie mit dem Hund, den ich festhielt, und traf mit ihm den ersten. Er lief heulend zum Haus. Der alte Mann lachte so, dass er sich lang auf den Sattel des Motorschlittens legen musste. Ich schleuderte den Hund weit von mir, und die anderen Hunde begannen, sich mit ihm zu balgen. Ich ging, versetzte der sich balgenden Hundemeute einen Fußtritt und traf etwas, was aufheulte und davonrannte. Ich sah, dass Rachel und ihre Mutter drinnen am Fenster standen, zusahen und lachten.

Ich zeigte dem alten Mann das Loch in meiner Hose. Er meinte, Rachel werde den Riss flicken. Das waren die zweiten Worte, die ich aus seinem Mund auf Englisch hörte.

Ich warf den zweiten Motorschlitten an und gab Gas. Offenbar nahm der Motor die Drehungen gut auf und lief gleichmäßig und ohne zu stottern. Ich setzte mich auf den Sattel und fuhr über den Hof und den Uferplatz zum See. Die Hunde

folgten mir ein Weilchen, versuchten aber nicht mehr, auf mich loszugehen. Auf dem See hatte der Wind den Schnee zu langen, flachen Schneewehen zusammengetrieben, unter denen der Schnee hart war und den Schlitten gut trug. Ich fuhr ein Weilchen der Sonne entgegen, die Schneefläche reflektierte das Sonnenlicht und blendete. Ich konnte die Oberfläche des Schnees und die Formen der Schneewehen nicht mehr gut erkennen und musste wenden, sodass die Sonne hinter mir stand. Ich fuhr zurück ins Dorf. Der alte Mann kam mit seinem Schlitten zwischen den Häusern hindurch zum Ufer und aufs Eis. Er hatte eine Sonnenbrille auf, und die Kapuze seines Lederanoraks hatte er so auf dem Kopf verknotet, dass ich von seinem Gesicht zu beiden Seiten der Nase nur ein Stück faltige Wangen sah, als er an mir vorbei auf den See hinaus fuhr. Er hob die linke Hand zum Gruß, und das tat ich auch.
Ich fuhr zurück zum Haus, und auch der alte Mann kam bald dorthin. Er ging jetzt in das Wirtschaftsgebäude und holte von dort Schneeschuhe, eine zusammengerollte Plane, Axt und Säge, Benzinkanister und einen Jutesack, in dem Metallgefäße schepperten. Hinter dem Wirtschaftsgebäude holte er einen Transportschlitten, befestigte ihn am Heck des Motorschlittens und packte dann die Sachen hinein, wofür er aus dem Haus erst eine Schnur und einen Strick holen musste. Auf dem Rücken trug er ein Gewehr.
Wir gingen in die Stube, Rachel und Ellen lachten immer noch über meinen Kampf mit den Hunden. Rachel sagte, der alte Mann fahre in den Wald, weil er Ellens Gejammer nicht mehr ertrug. Ich versprach mitzufahren, Rachel war nicht davon überzeugt, dass die Vibrationen des Motorschlittens und der eisige Frostwind meinen Knochen gut tun würden.
Die Frauen suchten warme Sachen für mich zusammen, damit

ich auf dem Motorschlitten auf dem Weg über den See und nachts am Feuer nicht fror, falls wir im Wald würden bleiben müssen. Ellen brachte dem alten Mann Proviant und erklärte ihm dazu etwas in ihrer eigenen Sprache, das ich nicht verstand. Ich mummelte mich für die Fahrt warm ein, und das tat auch der alte Mann. Die Frauen sprachen nicht mehr mit uns, als wir die Sachen hinaustrugen. Ich holte aus dem Auto mein Gewehr. Der alte Mann verzurrte den Proviant auf dem Transportschlitten, einer der Hunde sprang in den Schlitten. Der alte Mann tätschelte ihm Nacken und Rücken, kraulte ihn mit seinem dicken Fahrhandschuh unter dem Kinn und sprach zu ihm. Die anderen Hunde wuselten um uns und den Schlitten herum, heulten und bellten und versuchten, in den Schlitten zu springen, verzogen sich aber in Richtung Haus, als der alte Mann es ihnen befahl. Einige Hunde folgten uns aufs Eis, aber sehr weit mochten sie nicht laufen. Der alte Mann folgte den Spuren, die die Motorschlitten der Jäger hinterlassen hatten, und ich ließ ihn ein paar Dutzend Meter vor mir herfahren. Die Spur verlief schnurgerade quer über den See auf den schmalen Streifen des Waldes zu.

Als wir eine halbe Stunde gefahren waren, hielt der alte Mann und stieg vom Schlitten. Sofort sprang der Hund herzu und beschnupperte die auf dem Eis sichtbaren Abdrücke, die Spuren der Motorschlitten und einen von Elchklauen getrampelten Pfad. Auf dem Eis hatte die Schneedecke die Elche nicht getragen, die Klauen hatten sich bis zur Eisoberfläche durchgedrückt und waren dort, wo nur wenig Schnee lag, ausgerutscht.

Wir hatten die Motoren laufen lassen und versuchten gar nicht, uns über deren Lärm hinweg und durch die dicken Kapuzen hindurch zu verständigen. Der alte Mann zeigte dem

Hund den Transportschlitten, er sprang hinein und legte sich auf das Rentierfell, das der alte Mann noch beim Haus darin für ihn ausgebreitet hatte.

Wir fuhren weiter und kamen zum Wald. Ich sah, dass die Jäger hier den Spuren der Elche nicht hatten folgen können, sondern sich dort einen Fahrweg hatten suchen müssen, wo die Schlitten Platz fanden. Der Wald am Seeufer stieg steil und felsig an. In dem tiefen Schnee musste man den Schlitten vorsichtig fahren, und mir war klar, dass mindestens ein Schlitten der Jäger am Abhang umgestürzt war, als ich im Schnee tief eingedrückte Fußspuren sah und die Spur, wo der Motorschlitten den Hang hinuntergerutscht war.

Der alte Mann fand eine gute Bahn, über die wir den Hang hinaufkamen, und ich folgte seiner Spur, so genau ich nur konnte. Oben, auf der Ebene, hielt der alte Mann wieder an und untersuchte die Spuren. Ich stand nicht vom Schlitten auf, sondern wartete, dass der Alte entschied, welchen Weg er aus den vielen Motorschlittenspuren wählen würde. Wir fuhren wieder weiter.

6

Beim ersten Elchschlachtplatz langten wir an, als es schon dämmerte. Der Alte ließ den Hund nicht vom Schlitten, sondern band ihn an dessen Rand fest. Aus dem toten Tier war das Fleisch sauber herausgeschnitten, Kopf und Fell waren mitgenommen worden, übrig waren das Skelett und der Magen sowie die Därme als vereistes Paket in einer Grube, die durch dessen Wärme im Schnee entstanden war. In der Nähe des Kadavers fand der Greis einen toten Fuchs und zeigte mir Elchfleischköder, die die Jäger in der Nähe des Kadavers im Schnee ausgelegt hatten. Jetzt verstand ich auch, warum der Hund am Schlitten hatte festgebunden werden müssen. Der alte Mann warf den toten Fuchs so in den Schlitten, dass der Hund ihn nicht erreichen konnte.

Wir fuhren so lange, wie wir im dunkelnden Abend noch etwas sehen konnten. Die Spuren der Jäger und der Elche, die kleine Dickichte umgingen, liefen vor uns her und überquerten offene Moore und kleine Seen. Dann hielt der alte Mann und begann ein Lager für die Nacht zu bereiten. Er hängte den toten Fuchs so hoch oben an einen Baum, dass der Hund nicht herankonnte, verbot dem Hund, wegen des Fuchses Krach zu machen, nahm aus dem Schlitten die zusammengerollte Plane und beseitigte mit dem Fuß den Schnee von einer großen Fläche, sodass der gefrorene Boden zum Vorschein kam. Ich holte Holz, fällte abgestorbene Kiefern und zersägte sie zu Rundholzabschnitten, die ich mit der Axt spaltete. Ich brachte das Holz dorthin, wo der alte Mann schon das Zelt aufstellte, in dem Planenbündel hatte er die Zeltstäbe gehabt. Wir zogen die Plane von oben über die Stäbe herab, sodass die Ränder bis zum Boden reichten, und breiteten dann den Stoff rundherum über die Stäbe. Es entstand ein voller Kreis, eine oben offene Unterkunft.

Schnell machte der alte Mann in der Mitte des Zelts ein Feuer, der Rauch stieg dicht zum schwarzen Himmel empor. Er ging bei dem zu einer Tür zusammengefalteten Stoffende hinaus und kehrte bald mit einem großen Arm voll Fichtenzweige zurück. Auch ich holte Fichtenzweige, und damit bedeckten wir den Boden im Zelt. Als wir die Sachen im Zelt hatten, holte der alte Mann den steif gefrorenen Fuchs, taute ihn auf, zog ihm geschickt das Fell über die Ohren und brachte Balg und Kadaver hinaus auf einen Baum. Der Hund kam nicht ins Zelt, er hatte sich in den Schnee eingegraben. Als ich abends hinausging, hatte er keine Lust, aus seiner Grube aufzustehen. Ich lag im Schlafsack, den die Frauen mir mitgegeben hatten, und rauchte. Ich hatte einen so großen Haufen Holz gehackt, dass ich glaubte, es werde bis zum Morgen reichen, aber ich wusste nicht, wie das Feuer bis zum Morgen brennen sollte, wenn keine Funkenwache bestimmt wurde. Ich brachte die Sache aber nicht zur Sprache, ich sah zu, wie der alte Mann Schnee im Kessel auftaute und eine Suppe kochte. Er tat klein geschnittenes Fleisch und Speck hinein, streute Salz in den Topf und lag dann in der Wärme des Feuers und rauchte seine Pfeife. Den ganzen Abend über sprach er kein einziges Wort mit mir, und ich fand auch keinen Grund zum Sprechen.

Am Morgen, als ich erwachte, war der alte Mann schon auf den Beinen und kochte Teewasser in einem Kessel, den er an einem Stock über das Feuer gehängt hatte. Ich hatte keine Lust, aus dem Schlafsack herauszukommen. Ich wartete, bis das Wasser gekocht hatte, der Tee gebrüht war und der alte Mann ihn schon aus seiner Tasse schlürfte, die er aus dem Jutesack geholt hatte. Als ich aufstand, gab er auch mir eine Tasse, taute Brot über dem Feuer auf und gab mir ein Stück. Aus dem Proviantbeutel nahm er eine Dose, von der ich vermutete, dass sie Butter enthielt, tatsächlich aber war darin gekochter, zu einer dichten Paste gepresster Fisch. Ich nahm das Finnenmesser vom Gürtel und verstrich die Paste auf meinem Brot. Der alte Mann nahm mein Messer und betrachtete es genau, es war eins von Kauhava.

Wir aßen und luden das Lager wieder auf den Schlitten. Das Fuchsfell war zu einer harten Röhre gefroren wie Stockfisch, der alte Mann warf es in den Schlitten und befahl dem Hund, sich in dessen hinteren Teil zu setzen. Dann folgten wir der Bahn der Jäger und den Spuren der Elche. Noch herrschte Halbdunkel, aber hinter dem Horizont leuchtete die Sonne schon in dem Maße, dass wir sahen, wo wir fuhren.

Bald kamen wir zu der Stelle, wo die Jäger die erste Nacht verbracht hatten, ein Zeltboden war da und die Feuerstelle, im Schnee die Hundelager. Der alte Mann stieg vom Schlitten und ging ein Weilchen auf dem Lagerplatz umher. Als wir weiterfuhren, kamen wir an einen langen, schmalen See, der wie ein tiefer Riss im Boden wirkte. Wir fuhren auf das Eis, die steilen Felsen der Ufer zu beiden Seiten ragten auf wie die Wände eines Getreidesilos, steil und glatt. Am Ende des Sees fand sich ein zweiter kopfloser Elchkadaver ohne Balg, von dem das Fleisch säuberlich abgeschnitten und mitgenommen worden war. Auf dem Schnee lagen Fleischstücke für die Füchse, aber tote Füchse sahen wir nicht. Auch hier ließ der alte Mann den Hund nicht aus dem Schlitten, der Hund bellte und zerrte an der Leine, versuchte auch, in den Schnee zu springen, aber die Leine war so kurz, dass er nicht über den Schlittenrand kam. Der alte Mann schrie ihn ein einziges Mal an, danach saß der Hund zitternd im Schlitten, bellte aber nicht mehr.

Die Spuren der Elchherde und der Motorschlitten führten am Ende des Sees in ein Bachbett. Wir fuhren über das Eis des Baches auf ein ebenes Hochland hinauf, wo schmale Fichten wuchsen, ein Moorweiher hinter einem lichten Fichtenwald war mit dickem Eis bedeckt. Die Elchherde war das Ufer entlang gegangen, die Klauenspuren waren im Wasser der Sumpflöcher zu sehen, die die Jäger mit ihren Schlitten umfahren hatten. Ich bemerkte den Rauch nicht, bevor der alte Mann hielt und mit der Hand darauf zeigte. Ich fuhr neben ihn, der Rauch war dort zu sehen, wo die Spuren hinführten, aber weit entfernt.

Jetzt fuhren wir ohne Halt bis zum Schlachtplatz des dritten Elchs. Der alte Mann hielt, stieg vom Schlitten und fasste den Elchkadaver an, kam aber nicht, um mir Bericht zu erstatten. Wir fuhren in eine tiefe Schlucht mit einem Bachbett hinein, sodass der Rauch, den wir vor uns gesehen hatten, hinter den Rändern der Schlucht nicht mehr zu sehen war. Jetzt hielt der alte Mann viele Male an, schaltete den Schlittenmotor aus, bedeutete auch mir, das zu tun, stand unbeweglich auf den Schlittenstreben und horchte. Am Ende der Schlucht schaltete er den Motor wieder aus und wies mich an, das Gleiche zu tun. Es wurde ganz still. Der Hund winselte einen Augenblick in seinem Transportschlitten, verstummte aber, als der alte Mann es ihm befahl. Wir stiegen von den Schlitten und standen horchend im tiefen Schnee, aber ich hörte nur das Brausen des Windes in den kanadischen Fichtenwäldern.

Der alte Mann nahm den Hund aus dem Schlitten, kommandierte ihn aber neben sich in den Schnee und befahl ihm, still zu sein. Ich wusste nicht, worauf ich horchen sollte. Der Alte nahm aus dem Schlitten die Schneeschuhe und befestigte sie an den Füßen, er zeigte mir, dass ich auch Schneeschuhe anschnallen sollte. Ich sagte, ich hätte solche Dinger noch nie an den Füßen gehabt, und versuchte gar nicht erst, damit zu gehen: Ich glaubte, ich könne ohne Schneeschuhe besser gehen. Der alte Mann sagte nichts, schnallte sich die Schneeschuhe unter die Füße, nahm das Gewehr aus dem Schlitten und wanderte zur Schlucht hinaus. Ich nahm meine Büchse und lief die Spuren der Motorschlitten entlang dorthin, wo der alte Mann in den Fichtenwald abgebogen war. Sofort versank ich bis zu den Leisten im hohen Schnee. Einen Augenblick versuchte ich, im Schnee zu waten, kehrte dann aber um.

Ich holte die Schneeschuhe aus dem Schlitten und lief wieder die Spuren des Motorschlittens entlang bis zu der Stelle, wo ich versucht hatte, im Schnee zu waten. Ich sah, dass der Hund den Spuren der Schneeschuhe gefolgt und bis zum Bauch im Schnee eingesunken war. Ich schnallte die Schneeschuhe an und ging in den Wald. Es dauerte einen Augenblick, bis ich lernte, die breiten Schneeschuhe so nach vorn zu führen, dass ich mir damit nicht gegen die Beine stieß. Bald hatte ich den Hund eingeholt, er sprang im tiefen Schnee hartnäckig voran, keuchte und gab kleine, piepsende Töne von sich wie blinde Mäusejunge im Nest auf dem Boden einer Heuscheune. Der Hund schien sich über mein Kommen zu freuen, er blieb stehen und versuchte, mit dem Schwanz zu wedeln, leckte mir die Hand, als ich ihn streichelte, und folgte mir, denn es war leichter für ihn, in einer Spur von zwei Männern zu laufen.

7

Ich sah, dass der alte Mann weiter oben am Hang halb im Laufschritt zwischen den Bäumen vorwärts strebte, ich musste mich mit meinem merkwürdigen Schuhwerk zwischen Kiefernzweigen hindurch und an umgestürzten Bäumen vorbeilavieren. Ich versuchte erst gar nicht, den Alten einzuholen, ich vermutete, er würde stehen bleiben und auf mich warten, wenn er das für gut befand. Ich schob mir die Waffe auf den Rücken, der sanfte Hang wurde hinter dem Fichtenwald zu senkrechtem Felsen und schneeloser Steinwand. Die Spuren des alten Mannes verliefen unterhalb der schneefreien Felsplatten, wo das Schneefeld noch unberührt war, aber keine Bäume mehr wuchsen. Bald kehrten die Spuren wieder zwischen die Bäume zurück.

Als ich den alten Mann einholte, stand er in dichtem Wald und horchte und bedeutete mir, dass auch ich stehen bleiben und horchen sollte. Ich stand, ohne mich zu rühren, hörte aber nichts anderes als das Geräusch des Waldes. Der alte Mann setzte sich wieder in Bewegung, diesmal schräg den Abhang hinunter. Wieder blieb ich sogleich hinter ihm zurück, verfing mich mit den Rahmen der Schneeschuhe im Gestrüpp und stieß damit gegen Bäume und Äste.

Der Wald endete, und ich kam an den Rand einer Schneise,

die der alte Mann bereits überquerte. An der einen Seite befand sich ein Schutzdach aus Nadelzweigen und Planen, vor dem ein Feuer brannte. Als ich den Wald hinter mir ließ, war der Alte schon bei dem Schutzdach und sagte etwas zu den Männern, die darunter hervorgetreten waren. Ich zählte die Motorschlitten, drei Stück standen hinter dem Schutzdach. Ich ging zu dem Schutzdach und nahm die Schneeschuhe von den Füßen. Die Männer sprachen miteinander in ihrer Muttersprache. Auch der alte Mann zog seine Schneeschuhe aus und gab sie einem der Männer, ein anderer kam und nahm mir wortlos die Schneeschuhe ab. Sie befestigten die Schuhe an ihren Füßen und folgten den Spuren, die wir hinterlassen hatten. Die am Feuer Verbliebenen redeten heftig in ihrer Sprache. Mit mir redete niemand ein Wort, ich saß am Feuer und steckte mir eine Zigarette an. In der kalten Frostluft hatte ich das Gefühl, dass sich der Tabakrauch wie eine Schicht auf die Lippen und an die Mundinnenflächen legte und mir Gefühl und Geschmackssinn nahm. Ich warf die Zigarette ins Feuer, der jüngste Indianer kam und bat mich um eine Zigarette.

»Bist du der Mann von Rachel?«, fragte er.

Ich bejahte das, und er erzählte mir, dass er Rachels jüngerer Bruder sei und den ganzen Herbst über schon viel von mir gehört habe. Ich sagte, er sähe seiner Schwester ähnlich, woraufhin er das Gesicht verzog.

Jetzt fragte ich, was in der Wildnis passiert sei und warum zwei Männer mit solcher Eile in Richtung unserer Schlitten gestürmt seien. Der Bruder erklärte, von der amerikanischen Seite seien Jäger gekommen, aber weiter kam er nicht. Der alte Mann rief ihm etwas auf Cree zu, und der Bruder forderte mich auf, ihm mein Gewehr und die Patronen aus meinen Taschen zu geben. Damit ging er dorthin, wo der Greis und einer der Männer standen. Ich hatte alle ihre Namen vergessen, auch die, die ich gar nicht gehört hatte. Die Männer kamen und zählten die Patronen in der Wärme des Feuers und füllten ihre Magazine. Bald hörte man das Geräusch von Motorschlitten, und die Männer, die mit den Schneeschuhen fortgegangen waren, kamen auf die Lichtung, kurvten vor das Schutzdach und stellten so gleichzeitig die Motoren ab, dass man hören konnte, wie das Knattern und Dröhnen der Motoren floh und sich in der Wildnis nach allen Richtungen entfernte. Der Hund kam hinter dem Schutzdach hervor und legte sich neben mir nieder, und ich wunderte mich, wo die Hunde der Jäger waren; erst später hörte ich, dass die Amerikaner sie sofort erschossen hätten.

Alle vier Jäger gingen jetzt zu unseren Motorschlitten, sie lösten von dem einen den Transportschlitten und fuhren mit beiden Schlitten in vollem Tempo nach Westen. Die hinten sitzenden Jäger hatten beide ein Gewehr schräg auf dem Rücken, den Riemen über den Kopf gezogen. Der alte Mann setzte sich in die Wärme des Feuers und streichelte den Hund, der winselte. Ich legte Holz nach. Der alte Mann bat mich um eine Zigarette und zündete sie mit einem Stöckchen aus dem Feuer an, saugte kurz und heftig den Rauch ein und machte dann einen so tiefen Lungenzug, dass sein Mund sich zu einer Grimasse verzog, seine Zähne waren so stark und weiß wie die weißen Tasten eines Orgelharmoniums, in den Augenwinkeln und auf den Wangen hatte er tausende von Falten und Furchen. Er rauchte die ganze Zigarette auf ohne ein Wort zu sagen. Für das Rauchen der Filterzigarette brauchte er dreißig Sekunden.

Da der alte Mann nicht erzählte, was den Jägern passiert war und wohin sie gefahren waren, fragte ich nicht danach. Ich beschloss, ohne dieses Wissen zu leben. Ich ging hinter das Schutzdach, wo die Motorschlitten auf der Seite lagen, und richtete einen davon auf. Ich zog an der Anlasserschnur. Der Motor drehte sich kurz, machte aber keine Anstalten anzuspringen. Ich sah, dass die Zündkerze zerschlagen war. Die Keramik war zerbrochen und der Kerzenkörper zum Motordeckel hin verdreht. Ich untersuchte auch die anderen Schlitten, in allen waren die Zündkerzen zerschlagen, an zweien war ein Transportschlitten voller Elchköpfe und Fleisch befestigt. Von dem einen Schlitten nahm ich den Sitz ab und fand darunter das Werkzeug. Mit einem Universalschlüssel löste ich vorsichtig die Zündkerze vom Deckel und prüfte mit dem Finger die Kerzenbohrung, das Gewinde erschien mir nicht wesentlich beschädigt, der Deckel heil. Ich öffnete auch die Sitze der anderen Schlitten und suchte nach Zündkerzen, denn ich konnte mir nicht vorstellen, dass jemand ohne solche Ersatzteile in die Wildnis fuhr.

Im Werkzeugfach des einen Schlittens fand ich Ersatzzündkerzen, alle alt, ölig und oxydiert, eingewickelt in ein Stück Flanell, von dem ich annahm, dass es von der Unterwäsche vorangegangener Generationen stammte. Ich reinigte eine Zündkerze mit einer Feile, die ich beim Werkzeug gefunden hatte, aber ich fand dort nichts, womit ich den Zündabstand hätte messen können. Also reinigte ich ihn vorsichtig mit der Spitze meines Finnenmessers, klopfte ihn auf dem Messer zurecht und befestigte daran das Kabel. Ich zog an der Anlasserschnur und sah, dass die Zündkerze Funken schlug. Ich klopfte noch den Elektrodenabstand mit dem Messerrücken zurecht und befestigte die Zündkerze am Deckel.

Als ich den Motor anließ, knatterte er einen Augenblick, lief dann aber gleichmäßig. Der alte Mann kam vom Feuer vor dem Schutzdach und sah sich den Schlitten an, dessen Motor jetzt gut lief. Er stieg auf und fuhr auf der Lichtung eine Runde, untersuchte dann beim Schutzdach die Walze, fuhr den Motorschlitten vor unseren Transportschlitten und koppelte sie aneinander. Er ließ den Motor laufen und kam hinter das Schutzdach. Wir gingen und untersuchten die Transportschlitten der Jäger. Die toten Hunde lagen alle in einer Reihe hinter dem Holzschlitten im Schnee, unser Hund beschnupperte sie, hielt sich aber nicht lange damit auf, die toten Hunde interessierten ihn nicht mehr.

Der alte Mann begann das Elchfleisch und die Felle in den Schlitten zu bringen, der an dem heilen Motorschlitten befestigt war, und auch ich holte einen Arm voll gefrorenes Fleisch, fuhr dann aber den Motorschlitten mit Anhängsel hinter das Schutzdach. Wir luden das Fleisch von einem Transportschlitten in den anderen. Ich stellte den Motor aus und füllte den Tank mit Benzin. Der alte Mann setzte den Hund auf das Rentierfell. Ich zeigte dem Alten den Platz des Fahrers und setzte den Motor in Gang. Wir fuhren los, ich saß hinten, legte beide Arme um den alten Mann und hielt mich an ihm fest.

Der erste der beiden Motorschlitten, die die Jäger uns abgenommen hatten, stand mitten auf dem See, Rachels Bruder und der große Indianer, der von mir die Schneeschuhe bekommen hatte, standen neben dem Schlitten und wirkten verfroren. Wir hielten und stiegen ab, der Hund sprang aufs Eis. Ich sah, dass die Männer den Vergaser ausgebaut und seine Einzelteile auf dem Sitz ausgebreitet hatten. Auch ich untersuchte sie, es war derselbe Schlitten, den ich auf dem Hinweg gefahren hatte. Rachels Bruder und der große Mann lösten

unseren Motorschlitten von dem Transportschlitten und fuhren damit weiter über den See, noch ehe der alte Mann es ihnen verbieten konnte. Er schrie ihnen fremdsprachige Flüche hinterher.
Mir fiel ein, dass ich bei der Abfahrt vom Dorf den Brennstoff im Schlitten nicht geprüft hatte, und versuchte, in den Tank zu sehen. Ich konnte die Oberfläche des Benzins nicht erkennen, also holte ich aus dem Transportschlitten einen Draht und schob ihn in den Tank. Der Draht wurde so weit nass, dass ich schätzte, der Tank war noch zu einem Viertel voll. Ich zog die Handschuhe aus und drehte den Rücken in den Wind, setzte den Vergaser zusammen und befestigte ihn an seinem Platz. Der Motor sprang an, nachdem ich ein paar Mal an der Anlasserschnur gezogen hatte. Der alte Mann lobte mich und sagte, ich sei ein großer Motormechaniker. Ich sagte ihm nicht, dass ich nicht wusste, was mit dem Motor los gewesen war.
Zwei Stunden später holten wir beide Schlitten am Rand eines kleinen Weges ein, anscheinend hatten sie dort auf uns gewartet. Dem alten Mann wurde sehr genau etwas erklärt, die Männer führten ihn am Waldrand und auch den Weg entlang und zeigten ihm die Spuren von Motorschlitten am Wegrand und Autospuren. Mir wurde nichts auf Englisch erklärt, aber ich ging mit den anderen mit und sah mir die Spuren an.
Der große Indianer und der, der den Motorschlitten des alten Mannes vom Schutzdach hierher gefahren hatte, nahmen jetzt zwei Schlitten und fuhren den kleinen Weg entlang in die Richtung, in die die Autospuren wiesen. Da machte Rachels Bruder schon Feuer, und der alte Mann stellte das Zelt auf, während der dritte Indianer Nadelzweige und Brennholz aus dem Wald herbeibrachte. Ich hüpfte auf der Stelle, um warm zu bleiben, und als das Zelt stand, das Feuer brannte und die

Zweige ausgebreitet waren, ging ich hinein und streckte mich in der Wärme aus, und das taten auch die anderen.
Erst jetzt erzählte mir Rachels Bruder, was im Wald geschehen war. Nachdem sie den dritten Elch erlegt hatten, waren sie wieder der Herde gefolgt, aber auf Männer gestoßen, die gerade einem Grizzly und seinen beiden Jungen das Fell abzogen. Die Elche hatten die Lichtung umgangen, aber die Jäger hatten sie überquert. Die Bärenjäger waren von der amerikanischen Seite, Wilderer, denen man das Bärennest verkauft hatte. Sie hatten das Muttertier und die Jungen aus dem Winterschlaf aufgescheucht, das Muttertier erschossen, als es aus dem Nest gestürmt kam, und die Jungen im Nest. Die indianischen Jäger waren mitten in das Lager gefahren, wo die Bären abgehäutet wurden, die Amerikaner hatten sofort die Waffen in der Hand gehabt und die Hunde erschossen, die aus dem Schlitten sprangen. Den Männern hatten sie befohlen, von den Schlitten zu steigen, hatten die Zündkerzen in den Motoren zerschlagen, den Indianern die Waffen weggenommen, ihre Sachen, die Bärenfelle und die Kadaver in ihren Transportschlitten gepackt und waren direkt hierher, zu ihren Wagen gefahren. Obwohl sie glaubten, dass die Wilderer schon die amerikanische Seite erreicht hatten, waren zwei Jäger losgefahren, um die Wilderer bei der Polizei anzuzeigen.
Ich fragte, ob sie im Wald übernachten wollten, der Abend dunkelte schon. Die Männer behaupteten, dass kein vernünftiger Mensch mit nur einem einzigen Motorschlitten bei Einbruch der Nacht in den Wald fahren würde, wenn er wie wir eine warme Wohnstatt und Proviant hätte, der, wenn nötig, bis zum Frühling reichen würde. Zu der Zeit gedachte ich jedoch nicht mehr im Zelt zu liegen.
Die Polizisten und die beiden Schlittenmänner kamen am

Morgen. Ich wurde nach Namen und Adresse gefragt und danach, was ich hier im Wald machte. Ich sagte, ich hätte die Amerikaner nicht gesehen, sondern sei erst später mit dem alten Mann dazugekommen. Die Polizisten fragten, warum ich und der alte Mann nicht mit den anderen Jägern zusammen gewesen seien. Ob wir uns um den Abschuss des Bären oder wegen des Geldes, das wir dafür bekommen würden, gestritten hätten. Für mich war es schwierig zu verstehen, was sie sagten, ich hatte geglaubt, die Ermittlungen würden in eine andere Richtung gehen. Ich erzählte, wir seien erst später vom Dorf losgefahren, weil die Frauen im Dorf das verlangt hatten, nachdem sie die Vision von einem Unglück gehabt hatten, das die Jäger in der Wildnis ereilt hatte.
Jetzt behaupteten die Polizisten, ich sei kein reiner Indianer. Das bestätigte ich. Sie fragten, ob ich mit Bärenfleisch handele. Ich konnte mich nicht erinnern, jemals Bärenfleisch gesehen zu haben.
»Bist du Indianer väterlicher- oder mütterlicherseits?«, fragten sie.
»Das hat wohl kaum eine Bedeutung«, sagte ich gereizt. Ihnen gefiel meine Haltung nicht, und sie vermuteten, nach zwei Tagen im Polizeigefängnis würde ich mich sicher an meine Familie erinnern. Ich erzählte sofort, dass ich überhaupt kein Indianer war, sondern zu Besuch im Elternhaus meiner Frau.
»Von wem?«, fragte der eine Polizist.
»Von Rachel«, sagte ich.
Der Polizist starrte mich unverwandt an, ein vierschrötiger Mann mit großem Gesicht, grobknochig, in Halbpelz und Pelzmütze. Ich starrte, ohne den Kopf zu wenden, zurück und sah ihm so lange direkt in die Augen, bis er den Kopf abwandte wie ein Hund.

»Hat Rachel geheiratet?«, rief er dem anderen Polizisten zu.
»Mit Sicherheit nicht«, rief einer der Polizisten von weitem und fing an zu lachen. Er hatte gerade in gebückter Haltung die Spuren der Motorschlitten untersucht, richtete sich jetzt auf, stemmte die Arme in die Seiten und sah zu uns herüber.
»Was willst du uns sonst noch vorlügen?«, fragte mich der Polizist.
Er riet dem alten Mann, auf seine Schwiegersöhne aufzupassen, damit sie nicht durch Kanada spazierten und die Behörden belogen. Der alte Mann sagte, ich sei nicht sein Schwiegersohn. Rachel sei seine Enkelin. Der Polizist machte eine wegwerfende Handbewegung und ging zu den anderen Polizisten. Sie zeichneten den Ort in ihre Papiere, holten aus dem Auto eine Kamera und fotografierten die Abdrücke der Autoreifen und die Fahrspuren der Motorschlitten, von denen es dort eine Menge gab. Sie fotografierten auch uns, jeden einzeln, und ich musste ihnen meinen Namen Buchstaben für Buchstaben diktieren. Bevor sie abzogen drohten sie noch, sie würden unsere Motorschlitten beschlagnahmen, und untersuchten das Fleisch im Transportschlitten, denn nach dem Gesetz würden Waffen, die zum Wildern benutzt worden waren, Fahrzeuge und Beute an den Staat fallen. Nach Ansicht der Polizisten konnten wir gerne zu Fuß in unser Dorf zurücktraben.
Sie ließen uns dann aber doch nicht ohne Motorschlitten im Wald zurück, sondern erlaubten den Indianern, ihre Schlitten von den Ladeflächen der Pick-ups herunterzunehmen. Mit einer Axt schlugen sie Stücke von dem Elchfleisch ab und kündigten an, sie untersuchen zu lassen, wobei sich herausstellen würde, von was für Tieren es stammte. Die Indianer waren der Meinung, dass man Bären- von Elchfleisch auch ohne

Untersuchung unterscheiden konnte, ließen aber die Polizisten die Proben nehmen.
Als die Polizisten fort waren, wurde das Lager abgebrochen, das Feuer aber nicht gelöscht. In seiner Wärme saßen wir bis in den Vormittag hinein, bevor wir losfuhren. Die Männer stritten sich, wann die im Wald gebliebenen Motorschlitten und die Transportschlitten geholt werden sollten und von wem.

8

Im Dorf kamen alle in Rachels Elternhaus, Leute saßen in der Stube und in der Kammer, in der Küche und auf den Stufen, die zum Boden führten, auf dem Fußboden und auf den Möbeln, sie lehnten gegen Wände und Türpfosten. Die Stube war gut geheizt, und von einer so großen Menschenmenge erwärmte sie sich noch mehr. Ich musste hinausgehen, um mich abzukühlen und um zu rauchen, obwohl alle anderen drinnen rauchten, sodass die Räume voller Qualm waren. Ich stand auf der Treppe, es war ein klarer Sonnentag, die ganze weite Fläche des Sees schien sich zu bewegen und im Sonnenschein zu kräuseln. Man hörte ein Klirren und lange, klagende Töne, wenn sich im Eisfeld des Sees Risse bildeten.

Auch Rachel kam heraus. Sie sagte, es würde das Beste sein, wenn wir sofort nach Nevaha fuhren, weil bald die berittenen Polizisten kommen und die Dorfbewohner verhören und Fell und Fleisch der Bären suchen würden. Ich sagte, ich könne unter Eid aussagen, dass wir die indianischen Jäger im Lager angetroffen hatten und in den Motorschlitten die Zündkerzen zerschlagen gewesen seien, als der alte Mann und ich dorthin kamen. Rachel meinte, ich solle mich nicht weiter in die Angelegenheiten der Dorfleute und der Polizisten einmischen. Die Polizisten würden kommen und untersuchen, ob die

Männer, die mit dem Fleisch vom Schlachtplatz fortgefahren waren, wirklich im Streit gegangen waren, oder ob die Schlitten zur Irreführung der Polizisten beschädigt worden waren. Darauf konnte ich nichts erwidern, das hatte ich nicht bedacht.

»Was denkst du darüber?«, fragte ich.

»Nichts«, sagte sie.

»Sollten sie auch ihre Hunde erschossen haben?«, wunderte ich mich.

»Hunde werden immer geboren«, sagte Rachel.

Sie meinte, wir sollten am besten sofort fahren, bevor die Polizisten kamen. Sie hatte schon unsere Sachen auf dem Bett im oberen Stockwerk zusammengesucht. Wir gingen hinein und holten die Sachen, ich brachte sie ins Auto. Im Hause sprachen die Leute in ihrer eigenen Sprache, laut und schrill. Wir verabschiedeten uns eilig von Ellen und dem alten Mann. Der Alte lobte mich als einen guten Gefährten in der Wildnis, als ruhigen und geschickten Mechaniker für Motorschlitten. Er hielt mich jetzt bei beiden Händen, während er sprach, und sagte, er wolle mir die Zukunft voraussagen, wenn ich das nächste Mal ins Dorf käme. Er meinte, er werde sie vor meiner Rückkehr sehen. Ich war mir nicht sicher, ob ich meine Zukunft kennen wollte. Der alte Mann meinte, es sei gut, sie zu wissen, sonst könne man sein Leben nicht beeinflussen. Ich zog die Sache ins Scherzhafte und fragte, wie der alte Mann meine Zukunft sehen könne, wenn ich sie verändern konnte. Ellen brachte ein großes Stück Elchfleisch, das sie in Plastik gewickelt hatte, und legte es auf die Ladefläche des Pick-up. Mir fiel mein Gewehr ein, ich holte es aus dem Haus, wohin die Jäger es gebracht hatten, drinnen riefen die Leute mir in ihrer Sprache Grußworte zu. Auf dem Hof bibberte Ellen und wartete darauf, dass wir abfuhren, sie sagte noch etwas zu Rachel, bevor wir ins Auto stiegen. Der Wagen, der im Frost gestanden hatte, war kalt, sprang aber sofort an, als ich den Schlüssel drehte.

Die Polizisten kamen über den See, den Eisweg entlang, in Richtung Dorf. Sie blockierten den Weg und stiegen aus, als ich anhielt. Ich konnte erkennen, dass sie ihre Pistolentaschen geöffnet hatten, sodass die Griffe der Waffen zu sehen waren. Wir saßen im Auto und beobachteten, wie die Polizisten näher kamen. Sie befahlen uns auszusteigen. Ich musste mich mit dem Gesicht zum Auto stellen und die Hände hochnehmen. Der Polizist tastete mich unsanft über den Kleidern ab, bedeutete mir, ich solle vom Auto wegtreten, öffnete die Tür und holte hinter der Rückenlehne mein Gewehr hervor.

»Hast du dafür einen Waffenschein?«, fragte er. Ich holte den Schein aus der Brieftasche, der Polizist prüfte ihn und fragte, ob ich in Nevaha wohne, das als mein Wohnort angegeben war.

»Ja«, sagte ich.

»Ein Finne?«, fragte er.

Ich bejahte. Der Polizist rief das seinem Kameraden zu, der mit Rachel auf der anderen Seite des Wagens war. Der andere Polizist kam und drehte mir mit hartem Griff den Kopf so zur Seite, dass er mich auch im Profil sehen konnte.

»Hat Perkiö das Bärenfleisch fortgeschafft?«, fragte er.

»Wer ist das?«, fragte ich.

»Du kennst ihn nicht?«, brüllte er und trat mir schmerzhaft gegen das Schienbein, wo zwischen Haut und Knochen nichts anderes als Schmerz zu sein schien.

»Reden wir von demselben Perkiö?«, fragte ich.

»Von demselben«, bestätigte der Polizist. Rachel kam hinter

dem Auto hervor und versicherte, dass weder Perkiö noch sonst jemand aus Nevaha mit der Sache etwas zu tun habe.
»Kriegst du keinen weißen Mann mehr, dass du einen Finnen nehmen musst?«, fragte der Polizist. Er sagte auf Finnisch »suomalainen«, und ich verstand es, obwohl er die Silben anders betonte als bei uns üblich. Rachel meinte, er brauche sich um ihr Glück mit Männern keine Gedanken zu machen, ihn würde sie jedenfalls immer noch nicht nehmen, ebenso wenig wie damals, als er sie darum gebeten hatte.
Die Polizisten stellten alle Sachen auf den Eisweg. Sie öffneten die Taschen und verstreuten den Inhalt auf dem Eis. Sie stießen mit den Füßen dagegen, bückten sich und beguckten sie, beglückwünschten mich, dass ich die Indifrau noch nicht geschwängert hatte, als aus Rachels Tasche eine Packung Binden auf das Eis fiel.
»Oder hast du sie noch gar nicht gebumst?«, sagte der andere Polizist. Darauf erwiderte ich nichts.
»Interessiert dich das Thema nicht?«, fragte er.
»Das Thema interessiert mich, aber nicht der Gesprächspartner«, sagte ich.
Dann begann der Polizist die Ladefläche leer zu räumen, wühlte in dem Schnee, der sich dort im Laufe des Winters angesammelt hatte und den Lintupelto nicht hatte wegschaufeln wollen, fand Ellens Elchfleischpaket, das sie in den Schnee gesteckt hatte, legte das Paket aufs Eis und öffnete die Plastikverpackung, hockte sich hin und untersuchte sorgfältig das gefrorene Elchfleisch.
»Das ist ja Bärenfleisch«, sagte er.
»Ihr kennt es doch«, sagte Rachel.
»Was für Fleisch ist das?«, fragte der Polizist. Er klopfte mit dem Zeigefinger auf die gefrorene Elchkeule.

»Bär ist das«, sagte er.
Ich trat näher hinzu und fragte, von welcher Stelle des Bären die Elchkeule nach Ansicht des Polizisten stamme. Der andere Polizist, der abseits gestanden hatte, brachte meinen Waffenschein und fragte, ob ich Lintupelto kenne. Er sprach den Namen so eigentümlich aus, dass ich es schon abstreiten wollte, dann aber bejahte: »Wir sind ein wenig verwandt.«
»Ich hab mit ihm gerungen«, sagte der Polizist.
»Im Trikot oder in Straßensachen?«, fragte ich.
»Im Trikot«, versetzte der Polizist. Er sagte zu dem anderen Polizisten, dass es wenig sinnvoll sei, die Sachen von Lintupeltos Verwandten noch weiter zu untersuchen, weil Ringer ehrliche Menschen seien und auch ihre Verwandten.
»In Nevaha könnt ihr aber ausrichten, dass Perkiö das Bärenfleisch nicht in der nächsten Umgebung verkaufen sollte«, sagte der andere Polizist. Sie gingen zu ihrem Auto und stiegen ein, mussten aber sehr lange warten, bis wir all unsere Sachen vom Eis eingesammelt und im Auto verstaut hatten und ich den Wagen an den Wegrand neben den Schneewall gefahren hatte. Ich sah mir mein Bein an. Da, wo der Polizist mich mit seiner Stiefelsohle getreten hatte, breitete sich ein großer Bluterguss aus, und in der Mitte war keine Haut mehr.
Wir fuhren über den See bis ans Ende des Eiswegs. Die Sonne stand uns im Rücken, aber die Schneekristalle reflektierten das Sonnenlicht so hell, dass ich das bis in den Kopf hinein spürte. Es war, als würde man eine sehr spitze, lange Nadel bewegen, die durch die Augen bis in den Hinterkopf reicht. Ich fand eine Sonnenbrille, mit der ich mir die Augen schützen konnte, aber als wir in den Wald kamen, konnte ich damit den Weg nicht deutlich genug sehen. Rachel fragte, ob mich

die Reden der Polizisten geärgert hätten. Das gab ich jedoch nicht zu.
Rachel wollte, dass ich nach Morteau fuhr. Sie ging in ein Geschäft, ich sagte, ich wolle ein Draft trinken gehen. In der Kneipe fragte der Barmann, ob ich schon gehört habe, dass die Indianer angefangen hätten, die Grizzlys in ihren Winterhöhlen zu töten und Fell und Fleisch nach Toronto und Amerika zu verkaufen. Er behauptete, die Indianer müssten bei diesem Geschäft auch weiße Männer an der Hand haben, weil die Indianer nicht genügend Geschäftssinn hätten, um so etwas abzuwickeln.
Der Barmann glaubte, dass sich um den Verkauf weiße Männer kümmerten, die auch den größten Teil des Geldes in die eigene Tasche steckten und den Indianern nur einen winzigen Teil überließen. Ich sagte, dass das ein bleibender Bestandteil der traditionellen Besiedlung Nordamerikas sei.
Wir fuhren nach Nevaha. Unterwegs sang Rachel: *I see the bad moon arising/I see trouble on the way/I see earthquakes and lightnin'/I see bad times today.*
Sie hatte wirklich eine schöne Stimme, und wenn auch die Worte traurig waren, so war es doch ein eher fröhlicher CCR-Schlager.

9

In Nevaha ging ich zum Sägewerk, sobald wir das Auto ausgeladen hatten. Rachel begann das Haus zu heizen, das Lintupelto hatte auskühlen lassen. Sie versprach, die Elchkeule zu braten, wenn sie aufgetaut war. Da das Fleisch völlig vereist war, würde es zum Auftauen vermutlich zwei Tage benötigen. Ich sagte, ich wolle Perkiö aufsuchen und ihn nach der Bärenjagd und dem Bärenfleisch fragen. Rachel wollte nicht glauben, dass ihr Bruder in Perkiös Geschäfte verwickelt sei.

Der Dachboden des Sägewerks war dunkel, das Zimmer der Jungs verschlossen. Ich ging hinunter, in der Halle schrien die Entrindungsmaschinen und die Sägen. Harju saß in seinem Büro.

»Wie lange willst du noch wegen Rachel leiden?«, fragte er.

»Ich hab Lust, wieder zu arbeiten«, sagte ich.

Harju sagte, er habe im Sägewerk drei Schichten eingeführt, jetzt wurde sieben Tage in der Woche gesägt, aber im Wald brauche er sofort Leute, die so viel Bäume umlegten, dass die drei Schichten sich auch lohnten.

»Holz ist jetzt gefragt«, sagte er.

»Wer braucht die Bretter?«, fragte ich.

»Die ganze Welt«, sagte er.

Ich hatte zwar nicht gehört, dass die Welt nach Schnittholz schrie, sagte aber, dass ich bereit sei, schon am nächsten Tag in den Wald zu gehen. Harju fragte, ob ich Lintupelto gesehen hätte, und ich erklärte, ich sei gerade mit seinem Wagen aus dem Reservat gekommen und habe geglaubt, dass Lintupelto in den Wald gegangen sei. Harju sagte, er sei am Fällort gewesen, der Harvester habe bei der Waldhütte gestanden und sei über und über mit Eis bedeckt, sodass man ihn vor Mittsommer nicht aufgetaut bekäme.

»Wenn du Lintupelto findest, dann sag ihm, das Sägewerk schreie nach Holz«, sagte Harju. Ich behauptete, dass ich, ein armer Kolonist, nicht die Mittel hätte, Harjus Subunternehmer in ganz Kanada zu suchen. Harju erinnerte sich, dass ich von der Versicherung eine Entschädigung bekommen hatte, und dass die Versicherung mir so lange ein Tagegeld zahlte, wie seine Firma mich für arbeitsunfähig erklärte.

»Was hat das damit zu tun?«, fragte ich.

»Du kannst Lintupelto mit dem Tagegeld der Firma suchen«, sagte er.

»Das bekomme ich auch, wenn ich neben Rachel liege«, sagte ich.

Harju versprach mir, ich könne, wenn ich Lintupelto gefunden und die Arbeit wieder aufgenommen hätte, das Tagesgeld der Versicherung behalten, und von Harjus Firma würde ich Akkordlohn je nach Menge der gefällten Bäume bekommen. Mir war nicht klar, wie das gehen sollte.

»Der Akkordlohn wird auf einen anderen Namen gezahlt«, sagte Harju.

»Da kommst du in die Bredouille«, sagte ich.

»Die Wildnis schreit nicht«, sagte Harju.

Ich erzählte, dass ich Perkiö suchte, aber annähme, Lintupelto

in seiner Gesellschaft anzutreffen. Harju fragte nach Kamppuri. Ich sagte, er habe die Waldarbeit ganz aufgegeben ebenso wie der aus Toholampi, und dass ich annehme, beide seien für Perkiö auf Geschäftsreise.
Ich versprach, Lintupelto zu suchen. Vom Sägewerk fuhr ich zum Junggesellenheim, aber dort waren neue Leute, englischsprachige und finnische Junggesellen von der dritten Schicht, die erzählten, sie seien gerade mit dem eigenen Flugzeug der Firma aus Finnland mit einem Direktflug über Timmins gekommen. Ich glaubte ihnen nicht. Die Firma besaß keine Flugzeuge, nur das vom Zahn der Zeit benagte Sägewerk. Die Männer gaben zu, dass die Maschine nicht Harju gehörte. Ich glaubte ihnen auch nicht, dass sie mit einem Direktflug über Timmins gekommen waren. Sie räumten ein, dass sie in Reykjavik und Halifax zwischengelandet waren, und erzählten, dass sie aus Reisijärvi, Ullava, Karstula und Kyyjärvi stammten.
»Harju hat wohl schon das letzte Aufgebot mobil gemacht«, sagte ich beim Gehen. Das hörten sie nicht gerne.
Ich fuhr zum Haus von denen aus Alahärmä. Dort hatten sie Lintupelto schon einige Tage nicht gesehen, und Kamppuri und der aus Toholampi würden ihrer Ansicht nach nicht mehr zur Waldarbeit zu bewegen sein. Ich sagte, Harju verlange es nur nach Lintupelto, und auch nach ihm nur wegen des Harvesters. Die aus Alahärmä redeten auf mich ein, ich solle den Harvester wieder fahren, weil Lintupelto wahrscheinlich in weiter Ferne verschollen sei.
»In das Ding setze ich keinen Fuß mehr«, sagte ich.
»Du musst auf jeden Fall deine Blockade überwinden«, sagten die aus Alahärmä. Ich verstand nicht, was sie damit meinten, und scheute mich, danach zu fragen.

Rachel hatte das Haus schon warm bekommen, ich erzählte ihr, dass ich Lintupelto und Perkiö suchen wolle und glaube, dass ihre Spuren in Loulle noch warm seien. Rachel fand es nicht sinnvoll, dass ich mich bei Einbruch der Nacht auf die Suche machte. Ich aber glaubte fest, dass dieses Wild nächtens unterwegs sein würde.

10

Gegen zehn Uhr abends kam ich nach Loulle. Ich kannte die Stadt nur aus den Erzählungen der Jungs. Ich durchquerte sie und stellte fest, dass sie nur ein Dorf war. Am Stadtrand wendete ich das Auto und kehrte dorthin zurück, wo ich das Zentrum vermutete. Ich zählte die Kneipen, mit Schildern gekennzeichnet waren zwei, aber ich wusste, dass es noch mehr gab.

Ich bog in den Hof der Kneipe ein, auf deren Schild »Paradise Lost« stand. Auf dem Hof standen mehrere Autos, drinnen war schwer was los, der Saal voller Männer – und Frauen, die an ihnen hingen. Ich setzte mich an einen Tisch und bestellte ein Bier. Es war sehr warm. Ich zog mir die Jacke aus, der Wirt brachte das Bier und kassierte sofort. Ich erzählte ihm, dass ich Lintupelto oder Perkiö suche. Der Wirt sagte, er habe mir angehört, dass ich nicht in diesem Land geboren bin, und fragte, wofür ich die Jungs brauchte. Ich antwortete, ich brauchte eigentlich nur Lintupelto, nähme aber an, dass er sich in Perkiös Gesellschaft befinde.

»Gestern waren sie hier«, sagte der Wirt.

»Sind sie gestern in der Stadt angekommen?«, fragte ich.

»So hab ich es verstanden«, sagte der Wirt.

»Dann sind sie immer noch hier«, sagte ich.

Das glaubte auch der Wirt. Ich erzählte, dass ich die schöne Stadt Loulle überhaupt nicht kennte und also auch nicht wisse, wo ich die Jungs suchen solle, dass ich aber gehört hätte, es gebe im Dorf ein halbes Dutzend Kneipen. Der Wirt verschwand hinter der Theke und brachte von dort einen hoch aufgeschossenen, finster wirkenden alten Mann mit, der sich an meinen Tisch setzte.

»Hautamäki*«, sagte er.

»Ein passender Name«, sagte ich.

Ich fragte, ob Hautamäki ein Bier wolle, er wollte keins. Er erzählte, dass er als Fahrer für die Lumberjacks aus den Holzfällerbaracken im Hochland in die Stadt gekommen sei. In Loulle hatten sie nur das Wochenende verbringen wollen, aber die Männer aus dem Wald hatten den Aufenthalt bis in die Woche hinein verlängert. Als Fahrer musste er jedoch bereit sein, sofort loszufahren, wenn das Geld alle war.

Hautamäki erzählte, er kenne Lintupelto und Perkiö und auch alle anderen Finnen im Umkreis von zweihundert Meilen, dessen Mittelpunkt Nevaha war. Ich erklärte, dass ich meinen Verwandten auf Bitten von Harju suche, denn die Sägen in Nevaha liefen in drei Schichten und schrieen nach Holz.

Ich verscheuchte eine Frau vom Tisch, die mich streicheln wollte. Hautamäki fragte, ob ich die Indianerin heiraten wolle. Er glaubte, sie werde in fortgeschrittenem Alter unförmig dick werden, so wie es bei den Frauen ihres Stammes üblich sei.

»So weit habe ich noch nicht gedacht«, sagte ich.

Hautamäki riet mir zu bedenken, dass hier ein Mann, der eine

* finnisch: Gräberberg

Indianerin heiratete, das Mädchen nicht auf das Niveau der Weißen hebe, sondern selber zu den Indianern absinke. Ich versprach, daran zu denken. Von draußen kam eine Schar lärmender Männer herein, die der Wirt an unseren Tisch setzte. Sie sprachen englisch, kannten aber Hautamäki, und als sie hörten, dass ich ein Verwandter von Lintupelto war, hieben sie mir auf die Schultern und betasteten mir Bizeps und Nacken. Ein Mann zeigte mir lachend den Rest seines Schneidezahns, den, wie ich die Sache verstand, irgendwann einmal Lintupeltos Faust zum Opfer gefallen war.

Hautamäki fragte die Männer nach Lintupelto und Perkiö, und sie nannten den Namen des Hauses, wo sie die Jungs zuletzt gesehen hatten. Hautamäki sagte, ich solle meine Sachen nehmen, und wir verließen das Haus durch die Küche. Hautamäkis Sachen hingen im Vorraum der Küche an einem Nagel. Ich wartete darauf, dass er sich anzog. In der Küche saß eine alte Frau im Schaukelstuhl und strickte, der Wirt und ein weiterer Mann liefen zwischen Küche und Kneipe hin und her. Die alte Frau erzählte, sie habe gehört, dass ich mich mit einer Indianerfrau verbinden wolle. Das bestätigte ich.

»Das bringt Kummer«, sagte die Frau.

»Kummer macht schlau«, sagte ich.

»Wenn du nur nicht zu schlau wirst«, versetzte sie.

Aus einem anderen Raum hinter der Küche kamen zwei Mädchen, die einen sturzbetrunkenen Kerl in die Kneipe führten. Sie sagten der Frau, dass er überhaupt kein Geld habe. Die Frau versetzte, sie sollten ihm Bier auf Kredit geben, aber nichts anderes. Die Mädchen brachten den Mann in die Kneipe, von dort kam bald der Wirt und sagte etwas mit leiser Stimme zu der alten Frau.

»Das ist meine Sache«, sagte die Frau.

Inzwischen hatte Hautamäki sich Jacke und Schnürschuhe angezogen, dann stülpte er sich die Kapuze über den Kopf, bevor wir hinaustraten. Ich sagte, ich hätte Lintupeltos Auto auf dem Hof stehen, aber Hautamäki meinte, diese Stadt könne leicht von einem Ende zum anderen zu Fuß durchwandert werden. Allerdings seien die Zufahrten zu vielen Häusern nicht geräumt, und man käme nur über Trampelpfade im Schnee zu den Türen.

Wir gingen um das Haus herum zur Straße. Mond und Sterne schienen hell, sodass wir sehen konnten, wohin wir traten. Der Frost hatte sich verschärft und Hautamäki vermutete, dass wir bald minus vierzig Grad haben würden. Darüber stritten wir uns. Hautamäki erklärte, die Luft hier auf dem amerikanischen Festland sei so trocken, dass man den Frost nicht so wie in Finnland empfinde, wo immer Feuchtigkeit vom Golfstrom in der Luft lag. Ich wunderte mich über seine große Weisheit, aber er nahm mir meinen Spott nicht übel.

Hautamäki bog von der Hauptstraße auf einen Trampelpfad ein, der zu einem Weidengestrüpp führte, das sehr hoch, aber nicht sehr lang war. Wir befanden uns sogleich auf einer kahlen, baumlosen Stelle, von der ich nicht wusste, ob sie ein See oder ein Feld oder eine in den Wald geschlagene Lichtung war. Die Schneedecke beiderseits des Pfads war einen halben Meter hoch. Hinter dem offenen Platz hatte sich der Schnee in so hohen Wehen aufgetürmt, dass ich die Stelle, wo ein Pfad freigeschaufelt worden war, erkennen konnte. Das Haus lag gleich hinter dem offenen Platz im Wald, es wirkte dunkel. Hautamäki glaubte nicht, dass sich die Jungs noch in dieser Gegend aufhielten, trat aber durch die Tür ins Haus. Wir kamen direkt in die Stube, in der Licht brannte, vor den Fenstern hingen aber so dicke Vorhänge, dass man es von draußen nicht be-

merkte. Drinnen saß eine Frau in den Dreißigern mit zwei betrunkenen Männern. Die Frau fragte, ob wir etwas zu trinken wollten. Hautamäki erzählte, dass wir Lintupelto suchten. Die Frau lachte, Lintupelto besuche sie nicht mehr. Jetzt würden einmal im Monat jüngere Frauen aus Montreal nach Loulle gebracht. Der eine von den beiden Männern sagte mit lauter Stimme, die Frau solle doch nicht einem Lintupelto nachtrauern, wo die Stube voll von besseren Männern sei. Die Frau sagte, wir sollten leiser reden, die Kinder schliefen. Bei diesen Worten schaute die Frau in den hinteren Teil der Stube, wo ein niedriger Wandschirm stand.
Die Frau forderte uns auf, uns zu setzen und einen Schnaps zu nehmen. Sie habe die günstigsten Preise der Stadt, günstigere sogar als der Pfarrer, weil sie Bier und Schnaps von einem Bekannten kostenlos gebracht bekäme.
Der Mann, der wortlos dagesessen hatte, zog sich die Frau auf den Schoß und befahl ihr, das Tratschen mit wildfremden Leuten zu beenden.
»Der eine hier ist Hautamäki«, sagte die Frau.
»Hautamäki!«, sagte der Betrunkene, ließ die Frau los und kam zur Tür. Er schüttelte Hautamäki die Hand und versuchte sich zu erinnern, wann und wo sie sich das letzte Mal getroffen hatten.
»In Kirkland Lake«, sagte Hautamäki.
»Im Bergwerk«, erinnerte sich der Mann.
»In der Kneipe«, sagte Hautamäki.
»Ich bin niemals in Kirkland Lake unter der Erde gewesen«, behauptete der Mann.
»Aber unter dem Tisch warst du«, sagte Hautamäki.
»Auch das stimmt nicht«, sagte der Mann, fing an zu lachen und schüttelte Hautamäki. Er behauptete, sie hätten es lustig

gehabt in Kirkland Lake, weil Kirkland Lake eine schöne Stadt sei, wo die Menschen Menschen waren und nicht Ratten, die man in ihre Löcher gejagt hatte, und auch keine Hurenbälger wie in Loulle, das keine Stadt sei, sondern ein im Wald entstandenes Loch, das in die Hölle führte.

Wir gingen. Draußen erzählte Hautamäki, dass der Mann ein Pole sei, mit dem er in den Sechzigerjahren im Hinterland von Kirkland Lake in derselben Waldarbeiterbaracke gewohnt und sein Geld zusammen mit den anderen Waldarbeitern in der Stadt ausgegeben habe, obwohl er keinen Schnaps mehr angerührt hatte, seit der Pfarrer von Kortesjärvi ihm zum Abschluss des Konfirmandenunterrichts einen Becher mit Abendmahlswein in den Mund geschüttet hatte, so wie allen anderen vor dem Altar knienden Konfirmanden. Er sagte, damals hätten sich in Kirkland Lake auch noch andere Groschengräber gefunden.

11

Wir gingen den Trampelpfad entlang zum Weg und kamen bald auf den Hof des nächsten Hauses. Hautamäki klopfte mit der Handkante an die vereiste Tür, sie dröhnte dumpf. Ich hörte, wie drinnen der Türhaken geöffnet wurde. Hautamäki fragte nach Lintupelto oder Perkiö.

»Hautamäki, bist du das?«, fragte eine Männerstimme im dunklen Vorraum auf Finnisch.

»Mit Sicherheit«, sagte Hautamäki.

»Wer ist der andere?«, fragte die Stimme.

»Lintupeltos Verwandter«, sagte Hautamäki.

»Der die Indifrau bumst?«, fragte die Stimme.

»Derselbe Mann«, sagte ich.

»Den brauchen wir nicht, das gibt Krankheiten«, sagte die Stimme, und der Mann zog die Tür zu. Einen Augenblick standen wir auf dem Hof, der Mond beleuchtete das Haus und das Wirtschaftsgebäude und den niedrigen Wald hinter dem Haus. Hautamäki schlug nochmals gegen die Tür. Er musste ziemlich lange schlagen, bevor die Tür geöffnet wurde und dieselbe Stimme uns befahl, wir sollten uns zur Hölle scheren.

»Wir wollen zu euch«, sagte Hautamäki. Er ging hinein, und das tat ich auch. Der Mann kam uns nach und versuchte, uns daran zu hindern.

»Die Frauen sind für die Herren von der Firma reserviert«, sagte er.
»In welcher Firma?«, fragte Hautamäki.
»Die Frauen sind heute gekommen«, sagte der Mann.
Hautamäki zog die Stubentür auf, wir traten ein. Da waren drei Frauen, die nicht ganz taufrisch wirkten. Hautamäki glaubte nicht, dass sie den Herren von der Firma gut genug sein würden, egal, um welche Firma es sich handelte. Eine der Frauen schrie auf Englisch, wir sähen nicht aus wie die Herren, die man ihnen versprochen hatte und für die sie sich zurechtgemacht hatten.
»Ist Lintupelto hier gewesen?«, fragte ich.
»Nicht für dich«, sagte der Mann.
Hautamäki ging weiter in die Stube hinein und öffnete die Kammertür. Ich sah, dass an der Wand entlang Etagenbetten standen wie in einer Waldarbeiterbaracke. Wir gingen hinein, und Hautamäki zog die Vorhänge der Betten etwas beiseite. In zwei davon lag jeweils ein Sturzbetrunkener. Auf einem anderen Bett saß ein nackter Mann, der erschrak, als Hautamäki den Vorhang öffnete. Er fragte nach Sami, der versprochen hatte, noch vor Freitag zu kommen.
»Jetzt haben wir schon Dienstag«, sagte Hautamäki.
»Aber den von letzter Woche«, sagte der Mann.
Hautamäki zog den Vorhang wieder vor das Bett. In der Stube erzählte der finnische Mann schließlich, dass Lintupelto und Perkiö am Abend kurz hier gewesen seien. Sie waren jedoch böse geworden, als sie hörten, dass die neuen Frauen den Herren von der Firma und deren Gästen vorbehalten waren.
»Wo kommen denn plötzlich die Gäste her?«, fragte Hautamäki.
»Das darf ich nicht sagen«, antwortete der Mann.

Hautamäki fragte, mit was für einem Auto Lintupelto und Perkiö unterwegs waren. Der Mann behauptete, er habe deren fahrbare Untersätze nicht überprüft. Hautamäki fand, dass es dem Mann nicht an Dienstleistungsbereitschaft fehle, obwohl er einen solchen Beruf gewählt hatte. Als wir vom Hof zur Straße gingen, kam vom Dorf her ein Auto, das ich aber nicht kannte. Wir gingen an der Kirche vorbei, und Hautamäki bemerkte, dass diese für die Jungs erst der letzte Hafen sein würde.

Hinter der Kirche führte ein Weg bergan, der freigeschaufelt war. Auf dem Berg standen mehrere Gebäude, und der Hof war von Schnee geräumt. Vor dem Wirtschaftsgebäude standen zwei Autos mit dick zugefrorenen Fenstern. Ich vermutete, dass eines davon Perkiö gehörte. Aus dem Haus drang Musik, die Fenster waren hell erleuchtet. Die Jungs waren allerdings nicht da. Die stämmige Frau, die das Etablissement bewirtschaftete, erzählte, sie seien schon am Nachmittag gegangen.

»Zu Fuß?«, fragte ich.

»Das nun wohl nicht«, sagte die Frau.

Wir legten ab und setzten uns auf die Bank unter der Treppe. Die Frau brachte Hautamäki ungebeten eine Tasse Kaffee. Ich bat um ein Bier, die Frau wollte wissen, welche Marke. Ich wunderte mich noch, dass man sich hier wie in den Kneipen von Toronto eine Biermarke aussuchen konnte, als die Frau auch schon einen hohen Kühlschrank neben der Treppe öffnete, der voller Bierdosen der verschiedensten Marken war. Ich nahm ein Labatt, an das ich mich schon gewöhnt hatte. In der Stube tanzten zwei Frauen mit ein paar Männern, und die taten sich schwer, auf dem Parkett ohne Teppich in der Senkrechten zu bleiben.

Aus der Kammer kam ein junges Mädchen mit einem alten Kerl, der am Tisch sofort auf einen Stuhl plumpste, als das Mädchen ihn losließ. Das Mädchen kam nun zu uns, wickelte sich fester in den bunten Morgenrock, nahm aus dessen Tasche eine Schachtel Zigaretten, zündete sich eine an und bot auch mir an. Sie setzte sich, schlug ein Bein über das andere und rauchte. Die Wirtin fragte auf Englisch, ob Lintupelto erzählt habe, wohin die Reise gehen solle.
»Vorwärts«, sagte das Mädchen.
»Hat er das gesagt?«, fragte die Wirtin.
Hautamäki fragte, in welcher Gesellschaft Lintupelto und Perkiö unterwegs gewesen waren, aber die Wirtin hatte die Männer nicht gekannt.
»Welche Sprache haben sie gesprochen?«, fragte Hautamäki.
»Ja, welche«, sagte das Mädchen und sah die Wirtin an.
»Wer kennt hier schon alle Sprachen«, sagte die Wirtin.
»Wie hat sie sich angehört?«, fragte Hautamäki.
»So als würde man Wasser und Eisstücke von einem Eimer in den anderen schütten«, sagte das Mädchen.
»War das Finnisch?«, fragte Hautamäki.
»Das kann es auch gewesen sein«, sagte die Wirtin.
»Aber Indianer waren es nicht«, sagte ich.
»Nein, die kenne ich«, sagte die Wirtin.
»Sie haben englisch gesprochen«, behauptete das Mädchen.
Wir tranken den Kaffee und das Bier aus.
Draußen fragte Hautamäki, wie ich darauf käme, dass die Jungs mit Indianern unterwegs seien. Aber ich machte mir nicht die Mühe, ihm das zu erklären.

12

Hinter dem Wirtschaftsgebäude führte ein schmaler Trampelpfad durch den Schnee um den Berg herum, am Fuße des Hangs standen einige Häuser. Im ersten war es dunkel, und es dauerte eine Weile, bis im Fenster Licht anging, nachdem Hautamäki mit der Faust gegen die Tür gehämmert und mit den nackten Fingerknöcheln an das Fenster neben der Tür geklopft hatte. Eine Frauenstimme hinter der Tür fragte, was wir wollten.

»Mounted police«, sagte Hautamäki.

»Lüg nicht, Hautamäki«, sagte die Frau auf Finnisch. Sie öffnete die Tür und ließ uns in den kalten, dunklen Vorraum und von dort in die warme Stube.

»Tür zu, die Wärme ist gekauft, pflegte meine Mutter zu sagen.« Die Frau bedeutete uns, wir sollten uns setzen. Hautamäki erzählte, dass wir Lintupelto und Perkiö suchten. Die Frau sagte, sie habe sie am Abend gesehen, sie seien zu Fuß unterwegs gewesen. Ich fragte, was für Männer in ihrer Gesellschaft gewesen seien, aber die Frau kannte sie nicht.

»Welche Sprache haben sie gesprochen?«, fragte Hautamäki.

»Zu den Jungs englisch, aber untereinander etwas anderes.«

»War von Bärenfleisch die Rede?«, fragte ich.

»Was soll damit sein?«, fragte die Frau.

»Haben sie Bärenfleisch angeboten?«, fragte ich.
»Von irgendwelchem Fleisch haben sie gesprochen, aber ich kaufe kein Bärenfleisch. Mein Tiefkühlschrank ist voller Elchfleisch«, sagte die Frau.
»Indianer waren die Männer aber nicht?«, fragte ich.
»So sahen sie nicht aus«, meinte die Frau.
»Das muss ja eine seltsame Sprache gewesen sein, wenn du sie nicht kanntest, Sandra«, sagte Hautamäki.
»Nicht wahr«, sagte die Frau.
»Sandra hat fast alle Zungen der Welt im Mund gehabt«, sagte Hautamäki.
»Wie haben die sich denn in diesen Winkel verirrt?«, fragte ich.
»Na weißt du, ich hab Toronto und Vancouver gesehen und war auch in amerikanischen Häusern«, sagte Sandra.
»Na, und in Finnland?«, fragte ich.
»Da war ich noch nicht«, sagte Sandra.
»Da solltest du mal hinfahren«, sagte ich.
»Meine Mutter hat immer davon geschwärmt«, sagte Sandra.
Wir wärmten uns einen Augenblick auf, Sandra warf durch das Stubenfenster einen Blick auf das Thermometer und sagte, es seien achtunddreißig Grad unter null, ein solcher Frost würde die Holzfällerbaracken schon von den Wanzen befreien. In der Stube war es warm, wir zogen die Jacken aus. Aus irgendeinem Hinterzimmer kam ein Mädchen im Morgenmantel, aber mit Stiefeln für den Motorschlitten an den Füßen. Sie schöpfte aus dem Eimer am Herd Wasser in eine Tasse, setzte sich an den Tisch und fragte auf Englisch, ob wir vorhätten zu bleiben. Sie versprach, dass wir es nicht bereuen würden. Ich fragte sie nach ihrem Alter und ob sie schon alt genug sei, um nach dem Gesetz den Beruf einer Hure ausüben zu dürfen, obwohl es das Gesetz ja eigentlich verbietet.

»Wer ist dieser schlaue Junge?«, fragte das Mädchen.
»Ein Stammesgenosse«, sagte Sandra.
»Wachsen die da dicht bei dicht?«, fragte das Mädchen.
»Das ist ein Verwandter von Lintupelto«, sagte Sandra.
»Der mit der Indianerfrau?«, fragte das Mädchen. »Gehen wir«, sagte ich. Ich zog mich wieder an, Hautamäki musste lachen, aber auch er zog sich die Jacke an. Sandra begleitete uns an die Tür und sagte, dass ich im Hause und unter den Stammesbrüdern, die Rabatt bekamen, immer willkommen sei. Sie ließ die Tür hinter uns ins Schloss fallen. Wir standen auf dem Hof.
Hautamäki fragte, wie lange ich diese israelitische Wüstenwanderung noch fortsetzen wollte, woraufhin ich ankündigte, bis ins Gelobte Land zu gehen. Hautamäki schlug die Richtung seitlich über den Hang in den Wald ein und ging einen Weg entlang, der vom Hof an freigeschaufelt war und von Autos befahren werden konnte. Er machte sich Gedanken darüber, mit was für Männern die Jungs unterwegs waren, weil niemand deren Sprache kannte, und er glaubte auch nicht, dass er selbst diese Sprache erkennen würde, wenn wir die Jungs und deren Truppe finden würden.
Wir kamen zu einem anderen Haus. Ich sah im Wald mehrere Gebäude. An der Wand des Wirtschaftsgebäudes waren bis zur Dachtraufe Holzscheite für den Herd aufgeschichtet, am Giebel oberhalb der Erde stand ungeschützt ein großer Gastank. Hautamäki schlug schon gegen die Tür, von drinnen hörte man Musik wummern, im Fenster zum Hof war Licht. Hautamäki drückte gegen die Tür, sie war offen. Wir traten in den finsteren Vorraum, das Licht aus der Stube drang durch die Türritzen. Hautamäki klopfte nun auch an die Stubentür, und wir traten ein. Drinnen hielt sich ein gutes Dutzend Leute

auf, ein Akkordeonspieler und einige Tanzpaare auf dem Parkett. Unsere Ankunft bemerkten sie gar nicht. Hautamäki setzte sich an einen kleinen Tisch bei der Kammertür, ich holte mir einen Hocker vom Kamin.

Wieder legten wir ab, in der Stube war es sehr heiß. Auf einem langen Tisch beim Herd lagen auf vielen Schüsseln und Tellern gekochtes Fleisch, Steckrübengemüse und Kartoffeln. Hautamäki fragte den Wirt nach Lintupelto und Perkiö. Er sagte, die Jungs hätten das Fleisch spendiert, und er habe Kartoffeln und Steckrüben dazugestellt, Bier und Schnaps müsse jeder selbst bezahlen und ebenso die Mädchen.

Ich fragte, was für Fleisch die Jungs spendiert hätten. Der Wirt erzählte, Lintupelto und Perkiö hätten das Fleisch schon am Morgen gebracht. Die Wirtsleute hätten es den ganzen Tag im Saunakessel gekocht, während die Jungs durchs Dorf getourt seien. Hautamäki fragte, in was für einer Gesellschaft sie sich befänden. Der Wirt vermutete, es seien Portugiesen. Deren Sprache habe niemand verstanden. Ich fragte, wo die Jungs jetzt seien. Der Wirt nahm an, sie seien in die Sauna gegangen. Ich fragte nach der Sauna, und der Wirt beschrieb uns den Weg dorthin.

Hautamäki und ich machten uns auf den Weg zur Sauna, über den Hof zum Wirtschaftsgebäude und von da zum Rand eines schmalen Ackers. Neben der Sauna gab es eine Art Tipi, in dem ein Topf über dem Feuer hing. Ich warf einen Blick hinein und sah, dass er voller großer Fleischstücke war. An den Giebel der Sauna war aus senkrechten Brettern ein Raum ohne Tür angebaut worden, an dessen Decke eine Ölfunzel hing, an Nägeln Kleider von Männern und Frauen, in der Mitte ein eilig zusammengenagelter Tisch, auf dem Fleischstücke auf Zeitungen lagen, sowie Bier und andere Getränke. Als wir hi-

neingingen, schlüpfte ein Hund hinaus, der ein Stück Fleisch im Maul hatte.
Aus der Sauna hörten wir Geschrei und Gelächter. Ich öffnete die Tür, im schwachen Licht einer brennenden Kerze sah ich die Schwitzbänke, die voller Leute waren.
»Für Männer ist kein Platz mehr«, sagte Lintupelto von der Schwitzbank her auf Englisch.
»Ich muss mit dir reden«, sagte ich auf Finnisch.
Lintupelto kam irgendwo nackt von den Schwitzbänken unter Frauenfleisch hervorgekrochen und kippte sich einen Eimer Wasser über den Kopf, sodass ich in den Vorraum zurückspringen musste. Lintupelto angelte sich aus dem Vorraum ein Laken und trocknete sich damit ab, brachte Hautamäki den Eimer aus der Sauna und befahl ihm, vom Fluss Wasser zu holen. Lintupelto wickelte sich in das Laken und kam in den Saunavorraum. Ich fragte nach dem Fleisch, und er nahm einen dunklen, hart wirkenden Klumpen vom Tisch, schnitt mit dem Finnenmesser ein Stück davon ab, gab es mir und forderte mich auf, es zu kosten.
»Iss von dem Bärenherzen, wenn du mit einer Indifrau leben willst«, sagte er.
Ich betrachtete das Fleisch in dem schlechten Licht und kostete, es war irgendwie hart, schmeckte aber nicht viel anders als gewöhnliches Fleisch. Aus der Sauna kamen allmählich weitere nackte Leute, die sich beklagten, dass Lintupelto das ganze kalte Wasser über sich ausgeschüttet hatte und in der Sauna nichts anderes mehr vorhanden war als das kochende Wasser im Tank des Saunaofens, mit dem sich niemand waschen konnte.
In der Sauna wurde ein Aufguss gemacht, und Perkiö verlangte, auch ich solle in die heiße Luft kommen, sobald ich das für mich aufgesparte Bärenherz verspeist hätte. Hautamäki brach-

te den Eimer voll Wasser, die Frauen gingen wieder in die Sauna. Im Vorraum blieben zwei Männer zurück, die miteinander in einer mir völlig fremden Sprache sprachen, Fleisch aßen und Bier tranken, der Frost verhüllte ihre Haut mit einem weißen Schleier. Der eine war klein und gedrungen, hatte aber einen großen Kopf mit Kraushaar, der die Hälfte seines Körpers auszumachen schien. Der andere, mit langem Bart, war ein schlauer Schwarzkopf, und als er über die Geschichten seines Freundes lachte, sah ich, dass einer seiner Schneidezähne zur Hälfte abgebrochen war.

Lintupelto erzählte, die Männer seien rumänische Bergarbeiter aus Timmins, die hierher gekommen seien, um eine Kuh zu verkaufen. Er habe sie gekauft und geschlachtet und das Fleisch im Saunakessel gekocht.

»Was für eine Kuh war das?«, wunderte ich mich.

»Irgendwo gestohlen«, vermutete Lintupelto.

»Wo hattet ihr die Kuh her?«, fragte Hautamäki auf Englisch.

Der Schlaue sah uns an, während der Großköpfige sehr langsam auf Englisch erklärte:

»Die Kuh meiner Mutter, meine Mutter starb, ich musste die Kuh verkaufen.«

»Das war gar kein Bärenherz«, sagte ich.

»Etwas so Teures würde dir auch niemand zu essen geben«, sagte Lintupelto. Ihm wurde kalt, er ging zurück in die Sauna, und auch die Rumänen gingen. Ich vermutete, dass sie die Frauen mit ihren kalten Händen betatschten, denn die stimmten in der Sauna ein heftiges Gekreisch an.

Wir untersuchten das Fleisch, und sowohl Hautamäki als auch ich fanden, es sah aus wie Rindfleisch. Hautamäki sagte, dass er jetzt, wo Lintupelto und Perkiö sich gefunden hatten, zurück ins Paradies gehe. Ich dankte ihm und meinte, in der

Sauna wäre auch für ihn noch Platz. Hautamäki behauptete, in seinem fortgeschrittenen Alter habe er mehr Freude an einem ruhigen Saunabad, er fände es schöner, allein im wärmenden Halbdunkel zu sitzen und zu den elementarsten Empfindungen des finnischen Volkes, aus der blendenden Helligkeit des Tages in die Nacht zurückzukehren. Er ging, und ich schnitt ihm als Wegzehrung ein ordentliches Stück gekochtes Rindfleisch ab.

Ich öffnete die Saunatür und sagte, ich wolle mit Lintupelto sprechen. Er forderte mich auf hereinzukommen, ich wollte aber lieber draußen warten. Die Frauen riefen, ich solle die Tür zumachen.

Ich saß und wartete. Der Hund kam auf die Schwelle, betrachtete das Fleisch und mich. Ich zeigte ihm mit dem Zeigefinger das Zeichen für Gefahr. Er saß draußen, und trotz des Frosts rann ihm der Geifer aus dem Maul. Als ich aufstand, huschte er davon. Ich schnitt ein Stück Fleisch ab und rief den Hund. Sofort kam er zur Tür und sah mich von unten her an. Ich warf ihm den Fleischbrocken zu, er fing ihn in der Luft auf und lief weg.

Lintupelto kam aus der Sauna, der Frost hüllte ihn in Dampf, und er sagte, er werde sich meinetwegen noch den Tod holen. Ich erzählte ihm, dass ich im Auftrag von Harju gekommen sei, die Forstmaschine werde bei der Ernte erwartet. Lintupelto sagte, er habe mit Harju schon eine halbe Woche wegen des Akkordlohns verhandelt und wisse genau, dass die Säge, die jetzt in drei Schichten arbeite, ohne ihn und den Harvester aufgeschmissen sei. Er werde jedoch für die Bezahlung, die Harju anbot, nicht in die kanadischen Wälder gehen und dort seine Jugend vertun. Einen besseren Augenblick, über mehr Lohn zu verhandeln, werde es nie mehr geben.

»Harju lässt dir ausrichten, dass er zahlt, was du verlangst«, sagte ich.
Lintupelto sprang in die Sauna und zog die Tür zu.
»Alles?«, rief er aus der Sauna.
»Wenn die Maschine morgen in Betrieb ist«, rief ich.
Ich hörte, wie er sich in der Sauna mit Wasser übergoss, das kalte Wasser spritzte wohl bis zu den Schwitzbänken, denn die Frauen schrien, und Perkiö fluchte auf Finnisch. Lintupelto reichte mir durch die Tür den Eimer, damit ich ihn mit Flusswasser füllte. Er erklärte mir, dass der Pfad von der Sauna direkt zum Flussufer führe.
Ich nahm den Eimer und suchte den Anfang des Pfads hinter der Sauna. Ich musste einen Augenblick im Dunkeln stehen bleiben, um meine Augen an das Licht der Öllaternen zu gewöhnen. Der Fluss lag gleich hinter der Sauna, er war nicht breiter als ein Bach, und auf dem Eisloch war schon eine dünne Eisschicht, die ich mit dem Boden des Metalleimers aber leicht kaputtschlagen konnte.
Ich brachte das Wasser in die Sauna. Lintupelto hatte sich schon angezogen und stieg in die Schuhe. Er forderte Perkiö auf, die Frauen und das Bier zu bezahlen, er hatte schließlich die Kuh bezahlt.
»Was soll ich mit den Männern hier machen?«, fragte Perkiö aus der Sauna heraus.
»Die kümmern sich schon um sich selbst«, meinte Lintupelto.
»Und ihr Schnaps?«
»Ihren Schnaps sollen sie selbst bezahlen«, sagte Lintupelto.
Perkiö war sich nicht sicher, ob der Schnaps nicht im Preis für die Kuh inbegriffen war. Er rief uns noch aus der Sauna hinterher, als wir aufbrachen. Lintupelto ging voraus. Er sagte, ich könne den Wagen nach Nevaha fahren, nicht wegen der

Schnäpse, sondern weil er zu faul sei zu fahren. Er schlief sofort ein, als ich das Auto angelassen hatte und vom Hof des Verlorenen Paradieses Richtung Nevaha startete.

13

Lintupelto erwachte, als ich in Nevaha auf den Hof des Hauses fuhr und den Motor abstellte. Das Haus war dunkel, und dunkel war das ganze Dorf, um drei Uhr morgens.
Wir gingen hinein, Rachel kam aus der Kammer, noch ehe ich in der Küche Licht gemacht hatte. Sie bereitete Lintupelto ein Bett auf dem Fußboden in der Küche.
»Harju hat auch mir Arbeit versprochen«, sagte ich.
»Der hat Verlangen nach Holz«, sagte Lintupelto.
Er saß in der Küche am Tisch und wartete darauf, dass Rachel das Bett machte. Ich holte aus dem Kühlschrank ein Bier für mich und Lintupelto.
»Trinkt die Frau nicht?«, fragte Lintupelto.
»Sie trinkt nicht«, sagte Rachel auf Finnisch.
»Warum nicht?«
»Sie ist nicht die Frau«, sagte Rachel auf Finnisch, ging aber schon zum Englischen über und erklärte, Frau sei ein hässliches Wort, es klinge, als bewege jemand das eingerostete Scharnier einer Plumpsklotür.
»Das finnische Wort, rouva, kommt ja auch aus dem Schwedischen«, sagte Lintupelto.
»Was sagen die Finnen?«, fragte Rachel.
»*Emäntä,* Hausherrin«, sagte Lintupelto. Rachel lauschte

dem Wort nach, war aber auch davon nicht begeistert. Sie hatte das Bett fertig, Lintupelto legte sich so, wie er war, hin und schlief schon, noch ehe ich in der Kammer war.
Morgens um acht gingen wir zum Sägewerk. Harju behauptete, er warte schon seit einer Stunde auf uns. Ich sagte ihm, dass ich Lintupelto die ganze Nacht gesucht und das Paket nicht in völlig verschnürtem Zustand hätte abliefern wollen, deswegen hätten wir erst ein paar Stunden geschlafen. Harju erzählte, er sei morgens an meinem Quartier vorbeigefahren und habe das Auto da schon auf dem Hof stehen sehen.
»Wenn ihr unter vier Augen was bereden wollt, dann kann ich rausgehen«, sagte ich.
»Nicht nötig«, sagte Lintupelto.
»Bestimmt nicht?«, fragte Harju.
»Du bleibst hier als Zeuge«, sagte Lintupelto.
»Was redet er da«, lachte Harju.
»Falls der Hausherr sein Wort vergisst«, sagte Lintupelto.
»Hab ich es jemals vergessen?«, fragte Harju.
»Ab und zu«, behauptete Lintupelto.
Harju betonte, dass er die Firma vierzig Jahre lang gemanagt habe. Direkt aus dem Krieg sei er ins Sägewerk gekommen. Gegen die Deutschen habe er gekämpft und sei dabei verwundet worden. Schon damals seien die Kräfte von Vater Harju durch den Krieg erschöpft gewesen, und Nevala habe sich schon immer für den Umgang mit den Männern besser geeignet als für die Verwaltung der Firma, obwohl er immer seinen Anteil daran eingestrichen hatte. Harju habe also den Waffenrock aus- und die Stiefelhosen angezogen und fürderhin die Firma geleitet, aber niemals sein Wort gebrochen.
»Jetzt sind andere Zeiten«, sagte Lintupelto.
»An mir ändern die nichts«, sagte Harju.

Sie einigten sich in meinem Beisein über Hiebsflächen und Tarife und bekräftigten dies per Handschlag. Lintupelto versprach, für diese Tarife bis zum nächsten Jahreswechsel den Wald dort zu fällen, wo man es ihm zeigen würde. Ohne mich zu fragen machten sie aus, dass ich von diesem Tag an Lintupeltos Gehilfe sein sollte. Harju forderte mich auf, Rachel in die Kantine zu schicken, sobald ich nach Hause käme.

»Das musst du ihr schon selbst sagen«, entgegnete ich.

»Was macht sie allein im Haus, wenn du in der Baracke im Wald bist?«, fragte Harju. »In der Kantine kann man besser auf sie aufpassen. Dann bist du auch ruhiger.«

Wir sagten dazu nichts, aber ich forderte Harju auf, selbst in seine Kantine zu gehen und nach Küchenmädchen zu fragen.

»Ich habe bis zu diesem Tag noch kein Indimädchen gebeten, bei mir zu arbeiten«, sagte Harju.

»Was anderes kann ich dir nicht anbieten«, sagte ich.

»Sag ihr, dass sie kommen soll«, sagte Harju.

»Ich werd ihr die Grüße ausrichten«, sagte ich.

Harju fragte, wann wir anfangen könnten zu arbeiten, Lintupelto sagte, die Lkw-Fahrer könnten am Morgen kommen und die ersten Fuhren holen.

»Doch wohl nicht die ganze Nacht«, sagte Harju.

»Da ist Licht dran«, sagte Lintupelto.

»Den muss man erst mal in Gang kriegen, der ist völlig mit Eis bedeckt«, behauptete Harju.

»Er wird schon anspringen«, versprach Lintupelto.

»Er muss auch verlegt werden«, erklärte Harju und zeigte auf der Karte an der Wand, wo Lintupeltos Harvester jetzt stand und wo der neue Fällort lag.

»Du hast doch Autos«, sagte Lintupelto.

Sie vereinbarten, dass der Harvester am Nachmittag verlegt werden sollte. Wir gingen ins Quartier. Ich erzählte Rachel, dass Harju sie in der Kantine haben wollte. Ich sagte, wir würden sofort aufbrechen, wenn wir unsere Sachen gepackt hatten, zurück würden wir kommen, wenn es dafür Zeit war. Rachel machte sich auf den Weg.
Lintupelto holte von irgendwo seine Sachen und seine Arbeitskleidung. Einen festen Wohnsitz hatte er meines Wissens in diesem Land immer noch nicht. Seine Sachen passten in einen einzigen Rucksack. Ich rühmte die Unmenge der Dinge, die ein so tüchtiger Mann wie Lintupelto im kanadischen Eldorado innerhalb von fünf Jahren angesammelt hatte.
»Der Rest ist in der Baracke«, sagte er.
»In der Holzfällerbaracke?«, fragte ich.
»Wenn nichts gestohlen worden ist.«
Rachel kam vom Sägewerk und fing an, Sachen in Taschen, Koffer und Bündel zu packen. Ich fragte, wohin sie ziehen wolle. Sie antwortete, sie werde mit uns in den Wald kommen. Ich versuchte, ihr das auszureden. Rachel behauptete, dass wir in der Holzfällerbaracke eine Hausfrau brauchen würden, auch im Wald müsse man essen. Eine Weile stritten wir darüber. Rachel nahm Lintupeltos Wagen, kaufte im Laden der Firma ein und packte den Inhalt des Kühlschranks in ihre Taschen. Zum Reden hatte sie keine Zeit.
»Wo willst du da schlafen?«, fragte ich.
Sie sagte nur, dass sie zu den Menschen gehöre, die seit tausenden von Jahren in diesen Wäldern lebten und dort immer ein Nachtlager gefunden hätten. Da begriff ich, dass es keinen Zweck hatte, mit ihr über den Umzug und das Leben im Wald zu diskutieren.

Kurz nach Mittag waren wir unterwegs und ließen das Haus leer zurück. Lintupelto fuhr. Auf der Landstraße wandte er sich nach Loulle, fuhr aber an der Abzweigung zur Stadt vorbei und über den von den Forstgesellschaften angelegten Weg in Richtung Große Wasserscheide. Es herrschte strenger Frost, die Wälder standen starr und verschneit, Lastwagen mit großen Holzladungen kamen uns entgegen. Ich fragte, ob Lintupelto sich erinnere, wo er den Harvester hatte stehen lassen, als er seine Sauftour begann. Er forderte mich auf, nur an Dinge zu denken, die mit der Arbeit zu tun hatten. Der Harvester würde zwei Tage später in zwei Schichten Bäume fällen, und beide würden zwölf Stunden dauern, die zweite Schicht würde ich fahren.

»Ich steig in das Ding nicht mehr ein«, sagte ich.

»Zwölf Stunden am Tag, sieben Tage die Woche«, sagte Lintupelto.

»Für welchen Lohn?«, fragte ich.

»Das Geld wird halbiert, wenn die Maschine abbezahlt ist«, sagte Lintupelto.

»Auch die Schulden«, lachte ich. Rachel fragte, wovon wir sprachen. Ich erklärte es ihr auf Englisch, so gut ich konnte. Lintupelto bog in einen Waldweg ein, dessen Oberfläche von den großen Lkw zermahlen war. Die Hiebsfläche begann zweihundert Meter von der Landstraße entfernt und erstreckte sich über Hügel und lange, niedrige Höhenrücken, so weit das Auge reichte.

Wir kamen zur Baracke, die jetzt auf einer kahl geschlagenen Fläche lag. In der Baracke trafen wir jemanden an, der das Feuer im Kamin unterhielt. Die Sachen der Männer lagen auf Bänken und Pritschen verstreut. Der Feuerwächter erzählte, dass die Männer bei Einbruch der Dunkelheit von ihren

Hiebsflächen zurückkämen. Die Kunde von Lintupeltos Sauftouren und der geschlachteten Kuh hatte sich schon bis hierher verbreitet. Der Feuerwächter glaubte jedenfalls nicht, dass der Harvester bei diesem Frost in Gang kommen würde.

14

Lintupelto ließ uns auf dem Hof ein großes Feuer machen, der Englischsprachige und ich holten viele Arm voll lange Rundhölzer herbei, die wir zu einem großen Haufen aufschichteten und anzündeten. Rachel machte auf dem Herd in der Baracke Essen. Wir schleppten noch mehr Holz zum Feuer und hielten es so am Brennen. Lintupelto wanderte über den Hof und durch die nähere Umgebung der Baracke, er suchte etwas, wollte uns aber nicht sagen, was, schließlich fand er eine Eisenplatte, die er zum Feuer schleppte. Der Feuerwächter ging in die Baracke, behauptete, der Rücken werde ihm eiskalt, wenn er dem Feuer den Bauch, und der Bauch, wenn er dem Feuer den Rücken zuwende. Ich blieb beim Feuer, um ein wenig herumzukokeln.

Lintupelto fand eine Blechtonne und brachte sie zum Feuer. Er holte in einem Eimer Wasser aus dem Brunnen und füllte die Tonne, machte aus Rundhölzern ein Feuer um die Tonne herum und nährte es mit großen und kleinen Scheiten. Als sich im großen Feuer Glut gebildet hatte, schleppte Lintupelto die Eisenplatte unter den Harvester und legte glühende Holzkohle mit einer Aluminiumschaufel darauf, die er hinter dem Harvester hervorgeholt hatte. Auch der Feuerwächter kam aus der Baracke und brachte mit einer anderen Schaufel, die er aus der Baracke mitgenommen hatte, Glut zum Harvester. Sie verteilten die Glut auf der Eisenplatte zu einer gleichmäßigen, glühenden Schicht.

»Wenn du die Maschine in Brand steckst, musst du zahlen«, sagte Lintupelto zu ihm.

»Das tu ich mit Sicherheit«, versprach der Feuerwächter.

Sie nährten die Glut mit neuer Holzkohle, die sie vom Grund des großen Feuers holten, entfernten die erloschenen Teile von der Eisenplatte, stießen sie in den Schnee und sorgten so für Wärme unter dem Motor. Ich stellte lange Holzstücke in das große Feuer und ließ es in hellen Flammen lodern. Ab und zu befühlte Lintupelto die Unterseite und die Flanken des Motors mit der bloßen Hand, wollte aber die Maschine noch nicht anlassen. Der Feuerwächter holte aus dem Haus ein Elektrokabel und zog es vom Aggregat zu den Akkus des Harvesters. Lintupelto hatte ein Ladegerät und Kabelklemmen im Führerhaus der Maschine. Sie brauchten nicht viel zu reden, denn beide wussten genau, was zu tun war.

Sie luden die Akkus etwa eine halbe Stunde lang auf. Wir unterhielten das große Feuer und das, was um die Tonne herum brannte. Als das Wasser kochte, schöpfte Lintupelto davon und schüttete viele Eimer voll auf den Kühler des Harvesters. Das Wasser floss unter die Maschine und auf den Hof, war aber schon gefroren, bevor es den Erdboden berührt hatte. So kalt war es.

Lintupelto stieg in die Fahrerkabine des Harvesters, ließ den Motor an und fuhr die Maschine von der Glutplatte herunter. Der Feuerwächter stieß die Glutreste mit dem Fuß auf den Hof. Wir gingen ins Haus, Lintupelto ließ den Motor laufen. Rachel wartete schon mit dem fertigen Essen, und wir aßen. Wir warteten auf Harjus Lkw, den er versprochen hatte zu

schicken, um den Harvester zu überführen, aber er kam nicht. Lintupelto hielt es nicht an seinem Platz, mit dem Teller in der Hand sprang er zum Fenster um hinauszusehen und behauptete, Harju habe vergessen, den Laster zu schicken.
Der Feuerwächter forderte uns auf, über Nacht zu bleiben, auf den Pritschen in der Baracke sei genug Platz für alle. Lintupelto wollte nicht, die Arbeit wartete darauf, getan zu werden. Nach dem Essen fuhren wir los, Lintupelto mit der Forstmaschine voraus, die nicht schneller war als ein Fahrrad. Wir ließen die Baracke hinter uns und fuhren an der Hiebsfläche entlang, von Westen stieg eine Front dunkler Wolken am Himmel auf wie ein dunkles Tischtuch in der Stube eines Trauerhauses. Sie schob sich vor die Sonne, noch ehe wir die Landstraße erreichten und nach Osten abbogen.
Der Harvester war nicht dafür gemacht, auf der Straße gefahren zu werden, er nahm so viel Raum ein, dass Lintupelto den entgegenkommenden Holzautos seitlich in den Schnee ausweichen musste. Viele Autos kamen uns jedoch nicht entgegen, und die Fahrer kannte ich nicht.
Es fing an zu schneien, der Frost ließ nach. Zwei Stunden lang fuhren wir die Landstraße entlang, dann bog Lintupelto in einen Waldweg ein, der so schmal und zugewachsen war, dass man das Gefühl hatte, die Zweige der Bäume kämen zum Fenster herein. Der Weg war vor Beginn des Schneegestöbers geräumt worden, und der Harvester konnte gut darauf fahren, aber die Räder des Pick-up drehten in den Senken durch, wo der Schnee wie Pulver lag.
Wir blieben stecken, und ich hupte. Lintupelto hielt, ich legte den Vor- und den Rückwärtsgang ein, aber die Räder griffen auf dem Pulverschnee nicht, und bald war der Wagen bis zum Bauch im Schnee. Da brachte Lintupelto schon einen Strick

und befestigte ihn unter der vorderen Stoßstange. Ich stieg aus, um zuzusehen, Lintupelto bückte sich tief unter den Pick-up. Der Schnee fiel schon so dicht, dass der Pick-up, der Harvester und wir drei allein auf der Welt waren. Ich sah um uns herum nur die Wände und die Decke des Schneefalls, dazu einige Bäume am Wegrand.

Lintupelto zog das Seil auf dem Weg gerade. Er setzte mit der Forstmaschine so weit zurück, dass das Seil bis zum Abschlepphaken reichte, und legte das zu einer Öse geschlungene Ende des Seils darüber. Ich stieg ins Auto, und Lintupelto zupfte den Pick-up aus dem Schnee wie einen Splitter aus dem Finger, dann hielt er, und ich stieg aus, nahm das Seil ab und brachte es Lintupelto. Wieder fuhren wir los, die Zweige der Bäume schlugen gegen die Fenster der Fahrerkabine, die Forstmaschine hatte Zweige abgerissen, die jetzt auf dem Weg lagen wie eine Grababdeckung. Wir fuhren sehr langsam. Ich hatte nicht auf den Kilometerzähler gesehen, als wir von der Landstraße abgebogen waren, und wusste nicht, wie tief wir schon im Wald waren. Durch den Schneefall hindurch konnte man die Gegend nicht sehen, und ich fuhr, indem ich in dem Schneegestöber unverwandt die dunkle Gestalt des Harvesters im Auge behielt.

Ich blieb ein zweites Mal stecken, und Lintupelto kam wieder mit dem Seil und zog uns heraus. Er fragte sich, wie Nevala und Harju die Baumstammfuhren aus dem Wald herausbekommen wollten, wo man nicht mal mit dem leeren Pick-up in den Wald kam. Ich war der Meinung, das müsse nicht unsere Sorge sein. Wir bräuchten nur die Bäume umzulegen, zu entasten und auf die festgelegte Länge zurechtzuschneiden.

Es war schon dunkel, als wir zur Holzfällerbaracke kamen, der Schneefall ließ nicht nach. Auf dem Hof der Baracke hatten sich schon Schneewehen aufgetürmt, und die Tür war bis zur halben Höhe verschneit, sodass wir den Schnee vor dem Haus wegschaufeln mussten. Die Tür hatte kein Schloss, und drinnen stand der Geruch einer lange unbewohnten Unterkunft. Wir trugen unsere Sachen hinein. Ich suchte Brennholz, um im Kamin und im Herd Feuer zu machen, aber die Firma hatte kein einziges Holzscheit im Hause bereitlegen lassen. Ich ging in den Schuppen, er war voller Rundholz, und die Axt steckte im Ende eines Rundholzes im Stapel. Lintupelto kam zum Schuppen, betrachtete einen Augenblick den Holzstapel, holte dann von der Ladefläche des Autos die Motorsäge und schnitt Kloben, passend für die Länge des Feuerlochs im Herd. Ich nahm die Axt und spaltete die Kloben, die Lintupelto zurechtgeschnitten hatte. Er wünschte die Angestellten der Firma in die unterste Hölle. Rachel kam Holz holen, sie brachte mehrere Arm voll ins Haus.

Lintupelto beendete die Show und ging. Ich spaltete das Holz und brachte so viel ins Haus, dass es nach meiner Schätzung zwei Tage lang für Kamin und Herd reichen würde. Lintupelto war nicht in der Baracke, der Harvester brüllte auf der Hiebsfläche, das Kreischen der Säge hörte man durch das Schneegestöber hindurch bis in die Baracke. Ich ging die Radspuren entlang bis zur Arbeitsstelle, die Lichtkegel der Scheinwerfer zeigten den Schneefall und die nächsten Bäume, wenn Lintupelto die Maschine drehte. Er hörte nicht auf zu arbeiten, obwohl er mich auf der Lichtung stehen sah, die er schon in den Wald rasiert hatte. Eine Weile sah ich zu, wie Lintupelto die Bäume umlegte, und kehrte dann ins Quartier zurück.

Rachel heizte die Zimmer und machte sauber. Es gab zwei Räume und dazwischen eine Küche. Rachel vermutete, dass

in dem kleineren Zimmer die Wirtschafterin und die Köchin und in dem großen die Männer geschlafen hätten. Ich sah mir die Baracke an, sie war schon alt, aber gut gebaut und in Ordnung. Rachel wusste, dass Harjus Vater sie schon in den Dreißigerjahren hatte bauen lassen, als hier zuletzt der Wald abrasiert wurde, und als die Waldarbeiten zu Ende waren, hatte der alte Harju die Baracke als Quartier bei Fisch- und Jagdausflügen genutzt. Ich hatte keine Seen bemerkt. Rachel behauptete, die Wälder hinter der Baracke seien voller Weiher.
Rachel hatte für uns die Betten in der kleineren Schlafkammer gemacht, Lintupeltos Sachen waren in der Stube. Lintupelto kam am Morgen gleichzeitig mit den Angestellten der Firma, die erzählten, sie hätten die ganze Nacht den Weg zur Baracke vereist. Ich hatte nichts davon gehört. Lintupelto ließ Harju und Nevala ausrichten, dass die Transportautos kommen könnten, sobald der Weg, den die Männer vereist hatten, befahrbar sein würde, die Baumstämme warteten jedenfalls schon auf sie.
Die Männer behaupteten, der Weg trage schon, am frühen Morgen habe es aufgehört zu schneien, der Himmel sei blank gefegt, und die Sterne hätten den Frost wieder auf zwanzig Grad gedrückt. Rachel kochte Kaffee, die Männer tranken, bevor sie losfuhren. Sie boten für den Kaffee Bezahlung an, aber Rachel sagte, sie unterhalte in der Baracke kein Café. Lintupelto sagte, er wolle sich hinlegen, er habe den Harvester am Rand der Schneise stehen lassen, die er in der Nacht in den Wald geschnitten hatte, der Motor laufe, und er forderte mich auf, mit dem langen Sensenblatt weiterzumähen.

15

Rachel ging mit mir in den Wald, obwohl ich gesagt hatte, dass ich dort auch allein zurechtkäme.

»Ich hab auch keine Angst vor dem Wald«, sagte sie und suchte allerlei Sachen zusammen. Ich wollte nicht wissen, was sie einpackte. Wir folgten den Spuren der Forstmaschine. Lintupelto hatte mir die Grenzen der Hiebsfläche gezeigt, aber er glaubte nicht, dass wir sie vor Ablauf von zwei Monaten erreichen würden. Die Maschine lief, ich stieg in die Fahrerkabine und zog die Jacke aus. Dabei sah ich, dass Rachel Äste und Zweige, die Lintupelto von den Stämmen entfernt hatte, zusammentrug.

Die Arbeit war mir vertraut, die Maschine dieselbe, unter der ich im Herbst gelegen hatte, aber daran wollte ich jetzt keinen Gedanken verschwenden. Ich fuhr zum ersten Baum, packte den Stamm, schnitt ihn ab und hob ihn zum Entasten hoch. Die Maschine saugte den Stamm durch sich hindurch, ließ die Äste zur Seite fallen wie die Gräten einer geräucherten Renke aus den Mundwinkeln und schnitt den Stamm dann in die Einheitslänge. Das war eine Arbeit, über die man nicht viel nachzudenken brauchte, aber man konnte die Gedanken auch nicht abschweifen lassen: Sobald ein Baum gefällt, entästet und zurechtgeschnitten war, musste man schon den nächsten

auswählen, die Maschine durch den hohen Schnee zu dem Baum fahren und ihn packen. Es gab so viel Schnee, dass ich ihn manchmal mit dem Fällaggregat beiseite schieben musste. Mittags stand Rachel vor der Maschine und machte mir Zeichen mit der Hand. Ich öffnete die Tür, und sie rief, dass die Männer mit dem Lkw gekommen seien, um eine Fuhre zu holen. Ich ließ den Motor laufen, zog mich an und stieg aus. Wir gingen dorthin, wo ich am Morgen die Arbeit begonnen hatte. Der Fahrer wärmte sich am Lagerfeuer. Rachel hatte aus Zweigen ein Schutzdach gebaut und davor ein Feuer gemacht. Der Fahrer war ein Stammesbruder, ich kannte ihn aus Nevaha, ein langer, magerer Kerl. Er lachte über das Indilager, das meine Indifrau gebaut hatte. Über dem Feuer hingen an zusammengestellten Stämmen ein gusseiserner Topf und ein Kaffeekessel, auf beiden Seiten hatte Rachel eine Wand aus Zweigen errichtet, darauf ein schräges Dach.
Der Fahrer hatte die Ladung schon auf der Pritsche. Rachel versprach uns Essen, aber der Fahrer wollte nicht so lange warten. Er goss sich aus dem Kessel Kaffee in seine Tasse, die er aus dem Lkw holte, rauchte eine kleine Zigarre und trank den Kaffee. Er ging, kündigte aber an, noch vor dem Abend wiederzukommen. Er bat mich, auch die nächsten Fuhren zum Wegrand zu bringen, damit er die Stämme mit dem Kran auf die Pritsche hieven konnte. Das versprach ich. Der Lkw setzte sich in Bewegung, aber der Fahrer konnte bei dem Holzstapel nicht wenden, sondern musste seine gewaltige Fracht bis zum Hof der Baracke zurücksetzen, wo er die Schnauze des Fahrzeugs in Fahrtrichtung drehen konnte.
Lintupelto kam in Arbeitskleidung aus der Baracke, noch ehe das Geräusch des Lkws in der Wildnis verklungen war. Er jammerte, kein Mensch könne bei dem Lärm schlafen, den die

Wagen von Harjus Firma verursachten, und schätzte, dass sämtliche Kreaturen im Umkreis von fünfzig Meilen die Wildnis verlassen hätten. Ich glaubte ebenso wenig, dass unsere Rasierarbeiten die Wildnis beleben würden.

Lintupelto spähte in den Topf und sagte, er wolle essen und dann anfangen zu arbeiten. Ich rechnete aus, dass er erst etwa vier Stunden geschlafen hatte.

»Selbst das ist noch eine Stunde zu viel«, behauptete Lintupelto.

»Wir haben uns auf Schichten von zwölf Stunden geeinigt«, sagte ich.

»Du bist Invalide und junger Bräutigam«, sagte er.

»In der Kabine des Harvesters kann ich schon sitzen«, sagte ich.

»Nimm die Motorsäge und arbeite dort, wo man mit der Maschine nicht hinkommt«, sagte Lintupelto. Ich ließ mich nicht auf einen Streit mit ihm über die Frage ein, ob das Schwingen der Motorsäge für einen Invaliden die geeignetere Arbeit war. Wir füllten uns Essen auf die Teller. Lintupelto behauptete, er könne Elchfleisch schon am ersten Bissen erkennen. Ich erzählte, wie ich mit Rachels Leuten im Wald gewesen war und dort hatte erklären müssen, dass Lintupelto und Perkiö nichts mit dem Abschuss der Bären zu tun hatten.

Ich erzählte auch von dem Polizisten mit dem großen Gesicht, der sich daran erinnerte, wie er mit Lintupelto nicht nur im Polizeiknast von Morteau sondern auch im Trikot auf der Matte gerungen hatte. Lintupelto erinnerte sich, dass er den mit dem großen Gesicht durch einen Armdrehschwung umgelegt hatte, der zu Lintupeltos Lieblingswürfen gehörte.

»Perkiö haben wir in Loulle vergessen«, fiel ihm ein.

»Er wollte nicht aus der Sauna raus«, sagte ich.

»Warst du in Loulle in der Sauna?«, fragte Rachel.
»Lintupelto war drin«, sagte ich.
»Wo warst du?«
»Im Vorraum der Sauna«, behauptete ich.
»Er hat seine Nase auch kurz in die Sauna gesteckt«, erinnerte sich Lintupelto.
»Waren da noch andere?«, fragte Rachel.
»Huren und Ausländer«, sagte Lintupelto.
Mehr fragte Rachel nicht. Sie hatte in einem anderen Topf Kartoffeln gekocht, den sie neben das Feuer zwischen Zweige gepackt hatte. Wir nahmen Kartoffeln, pellten sie und taten sie zu dem Elchfleisch. Ich forderte auch Rachel auf zu essen, aber sie wollte später allein essen.
»Die haben so eine Sitte«, sagte Lintupelto.
»Was für eine Sitte?«, fragte ich.
»Dass die Frauen nicht mit den Männern zusammen essen«, sagte Lintupelto.
»Das kommt mir bekannt vor«, sagte ich.
Ich erzählte, dass der Fahrer darum gebeten hatte, dass wir die Stämme neben dem Fahrweg aufstapeln. Nach dem Essen schleppte Lintupelto mit der Maschine die Stämme zum Wegrand, die ich gefällt hatte. Rachel taute Schnee auf und spülte das Geschirr, Lintupeltos Maschine zog brüllend zum Holzstapel und zurück. Ich ging und half beim Anlegen der Trosse, damit der Fahrer in seinen leichten Sachen nicht aus der Kabine auszusteigen brauchte. Als die Stämme auf dem Stapel lagen, fuhr Lintupelto los, um weitere zu fällen. Rachel hatte ihr Lager in Ordnung gebracht und sagte, sie gehe in die Baracke. Ich versprach, bald nachzukommen.
Ich holte die Motorsäge und fällte und entastete Bäume am Felshang, wo die Maschine nicht hinkam. Wir zogen die

Stämme mit einer Trosse herunter zum Holzstapel. Bis zum Abend half ich Lintupelto. Noch vor Einbruch der Dunkelheit kam der Laster und holte die zweite Fuhre. Der Fahrer erzählte, dass er für zwei Schläge fuhr, weil Harju so unfähige Holzfäller eingestellt hatte, dass sie es nicht schafften, genügend Bäume für die Fuhren zu fällen.
»Wofür braucht er bloß so verdammt viel Holz?«, wunderte sich der Fahrer, trank seinen Kaffee und rauchte seine Zigarren. Als der Fahrer weg war, versuchte ich Lintupelto zu überreden, zur Nacht ins Quartier zu kommen, aber er wollte von Schlafen nichts hören. Er wollte Holz fällen, solange die Maschine lief und Harju und Nevala Holz brauchten.
Ich sagte, ich würde am Morgen kommen, falls Lintupelto nicht vorher schlafen wollte oder einen Gehilfen brauchte. Er bat mich, die Brennstofffässer und die Pumpe zum Holzstapel zu fahren. Ich ging zur Baracke und bekam den Wagen in Gang. Rachel kam heraus, und ich rief ihr zu, dass ich die Brennstofffässer zum Holzstapel fahren würde.
Lintupelto bemerkte mein Kommen nicht, ich musste zusehen, wie ich die Fässer mit Hilfe von Baumstämmen allein vom Wagen herunterbekam. Lintupelto fuhr die Maschine zum Holzstapel, als ich die Pumpe auf ein Fass montierte. Er fing an, Brennstoff in den Tank zu pumpen, ich sagte, er solle den Harvester abstellen, aber er winkte ab. Wir konnten es uns nicht leisten, dass die Maschine vielleicht nicht wieder ansprang.
Ich fuhr zurück zur Baracke, Rachel saß unbeweglich auf einer Pritsche im großen Raum, mit ernstem Gesicht. Ich nahm sie in die Arme und versprach, für die Baracke ein Aggregat zu besorgen, mit dem wir so viel Strom erzeugen könnten, dass wir uns nicht im Licht von Öllampen abzuplagen

brauchten, so wie die Menschen in alter Zeit. Wenn wir Strom hätten, könnte sie abends fernsehen, während Lintupelto und ich Bäume fällten, denn wir würden den ganzen Winter und das Frühjahr auf dieser Hiebsfläche verbringen.
Rachel behauptete, sie vermisse weder Strom noch Unterhaltung. Ich fragte, was ihr Kummer bereite, und entnahm ihren Worten, dass sie über den Wald trauerte, der mit Vorrichtungen, die aussahen wie Kriegsmaschinen, getötet wurde, so weit das Auge reichte, bis in die Siebte Generation, an die der Mensch immer denken soll, wenn er etwas aus der Natur nimmt.
»Was ist die Siebte Generation?«, fragte ich.
»Die Siebte ungeborene Generation«, sagte Rachel.
Ich behauptete, dass die Wälder dann schon gewachsen und wieder gestorben seien, seit dem Schneiden der letzten Wälder seien erst fünfzig Jahre vergangen. Sie widersprach mir nicht.
Wir legten für die Nacht Holz im Kamin auf und unterhielten auch im Herd ein Feuer, aber als wir erwachten, hatte der Kamin kalte Wände und der Herd kalte Platten. Aus der Stille schloss ich, dass draußen strenger Frost herrschte, sodass man keine Lust verspürte, unter den Decken hervorzukriechen. In dieser stillen Welt schien es nur ein einziges Geräusch zu geben, das Donnern von Lintupeltos Harvester und das Schwirren der Sägeblätter. Sie waren weiter entfernt als am Abend zuvor.

16

Ich ging hinaus, wieder herrschte strenger Frost. Ich wollte Rachel überreden, im Hause zu bleiben, wo ich gleich nach dem Aufstehen Feuer gemacht hatte. Trotzdem kam sie mit, draußen im Gelände sagte Lintupelto, wir hätten vierzig Grad Frost. Ich sah keinen Grund, ihm zu widersprechen.

Ich rechnete mir aus, dass Lintupelto in den vergangenen beiden Tagen etwa vier Stunden geschlafen haben musste, und wusste nicht, wie gut er in Perkiös Gesellschaft in Loulle geschlafen hatte. Er sagte, er wolle sich jetzt hinlegen, aber spätestens am Abend in die Maschine steigen. Rachel machte an derselben Stelle Feuer wie gestern, und wir wärmten uns dort einen Augenblick. Ich sah, dass Lintupelto die in der Nacht gefällten Bäume schon zu einem großen Stapel am Ende des Fahrwegs geschleppt hatte. Er sagte, ich solle Buch führen über die Stämme, die ich fällte und zum Weg brachte, damit wir nicht auf Harjus Buchführung angewiesen waren, und kam mit in die Fahrerkabine, um mir seine Eintragungen in dem Notizheft zu zeigen, das im Handschuhfach lag. Zu einer Buchführung auf diesem Niveau glaubte ich in der Lage zu sein.

Ich begann Bäume zu fällen. Mittags kam Rachel und holte mich zum Feuer, sie war mit ihrem Lager näher an die Stelle gerückt, an der ich den Wald verwüstete. Sie hatte aus Nadelzweigen ein neues Schutzdach gebaut – nach meinem Wirken lag der Boden voll davon –, ein Feuer gemacht und eine Halterung für die Kochgeschirre errichtet. Ich lobte sie und sagte, sie sei eine wunderbare Braut für einen Mann der Wälder. Sie erzählte, der Lkw-Fahrer habe am Vormittag zwei Fuhren abgeholt, aber keine Zeit gehabt, zum Feuer zu kommen.

Nach dem Essen schleppte ich die Stämme zum Stapel. Lintupelto kam erst bei Einbruch der Dämmerung, wütend darüber, dass man ihn nicht eher geweckt hatte. Er verlangte, dass einer von uns immer dort, wo man mit dem Harvester nicht hinkam, mit der Motorsäge arbeitete, also auf Felsen und in Schluchten, und die als Papierholz geeigneten Stämme zu einem eigenen Stapel aufschichtete, von wo die Fahrer sie zur Papierfabrik nach Timmins bringen sollten. Das Papierholz solle bei Tageslicht gestapelt werden, im Dunkeln lohne es nicht, sie durch Tasten mit der Hand zu suchen.

Wir ließen Lintupelto den Wald niedermähen und gingen zur Baracke. Lintupelto hatte Holz neben den Kamin gelegt und Feuer gemacht, in der Baracke war es warm. Wir unterhielten das Feuer den ganzen Abend über. Die Indianerpolizei kam, als wir schlafen gehen wollten. Ich hörte, dass ein Auto auf den Hof gefahren kam, hatte aber keine Lust hinauszugehen. Rachel war schon in dem kleineren Zimmer und kam von dort, noch ehe der Polizist im Haus war. Der Polizist steckte in dicken, warmen Sachen, die er in der Tür auszog, wodurch er aber nicht viel dünner wurde. Ich sah, dass er unter dem halblangen Wintermantel Uniform trug.

»Ich wollte nochmal nach den Bären fragen«, sagte er.

»Darüber ist schon alles gesagt«, versetzte ich.

»Ich wollte mal sehen, was hier für Fleisch gekocht wird«, sagte er.
»Bitte sehr«, sagte Rachel.
»So lautet die Anordnung«, sagte der Polizist.
»Wo sind die anderen Polizisten?«, fragte Rachel.
»Nun lass doch gut sein, Rachel. Ich mach das nicht zum Vergnügen«, behauptete der Polizist.
Er erzählte, dass sie die amerikanischen Wilderer nicht gefunden hätten und dass die Polizisten glaubten, Rachels Bruder und die anderen indianischen Jäger hätten die Bären selbst erlegt und verkauft und das Fleisch untereinander aufgeteilt. Rachel sagte, er solle sich unsere Fleischvorräte ruhig ansehen, die Nahrungsmittel, die Kälte vertrugen, seien alle im Einbauschrank in der Küche, von wo ein Netzfenster nach außen führte. Der Polizist ging aber nicht nachsehen, er sagte, er glaube, was wir sagten. Rachel kochte Tee. Ich bot ihm einen Whiskey an, der Polizist akzeptierte ein Glas gegen die Kälte. Er fragte, ob wir ins Reservat ziehen würden, wenn die Arbeit in Nevaha ausginge und die Firma geschlossen würde.
»Was soll das heißen?«, fragte ich.
»Vielleicht ist es auch nur ein Gerücht«, sagte der Polizist.
Er sagte, er habe gehört, dass ich gut Motorschlitten in der Wildnis reparieren könne, und hielt das für eine unverzichtbare Fertigkeit für einen Menschen, der in diesen Wäldern leben will.
»Hundefleisch muss man essen und Motorschlitten reparieren können«, erklärte er mit dem Whiskeyglas in der Hand.
Ich sagte, ich sei noch nie in die Verlegenheit gekommen, meine Hunde zu essen, und hätte noch keine Gelegenheit gehabt, Bärenfleisch zu kosten. Der Polizist glaubte, dass auch diese Zeit noch kommen werde.

Am Morgen fragte ich den Fahrer, der an dem Holzstapel seinen Lkw belud, was das für Gerüchte über die Schließung von Harjus Firma seien. Der lange Fahrer rauchte seine Zigarre und behauptete, davon noch nichts gehört zu haben, fügte aber hinzu, dass er dazu auch nicht die Zeit gehabt habe. Er müsse zur Zeit so viel fahren, dass er keine Zeit habe, an Kaffeekränzchen teilzunehmen.
Lintupelto mochte sich nicht schlafen legen, er fing an, die Papierstämme zu einem eigenen Stapel aufzuschichten, er trug sie, durch den tiefen Schnee watend, im Arm herbei. Mir tat er Leid, und ich ging ihm entgegen, als er mit den Papierholzstämmen im Arm zum Holzstapel ging. Ich riet ihm, die Hölzer in passenden Abständen im Wald aufzustapeln, ich würde sie dann gegen Abend mit dem Fällaggregat der Maschine zu dem Holzstapel bringen. Lintupelto meinte, man sollte den Harvester nicht als Transportmittel benutzen, gab aber zu, dass es eine altmodische und ineffiziente Methode der Holzbeschaffung für die Forstindustrie sei, mit Menschenkraft einige Bäume aus dem Wald zu schleppen. Er überlegte, wie man den Pick-up für die Transportarbeiten einsetzen könnte. Noch nach dem Mittag fällte er Bäume vom Rande des Bachbetts – ich hatte es nicht gewagt, mit dem Harvester dorthin zu fahren. Er willigte erst ein, ins Quartier zu gehen und sich hinzulegen, als ich damit drohte, so oder so abends um sieben mit der Arbeit aufzuhören und den Motor der Maschine abzustellen, wenn der neue Fahrer dann nicht zur Stelle sein würde. Lintupelto glaubte nicht, dass ich es wagen würde, die Maschine bei diesem Frost einfrieren zu lassen.
Wir saßen so lange am Feuer, bis ich gegessen hatte, und auch Lintupelto aß. Rachel unterhielt ein großes Feuer, es heizte den Unterstand so auf, dass ich die Jacke ausziehen musste, sie

über die Zweige auf der Erde breitete und einen Augenblick dort lag und rauchte. Auch Lintupelto lobte Rachel und nannte sie einen prima Kumpel für das Leben im Wald, sah mich dann aber in einer Weise an, dass ich aufstand und die Jacke anzog. Lintupelto ging und versprach, das Feuer im Kamin so lange zu unterhalten, wie er wach bleiben würde.
Später am Nachmittag, als ich Stämme zum Holzstapel zog, sah ich, dass Rachel doch zum Aufwärmen in die Baracke gegangen war. Ich legte Holz auf das Feuer und saß einen Augenblick da. Der lange Fahrer kam und lud auf, dann setzte er sich ans Feuer und nahm eine Tasse Kaffee. Ich fragte, ob er von Kaffee lebe. Er fragte, wo Rachel sei. Ich vermutete, dass sie in die Baracke gegangen sei um zu heizen. Der Fahrer hegte den Verdacht, dass sie dort nicht nur den Kamin heizen wollte.
Rachel kam zum Lager, noch ehe der Fahrer ging. Ich erzählte ihr von der Vermutung des Fahrers, dass wir uns im Waldquartier eine gemeinsame Braut hielten und dass Rachel in der Baracke nicht nur den Kamin geheizt habe. Darauf erwiderte sie nichts, ich ließ sie am Feuer zurück und machte mich an die Arbeit. Lintupelto kam am Abend, winkte mich aus dem Harvester heraus und stieg ohne ein Wort in die Kabine.
Rachel war noch beim Feuer, wir gingen zur Baracke. Ich bat sie, nicht an die Reden des Fahrers zu denken, und sagte ihr, dass ich selber sie auch schon vergessen hätte.

IV. BUCH

FRÜHLING

1

Ende Mai war der Wald, den man uns gegeben hatte, bis zum letzten, handgelenkstarken Baum abrasiert, und um die Baracke herum war verwüstetes Land, so weit das Auge reichte. Hügeliges, sanft abfallendes Land war es, die Ufer der Weiher waren bis zu den Erlenbüschen kahl geschlagen, und kahl das Ufer des großen Sees, den der ältere Harju als sein Hausgewässer und seinen Fischsee betrachtet hatte.

Den ganzen Winter über war ich nicht unter Menschen gegangen. Lintupelto war in Nevaha gewesen und hatte von Harju Geld, Treibstoff für den Harvester und Ersatzteile geholt, wegen derer er bis nach Timmins hatte fahren müssen, und immer, wenn er sich auf den Weg machte, hatte ich befürchtet, der Besuch könnte sich hinziehen, aber Lintupelto war den Verlockungen der Stadt nicht erlegen. Rachel hatte jede Woche in Morteau Lebensmittel eingekauft, aber ich hatte den ganzen Winter über keinen Grund gehabt, mich unter die Leute zu mischen. Rachel hatte mir im März von dem Kind erzählt, es sollte im Oktober zur Welt kommen, und ich glaubte, dass wir dann schon ganz woanders sein würden.

Harju kam mit dem Holzvermesser, sobald wir ihm durch den Fahrer hatten ausrichten lassen, dass auf dem Hiebsort kein Baum mehr stand. Sie kamen mit Harjus altem Schlitten, einem verbeulten, von herabhängenden Ästen gepeitschten und vom gefrorenen Schnee zerkratzten Pick-up, auf dessen Pritsche, wie Lintupelto zu erzählen wusste, einst viele heimlich erlegte Elche transportiert worden waren.

Wir standen auf dem Hof, als Harju kam. Das Gras grünte schon neben den Wänden der Baracke und an den Rändern des Fahrwegs. An den Büschen und den wenigen stehen gebliebenen Schösslingen gingen eben die Knospen auf. Es war warm, an die Fröste des Winters dachte man gar nicht mehr. Harju fuhr auf dem Hof der Baracke eine Runde, sodass der Wagen in die Richtung sah, aus der er gekommen war, und sprang heraus. Auch der Holzvermesser kam, und ich sah, dass es Tikanmäki war. Harju gab uns allen die Hand. Er bewunderte den Bart, den ich mir hatte stehen lassen, und mein Haar, das Rachel im Winter mit der Schere geschnitten hatte. Er fragte, ob ich es auch den ganzen Winter unterlassen hätte, mich zu waschen, wie es bei ordentlichen Lumberjacks, Franzosen und Ukrainern üblich sei. Ich zeigte ihm die Sauna, die Lintupelto und ich im Winter in Ordnung gebracht hatten. Der alte Harju hatte sie bauen lassen, die Wände aus starker Weymouthskiefer, heil und fest, das Dach aus Lärche hatte fünfzig Jahre so gut überdauert, dass wir nur den Fußboden und die Schwitzbänke hatten erneuern und den Ofen aus den Steinen neu errichten müssen, die der alte Harju seinerzeit in die Sauna hatte bringen lassen.

Harju ging zum Seeufer hinunter und in die Sauna. Er blieb dort ziemlich lange, und Tikanmäki holte aus dem Wagen das Maß. Ich fragte nach denen aus Alahärmä. Tikanmäki erzählte, dass die schon nach Finnland zurückgekehrt seien, da die Arbeit ausgegangen und neue nicht in Sicht war.

»Ist die Arbeit ausgegangen?«, wunderte ich mich.

»Hat man euch das nicht erzählt?«, fragte Tikanmäki.
»Was hat man uns nicht erzählt?«, fragte ich.
Ich fragte Lintupelto, ob er etwas gehört habe, aber er war seit einem Monat nicht in Nevaha gewesen, und in Timmins hatte er mit niemandem als den Ersatzteilverkäufern gesprochen und in Morteau mit den Hilfskräften von der Tankstelle. Harju kam von der Sauna herauf, Lintupelto und ich gingen ihm auf dem Pfad entgegen.
»Wo ist die nächste Waldarbeitsstelle?«, fragte Lintupelto.
»Frag das nicht mich«, sagte Harju.
»Wen denn sonst«, sagte Lintupelto.
»Die Männer von der Noranda-Timber«, sagte Harju.
»Wieso die?«
»Die machen hier die nächsten Waldarbeitsstellen auf«, sagte Harju.
Harju berichtete, dass seine Bank in Morteau ihm mitgeteilt habe, dass Lintupelto die letzte Rate für den Harvester bezahlt habe, den Harju ihm im Herbst auf Kredit überlassen hatte. Mit der schuldenfreien Maschine könne er jetzt prima anfangen, auf den Einschlagsgebieten von Noranda Geld zu scheffeln.
»Warum nicht auf deinen?«, fragte ich.
»Ich eröffne keine Waldarbeitsstellen mehr«, sagte Harju.
»Und das Sägewerk?«, fragte Lintupelto.
»Verkauft«, sagte Harju.
Jetzt erzählte er, dass er seine Firma an die Forstgesellschaft Rouyn-Noranda verkauft habe, die die Einschlagslizenzen brauchte, die seiner Firma in den Wäldern von Nord-Ontario auf einem Gebiet von der Größe des Bezirks Vaasa gehört hatten. Diese Rechte seien Gold wert gewesen, versicherte Harju.

Schweigend gingen wir zu dem Stapel Papierholz, den wir den ganzen Winter über am Fahrweg aufgehäuft hatten. Dort war Holz zu beiden Seiten des Weges auf einer Länge von zweihundert Metern, nach dem vorgeschriebenen Maß gesägtes Fichtenfaserholz, das die Fahrer ohne Mühe mit dem Hiab direkt auf die Ladefläche des Lkw hieven konnten. Lintupelto und ich hatten geplant, Harju um einen besseren Preis für das Papierholz zu bitten, weil wir uns die Mühe des Aufstapelns gemacht hatten, die die Arbeit der Fahrer beschleunigen würde. Jetzt konnten wir das nicht mehr zur Sprache bringen.
Harju bot uns eine Zigarette an. Wir steckten sie an und sahen zu, wie Tikanmäki die Stapel vermaß. Der Harvester stand bei den Stapeln, die näher zur Baracke lagen. Lintupelto stieg in die Maschine und startete in Richtung Baracke, er fuhr daran vorbei in Richtung Landstraße und war bald weit entfernt in dem hügeligen Gelände, verschwand bisweilen in den Tälern, fuhr wieder die Hänge hinauf, bis er ganz hinter dem Hochland verschwunden war. Den im Winter entstandenen Kahlschlag verließ er nicht, ehe er dem Blick entschwand.
Harju glaubte, Lintupelto werde für seine Maschine leicht Arbeit finden, und seiner Ansicht nach würde auch ich Arbeit finden.
»Den ganzen Winter über hab ich euch allen gegenüber gelobt«, behauptete er.
»Jetzt versteh ich, warum das Holz so verdammt eilig gebraucht wurde«, sagte ich.
»Die Einschlagslizenzen sind am ersten Mai übergegangen«, sagte Harju.
»Wir haben hier den Rest in der ersten Maiwoche geschlagen«, sagte ich.

»Das wird nicht so eng gesehen«, sagte Harju.
Tikanmäki schloss die Vermessung ab und brachte Harju das Ergebnis. Harju schrieb die Kubikmeterwerte des Fichtenfaserholzes in sein Notizbuch, das er aus der Brusttasche nahm, ein abgewetztes Buch mit Lederrücken.
»Ich zahl das auf Lintupeltos Konto ein«, sagte er.
»Das ist o. k.«, sagte ich.
»Wie geht's der Hüfte?«, fragte er.
»Die ist schon ganz gesund«, sagte ich.
»Sodass sie wieder pumpen kann«, sagte Harju.
»Auch das«, sagte ich.
»Lintupelto hat wohl auch dabei seinem Verwandten geholfen«, sagte Tikanmäki.
»Wer redet denn so was?«, fragte ich wütend.
»Das wissen doch alle«, sagte Harju.
»Auch Rachel hat das im Dorf verkündet«, sagte Tikanmäki.
»In Nevaha?«, fragte ich.
»In Nevaha, in Nevaha«, sagte Tikanmäki.
»Rachel war den ganzen Winter nicht in Nevaha«, sagte ich.
»Du musst nicht alles glauben, was die Indianer reden«, sagte Harju.
»Sie war mit Lintupelto unterwegs«, sagte Tikanmäki.
Ich ging Richtung Baracke, Tikanmäki und Harju kamen lachend hinterher. Rachel hatte Kaffee gekocht, aber Harju hatte keine Zeit, ihn zu trinken, denn die Einschlagsstellen mussten vor dem Wochenende abgewickelt werden. Danach würden die nicht vermessenen und nicht gekennzeichneten Stämme gemäß Vertrag den Leuten von Noranda gehören, und Einschlagsstellen gab es im ganzen Bezirk. Auch Tikanmäki ging, er sagte, sie gingen vielleicht zum letzten Mal zusammen auf die Einschlagsstellen und durch die Wälder von Ne-

vaha, wo sie nun schon bald vierzig Jahre lang Holz geschlagen hatten.
»Beim Fahren erinnern wir uns an vergangene Zeiten und zählen die Toten«, sagte Tikanmäki.
»Denkt dabei auch an das, was ihr den Menschen angetan habt«, sagte ich.
»Jeder kümmert sich um sich selbst«, sagte Harju.
Sie gingen zum Wagen, Tikanmäki fuhr. Ich setzte mich auf die Bank neben der Barackenwand, Rachel kam und setzte sich neben mich. Sie fragte, ob Lintupelto es so eilig gehabt habe, auf seinen neuen Schlag zu kommen, dass er keine Zeit gehabt hatte, seine Sachen aus der Baracke zu holen. Ich erzählte ihr, dass Harju keine neuen Waldarbeitsstellen mehr aufmache. Ich fragte Rachel, ob sie im Winter mit Lintupelto in Nevaha gewesen sei, obwohl mir gegenüber nur von Morteau die Rede gewesen war.
»Wer hat das erzählt?«, fragte Rachel.
»Das spielt keine Rolle«, sagte ich.
»War es Harju?«, fragte Rachel.
»Ja, und Tikanmäki«, sagte ich.
Ich konnte nicht weitersprechen und verstummte. Rachel sammelte unsere Sachen in der Baracke zusammen und brachte sie in den Pick-up. Ich konnte nicht unter Menschen gehen, lag den Abend und die Nacht in der großen Stube. Morgens trank ich schweigend den Kaffee, den Rachel für mich gekocht hatte. Sie mochte auch nicht sprechen. Dann fuhren wir.

2

In Nevaha fuhr ich direkt zum Haus, Lintupeltos Maschine war weder auf der Dorfstraße noch auf dem Hof des Hauses zu sehen. Ich fuhr vor die Treppe. Rachel hatte seit unserer Abfahrt nicht gesprochen, und auch ich hatte kein Wort gesagt.

Als ich ins Haus trat, sah ich, dass Rachel im Winter neue Möbel für das Haus angeschafft hatte: einen Küchentisch mit Stühlen, einen Schrank und für die Kammer ein richtiges Bett und eine Kommode. Sie hatte Teppiche auf den Boden gelegt und bunte Gardinen am Fenster angebracht.

»Das ist ja ein richtiges Liebesnest geworden«, sagte ich.

Rachel holte Sachen aus dem Auto und antwortete nicht.

»Womit hast du die Sachen bezahlt?«, fragte ich, als sie das nächste Mal hereinkam. Ich saß am Küchentisch und sah zu, wie Rachel die Sachen in die Schränke räumte.

»Wer zieht hier ein?«, fragte ich.

Rachel antwortete nicht, als sie in die Kammer ging.

»Von wessen Geld sind die Sachen gekauft worden?«, schrie ich.

»Das spielt doch keine Rolle«, antwortete Rachel.

»Für mich könnte das sehr wohl eine Rolle spielen«, schrie ich. »Hat Lintupelto dir das Geld gegeben?«

»Das spielt doch keine Rolle«, sagte Rachel von der Kammertür her.

»Dann muss ich ins Dorf gehen und mich erkundigen«, sagte ich und stand auf. Also ließ ich Rachel allein. Ich nahm das Auto, auf der Ladefläche lag noch Lintupeltos Rucksack. Im Dorf waren keine Leute unterwegs, und im Sägewerk standen die Maschinen still, als ich die Treppe ins obere Stockwerk erklomm. Die Tür des Quartiers von Kamppuri und dem aus Toholampi stand offen, die Sachen waren fort. Ich ging hinein und öffnete ein paar Schränke.

Auf dem Boden der Schränke lag hier und da ein ungewaschenes, zerlumptes Kleidungsstück. Ich stieg hinunter und ging ins Büro. Dort suchte Nevala still seine Sachen zusammen. Er schwor, er habe, als er Harju seinen Anteil an der Firma verkaufte, nicht geglaubt, dass Harju die Firma weiterverkaufen würde, sobald sie ihm gehörte. Der Preis, den er von Harju erbeten hatte, sei ein Freundschaftspreis gewesen, weil er gewollt habe, dass Nevaha am Leben blieb. Jetzt habe Harju Kasse gemacht mit den Einschlagslizenzen, die Nevala ihm seiner Ansicht nach geschenkt hatte.

»Man hat aber auch anderes gehört«, sagte ich.

»Was denn?«, wollte er wissen.

»Dass auch du das deine bekommen hast.«

»Hätte ich denn nichts bekommen sollen?«, fragte er.

Ich ging hinaus. Das Junggesellenhaus hinter dem Sägewerk war leer, der Letzte hatte die Tür offen stehen lassen, drinnen war es öde und tot. Ich ging zu meinem alten Bett. Jemand hatte mit dem Messer einen langen Schnitt in den Matratzenbezug gemacht, Heu und Stroh quollen daraus hervor. Ich suchte einen Augenblick nach Wanzen, aber auch die waren fort.

Hinter dem Junggesellenheim im Gesträuch am Hang neben dem Wegrand stand der Schulbus, mit dem noch im Herbst die Holzfäller zu den Hiebsorten gebracht worden waren, aber jetzt waren Reifen und Felgen fort, und er lag mit dem Bauch auf dem Kiesplatz. Als ich daran vorbeifuhr, war mir, als sähe ich am Fenster eine Bewegung. Ich hielt und setzte bis zum Bus zurück.

Ich sah, dass er das ganze Frühjahr im Gebüsch gestanden hatte, unter dem Bus und an den Seiten wuchs Gras. Die Falttür war entfernt und stattdessen eine aus Brettern gezimmerte Tür angebracht worden, die mit Eisenscharnieren und Bolzen an der Seitenwand des Busses befestigt war. Ich klopfte an, von drinnen wurde auf Finnisch etwas gerufen, das ich als Einladung zum Eintreten verstand. Als ich die Tür öffnete, schlug mir der Geruch ins Gesicht wie ein alter, verschimmelter Badequast. Der aus Toholampi saß auf einer der Bänke, als reiste er irgendwo hin, und winkte mir hereinzukommen.

»Dieser Bus fährt nicht nach Toholampi«, sagte ich.

»Da will ich auch gar nicht hin«, sagte der aus Toholampi.

Ich fragte nach Kamppuri oder Perkiö. Der aus Toholampi winkte ab und beklagte, dass die Kinder von Mutter Finnland in alle Welt verstreut seien. Ich setzte mich auf den Fahrersitz, das Lenkrad war fort, und lehnte mich gegen die Lenksäule, an der das Lenkrad befestigt gewesen war. Der aus Toholampi wollte, dass ich näher kommen sollte. Wenn wir nebeneinander säßen, würde es sich gemütlicher reisen. Ich sagte, ich wolle abwarten, bis der Wind aus dem Wald seine heftigsten Gerüche mit sich fortgenommen habe.

»Hast du schon Rachels Bruder gesehen?«, fragte er.

»Welchen Bruder?«

»Den, der aus dem Knast gekommen ist.«

Ich erzählte, dass ich gerade aus den Wäldern hinter Loulle zurückgekehrt sei, wo wir den ganzen Winter mit Lintupeltos Harvester und Harjus Motorsägen den Wald platt gemacht hatten, und dass da von Rachels Bruder nicht die Rede gewesen sei.

»Der bringt dich sofort um, wenn er hört, dass du mit seiner Schwester geschlafen hast«, sagte der aus Toholampi.

»Warum sollte er gerade mich deshalb umbringen?«, fragte ich.

»Schließlich hat er wegen Totschlags im Gefängnis gesessen«, sagte der aus Toholampi.

Jetzt ging ich weiter in den Bus hinein, dorthin, wo der aus Toholampi saß. Er war nüchtern, ich roch einen Augenblick an ihm, konnte aber keinen Schnapsgeruch feststellen. Ich fragte ihn, ob er vorhabe, in dem alten Bus von Harjus Firma zu wohnen.

»Was spielt das schon für eine Rolle«, sagte der aus Toholampi.

»In den Häusern ist es angenehmer«, sagte ich.

»Aber wie lange noch«, sagte er.

Plötzlich brach er in ein merkwürdiges, knurrendes Gelächter aus, so als fände die Luft, die in ihn hineingeströmt war, kein Loch, aus dem sie wieder herauskonnte. Während ich mir das anhörte, wurde mir ganz übel, so als würde man einen Ertrunkenen mit der Dragge finden. Ich fragte den aus Toholampi, ob er vorhabe, nach Finnland zu gehen, so wie die aus Alahärmä es offenbar getan hatten, oder ob er bei den Leuten von Perkiö bliebe, um Lebensmittel zu verkaufen, die die Ladenbesitzer im Süden nicht mehr an ehrliche Leute zu verkaufen wagten, die sich aber auf den neuen Waldarbeitsstellen noch verhökern ließen.

Der aus Toholampi sagte, und das klang ganz vernünftig, dass er auf neuen Waldarbeitsstellen wahrscheinlich nichts mehr tun könne. Die Leute von Noranda hatten gleich, nachdem sie Nevaha gekauft hatten, die Akkordlöhne gesenkt. Die alten Mitarbeiter von Nevaha würden auch neu eingestellt werden und die niedrigen Tariflöhne erhalten, von denen in diesen Wäldern außer den Forstgesellschaften niemand reich werden würde. Die Leute von der Gewerkschaft hatten eine Woche lang mit Noranda verhandelt, aber da kein Vertrag zu Stande gekommen war, hatten sie die Hiebsorte geschlossen. Von Quebec waren gleich die eigenen Holzfäller von Noranda herübergebracht worden, die einen eigenen Verband hatten. Und so wurde wieder Holz gefällt, obwohl die alten Lumberjacks in ganz Nord-Ontario keinen Handschlag taten.
Ich vermutete, dass man uns im Wald absichtlich nichts von alledem gesagt hatte.
»Wovon willst du leben?«, fragte ich.
»Die Gewerkschaft zahlt Streikgeld«, sagte der aus Toholampi.
»Ich bin kein Gewerkschaftsmitglied«, sagte ich.
Ich sah Lintupelto mit der Maschine hinter dem Sägewerk hervorkommen, und ihre Arme fuhren wild nach beiden Seiten des Wegs aus und kappten die Wipfel der niedrigen Kiefern, die am Wegrand wuchsen. Ich rannte aus dem Bus, der Harvester kam über den Sandweg den sanften Hang herab, es regnete Kiefernzweige auf den Weg. Ich bedeutete Lintupelto, er solle anhalten. Ich stand mitten auf dem Weg. Aber Lintupelto versuchte, durch den Wald an mir vorbeizufahren. Ich lief vor den Harvester und brachte ihn zwischen den niedrigen Bäumen der sandigen Heide zum Halten. Auch der aus Toholampi kam aus dem Bus heraus. Lintupelto war nicht be-

reit, die Fahrerkabine des Harvesters zu verlassen. Ich öffnete die Tür, Lintupelto fiel auf den Heideboden. Der Harvester rutschte langsam Richtung Weg. Es gelang mir, in die Kabine zu kommen, ich brachte die Maschine zum Stehen und stellte Bremse und Ausleger fest. Draußen half der aus Toholampi Lintupelto, sich an einen Baum zu setzen. Lintupelto sagte, in der Kabine des Harvesters gebe es einige Halbgallonenflaschen Whiskey, und der aus Toholampi ging eine holen.
»Was hat es für einen Sinn, die teure Maschine kaputtzumachen?«, fragte ich.
»Es hat Sinn«, sagte Lintupelto.
»Die wird noch gebraucht«, sagte ich.
»Ja, wird sie das?«, fragte Lintupelto.
Der aus Toholampi sagte, wir sollten in seine neue Behausung kommen, wir müssten die Weltlage erörtern und ließ dabei die Flasche in seiner Hand baumeln. Ich sah, dass die Hälfte davon schon ausgetrunken war. Jetzt stand Lintupelto auf und befahl mir, den Harvester an einer Stelle zu verstecken, wo die französischen Forstgesellschaften keinen Zugriff darauf hätten. Er hatte die Neuigkeiten also schon gehört. Der aus Toholampi und Lintupelto gingen nebeneinander zum Schulbus.
Ich fuhr den Harvester neben den Schulbus und stieg dann auch in den Bus ein. Der aus Toholampi schenkte Whiskey Soda in Plastikbecher.
»Wo ist das Mädchen?«, fragte Lintupelto.
»Welches Mädchen?«, fragte ich.
»Mal dies, mal das«, sagte Lintupelto.
»Hast du ihr das Geld für das Gerümpel gegeben?«, fragte ich.
»Für welches Gerümpel?«, fragte Lintupelto.
»Was hat sie dir gegeben?«, fragte ich.

»Wir sind quitt«, sagte Lintupelto.
»Gehen die von meinem Verdienst ab?«, fragte ich.
»Hast du einen Verdienst gehabt?«, fragte Lintupelto.
»Von welchem Geld sind die gekauft worden?«
»Wir haben noch nicht abgerechnet, sodass das schwer zu sagen ist«, sagte Lintupelto. Ich sagte, ich wolle den Wagen an eine bessere Stelle fahren, aber dann zurückkommen, ich forderte Lintupelto auf, mir meinen Verdienst auszuzahlen, bevor alles Geld in Morteau und Loulle unter die Leute gebracht sei.
Im Haus lag auf dem Küchentisch ein Brief in einem Umschlag von Noranda, auf dem zwar nicht mein Name stand, der aber an die Mieter von Nevaha gerichtet war. Noranda teilte mit, dass Harjus Firma völlig in ihren Besitz übergegangen sei und alle Mietverträge gekündigt seien, weil die Firma die Häuser anderweitig nutzen wolle. Die Kündigungsfrist entspreche den kanadischen Gesetzen. Ich verstand nicht alle Wörter in dem Brief, aber den Rest konnte ich leicht erraten.

3

Rachel kam aus der Schlafkammer und erzählte, sie habe das Gerücht gehört, ganz Nevaha solle dem Erdboden gleichgemacht werden. Es solle kein Stein auf dem anderen bleiben. Den Räumungsbrief hatten alle Dorfbewohner bekommen. Ich glaubte das nicht recht, denn auch die Leute von Noranda würden für ihre Mitarbeiter ein Dach über dem Kopf brauchen, aber ich sagte nichts.
Ich fragte nach den Möbeln, denn das machte mir zu schaffen. Rachel behauptete, sie habe sie alle von ihrem eigenen Geld gekauft, das sie von ihrem Lohn für die Arbeit in der Kantine gespart hatte, und für das Geld, das Harju ihr im Herbst nach meiner Rückkehr aus Toronto für meine Pflege bezahlt hatte. Ich fragte, wie viel Lintupelto ihr für das, was sie in der Waldbaracke getrieben hatten, während ich auf dem Harvester beschäftigt gewesen sei, und für das, was auf den Stadtfahrten passiert war, bezahlt hatte. Rachel verstand zuerst nicht, was ich wissen wollte, aber als sie es verstand, wurde sie böse.
»Wer hat so was behauptet?«, verlangte sie zu wissen.
»Auch Lintupelto«, sagte ich.
»Wann?«
»Vorhin, bei dem aus Toholampi im Bus«, sagte ich.
»Im Schulbus«, sagte Rachel.

»Hast du auch da Geld verdient?«, fragte ich.
Da verstummte Rachel vollends. Ich sagte, dass sie aus dieser Sache nicht durch Schmollen und Schweigen herauskommen würde. Ich wollte wissen, wer ihr das Kind gemacht habe, das sie mir unterschieben wollte, damit ich dafür aufkam. Ich bemerkte, dass ich schon zu viel gesagt hatte, nahm aber meine Worte nicht zurück. Ich fragte, ob Rachel es schon mit Lintupelto gehalten habe, bevor ich in dieses Land gekommen war. Das wollte sie nicht kommentieren. Ich sagte, ich verstünde erst jetzt, warum Rachel mich im Sommer in Nevaha erwartet hatte und warum sie damals, als ich das erste Mal aus dem Bus auf die Dorfstraße trat, so getan hatte, als kennte sie mich schon. Rachel wandte mir den Rücken zu, ich ging und stellte mich vor sie hin, sodass ich ihr unbewegliches, ernstes Gesicht sah.
»Von Lintupelto hast du wohl auch Finnisch gelernt«, sagte ich. Rachel sagte immer noch nichts und sah mir dabei direkt in die Augen. Ich versicherte ihr, dass ich keine Kinder ernähren würde, die von anderen gezeugt seien. Ich ging hinaus, Rachel blieb in der Küche. Einen Augenblick stand ich auf dem Hof und wusste nicht, wohin ich mich wenden sollte. Ich steckte mir eine Zigarette an, warf sie aber nach ein paar Zügen auf den Hof. Ich nahm den Wagen und fuhr ins Dorf.
Lintupelto und der aus Toholampi saßen neben dem Schulbus in der Sonne, sie hatten den Oberkörper entblößt. Ich hielt direkt vor ihnen, lief und packte Lintupelto und schleuderte ihn in das Frühlingsgras, noch ehe er die Hand heben konnte. Ich drückte seinen Kopf in den Sand, er knurrte unter mir etwas, was ich nicht verstand.
»Mir wirst du deine Bälger nicht unterjubeln!«, schrie ich.
Irgendwie schaffte es Lintupelto, mir unmerklich die Hand

um den Oberarm zu legen und, indem er die Hüfte hob und mir den Arm umdrehte, mich von sich abzuwerfen. Er war einen Augenblick lang wütend, beruhigte sich aber, als er mich unter sich bekam, stand auf und befahl auch mir aufzustehen.

»Wärst du mal länger im Trainingslager bei den Ringern geblieben«, sagte er und setzte sich wieder neben den Bus. Ich stand auf und schüttelte mir Sand und Staub und zerdrücktes Gras von den Kleidern. Der aus Toholampi fragte, ob der Streit sich um das im Winter verdiente Geld drehe.

»Ja, darum«, sagte Lintupelto.

Der aus Toholampi fand, dass Verwandte einander nicht wegen Geld den Garaus machen sollten. Lintupelto bemerkte, dass die Gefahr niemals bestanden habe, da er mich schon mit einem einzigen Wurf von sich habe schleudern können. Lintupelto bot mir Whiskey aus einem Plastikbecher an, und ich kippte ihn hinunter. Er fragte, was Rachel mir erzählt habe.

»Alles«, sagte ich.

Lintupelto glaubte nicht, dass das ein hinreichender Grund sei, über ihn herzufallen.

»Du hast mir hier dein altes Flittchen vererbt«, sagte ich.

Ich warf Lintupelto die Wagenschlüssel zu und machte mich zu Fuß auf den Weg zum Haus. Vom Hof des Sägewerks kam Harju angefahren und hielt. Tikanmäki öffnete das Fenster und sagte mir, ich solle Lintupelto ausrichten, dass das Geld für die im Frühling geleistete Arbeit heute im Büro des Sägewerks abgeholt werden könne.

»Sag es ihm selbst«, rief ich.

»Na, wenn ihr kein Geld wollt«, sagte Tikanmäki. Harju fuhr los, der Straßenkreuzer wirbelte vom Weg feinen Staub auf, den ich lange heraushusten musste. Ich ging nicht ins Haus, sondern blieb auf dem Hof stehen. Über den Weg kam ein Mann mit seinem Hund, mir fiel auch der Name ein, Matti, und der Hund war derselbe, den ich gegen Ende des Sommers an den Nackenhaaren hochgehoben hatte, Elvis. Er kam angelaufen, beschnupperte und erkannte mich. Ich streichelte ihm den Nacken und kraulte ihm das Kinn. Der Mann fragte, ob ich versucht hätte, der Noranda mein Haus abzukaufen. Ich antwortete, ich hätte den Kündigungsbrief erst heute bekommen.

»Würdest du es kaufen, wenn sie es dir anbieten?«, fragte Matti.

»Das hängt vom Preis ab«, sagte ich.

»Irgendwo muss der Mensch ja wohnen«, sagte Matti.

Er erzählte, dass eine große Gruppe Finnen bei den Leuten von Noranda vorstellig werden wolle, die alle ihr altes Haus von der Forstgesellschaft kaufen und von Nevaha fortbringen lassen wollten, wenn die Häuser hier nicht bleiben dürften. Ich versprach, ich wolle mir das mit dem Kauf überlegen, falls über den Preis Einigung erzielt werden sollte.

»Auch Rachel muss ja ein Dach über dem Kopf haben«, sagte Matti.

Rachel war nicht im Haus, als ich hineinging. Ich sah, dass sie ihre Sachen und Kleider aus den Schränken genommen hatte, und obwohl ich geglaubt hatte, ich hätte mich schon beruhigt, wurde ich wieder wütend und warf die neuen Küchenmöbel auf den Hof und auch die Sessel aus der Kammer. Das Bett und die Kommode schleppte ich nicht hinaus, ich legte mich aufs Bett, auf die Tagesdecke. Da waren Indianermuster eingewebt, und ich wurde auch darauf wütend, wickelte die Decke zusammen und warf sie auf den Hof.

4

Ich lag bis zum Abend auf dem Bett, Rachel kam nicht wieder. Gegen acht stand ich auf, aß, holte die Möbel ins Haus und breitete die Indianerdecke über das Doppelbett, das Rachel gekauft hatte. Lintupelto kam, als ich die Tagesdecke ausbreitete. Er sagte, dass er gesehen habe, wie ich am frühen Abend die Möbel auf dem Hof gelüftet hätte, und bestellte mir von Rachel, die beim Schulbus gewesen war, dass sie ins Reservat gehe.

»Das geht mich nichts an«, sagte ich.

»Ich hatte dich so verstanden, dass du heiraten wolltest«, sagte Lintupelto.

»Nicht deine Flittchen«, sagte ich.

Lintupelto erzählte, er habe vom Sägewerk das Geld geholt, versprach, mir meinen Winterlohn auszuzahlen, und begann auf dem Küchentisch das Geld abzuzählen. Ich fragte, wie viel er Rachel für die Dienste bezahlt habe, die er von ihr in der Baracke, in der Stadt und in diesem Haus bekommen hatte.

»Rachel hat alles gestanden, bevor sie ging«, sagte ich.

»Das war ein selten kurzes Geständnis«, sagte Lintupelto. Ich erinnerte ihn an ein anderes, selten kurzes Geständnis. Lintupelto sagte, er erinnere sich noch daran, sei aber deswegen nicht mehr böse. Auch ich brachte nicht mehr zur Sprache, warum er aus Finnland fortgegangen war. Während Lintupelto damals die Woche über bei Schauman in Pietarsaari arbeitete, traf seine Frau sich zum Zeitvertreib an den langen Abenden mit dem Lagerarbeiter des Konsumgeschäfts. Das hatte sich zwar sehr schnell herumgesprochen, aber Lintupelto hatte als Letzter davon erfahren. Er reichte die Scheidung ein und bezichtigte seine Frau vor Gericht der Hurerei. Ehebruch war damals noch eine Straftat. Lintupelto hatte den Lagerarbeiter dem Gericht als Zeugen benannt, und im Gerichtssaal wurde der vor allen Anwesenden gefragt, ob er mit Lintupeltos Frau Geschlechtsverkehr gehabt habe. Das gab der Lagerarbeiter sofort zu. Der Richter fragte, ob er Zeugengeld wünsche. Das bejahte der Lagerarbeiter, und Lintupelto musste es ihm bezahlen. Darüber machten die Leute sich lange Zeit landauf, landab lustig, und Lintupelto hielt es bald nicht mehr aus, in Männergesellschaft mit dem Spruch »er hat gevögelt, du hast bezahlt« ständig an die Sache erinnert zu werden.

Jetzt gab Lintupelto mir ein Bündel Geldscheine, ich schob es ohne nachzuzählen in die Tasche und setzte mich ihm gegenüber an den Küchentisch. Er forderte mich auf, ich solle mich wie ein erwachsener Mann benehmen, er habe nicht vor, sich als meine Amme zu betätigen.

»Bald ist die Sauna warm«, sagte er.

»Welche Sauna?«, fragte ich.

»Der aus Toholampi und Perkiö sind am frühen Abend die Sauna der Firma heizen gegangen«, sagte Lintupelto.

»Das ist jetzt die Sauna von Noranda«, sagte ich.

Lintupelto glaubte nicht, dass die Franzosen etwas von der finnischen Sauna verstünden. Ich konnte mich nicht entscheiden, ob ich in die Sauna gehen oder im Haus bleiben und meinen Groll pflegen sollte. Lintupelto holte aus der Kammer ein

Handtuch, suchte für mich saubere Sachen heraus und stapelte sie auf einem Küchenstuhl, er fand im Küchenschrank eine Schere und Rasierzeug in der Tasche, die ich aus der Waldbaracke mitgebracht hatte.

»Du scheinst ja mit allem bestens vertraut zu sein und zu wissen, wo du was findest«, sagte ich.

»Gehen wir«, sagte Lintupelto. Er fasste mich unter den Armen und zog mich hoch, nahm meine Sachen und schob mich zur Tür hinaus. Der Pick-up stand auf dem Hof, ich hatte das Motorengeräusch gehört, als Lintupelto kam. Ich hatte meine Zweifel, ob Lintupelto im Stande sein würde zu fahren. Er sagte, er könne mich auch mit einer solchen Menge Whiskey im Blut, von der ich bewusstlos im Ankleideraum der Sauna liegen bleiben würde, noch über die öffentlichen Wege ins Indianerreservat fahren, wo meine mir noch nicht angetraute Frau mich mit meinem ungeborenen Kind erwartete.

»Von wem das wohl ist«, sagte ich.

Lintupelto schob mich in den Pick-up, und wir fuhren zur Sauna. Der aus Toholampi und Perkiö saßen auf der Schwelle der Sauna, und in den letzten Strahlen der Abendsonne leuchtete der unbekleidete Oberkörper von dem aus Toholampi weiß unter dem sonnengebräunten Gesicht. Es hatte die Farbe dunklen Kupfers – ein Indianergesicht –, und das sagte ich ihm auch, sobald ich ausgestiegen war. Ich behauptete, dass er aufgrund seiner Hautfarbe und seines breiten Toholampier-Gesichts in diesem Land jederzeit die Papiere eines Ureinwohners bekäme. Der aus Toholampi hörte sehr aufmerksam zu, legte den Kopf schief und versuchte meine Worte zu erfassen. Sein Rausch hatte sich seit dem Nachmittag in dem Maße verstärkt, wie der von Lintupelto abgenommen hatte. Perkiö wirkte nüchtern.

Wir gingen in die Sauna. Im Umkleideraum zogen wir uns aus, ein schlechter Zimmermann hatte für die Kleider Fünfzollnägel so ungeschickt in die Wände geschlagen, dass neben dem Kopf eines jeden Nagels die Spur eines Hammerschlags zu sehen war.

Der aus Toholampi und Perkiö hatten den Saunakessel mit Wasser aus dem See gefüllt und die Sauna so eingekachelt, dass der Zementfußboden einem die Füße verbrannte. Ich schöpfte mit einem Zinkeimer, der umgekehrt auf der untersten Pritsche gestanden hatte und heiß war, aus dem Saunakessel Wasser für die Aufgüsse. Lintupelto, Perkiö und der aus Toholampi verlangten von der obersten Schwitzbank schon lauthals nach einem Aufguss. Ich machte den ersten, bevor ich auf die Schwitzbank stieg. Von den Steinen wurde heiße und trockene Luft, Staub und Ruß aufgewirbelt. Lintupelto verwünschte alle, die von der Arbeit eines Saunawärters nicht einmal so viel verstanden, dass man erst einen Reinigungsaufguss machen musste. Ich ließ die Tür einen Augenblick offen und warf dann eine zweite Kelle voll Wasser auf die Steine. Jetzt verbreitete sich in der Sauna ein guter, süßer Duft.

Ich stieg auf die oberste Schwitzbank beim Saunaofen. Lintupelto verlangte weitere Aufgüsse. Ich goss eine weitere Kelle auf die Steine, die heiße Luft strich wie feuchtes, heißes Feuer über Schwitzbänke und Rückwand. Lintupelto sah den aus Toholampi an, der den Kopf senken musste.

»Der eine verneigt sich vor diesem, der andere vor jenem Gott«, sagte Lintupelto. Der aus Toholampi atmete durch die Hände, den Kopf auf die Knie gedrückt, und behauptete, er habe nicht gewusst, dass er an einem Saunawettbewerb teilnehmen sollte Aber er würde nicht als Erster aus der Sauna rennen, wenn dies denn einer sein sollte. Lintupelto fand nicht, dass Saunawettbewerbe ein Sport für vernünftige Männer seien. Er glaubte jedoch, dass er als Letzter auf der Schwitzbank sitzen werde, falls ein solcher Wettkampf ausgerufen werden sollte.

Jetzt verlangte der aus Toholampi nach dem nächsten Aufguss. Schnell warf ich zwei volle Kellen auf die Steine, der Ofen zischte in der Ecke wie ein Bergpuma. Der Hitzeschwall kam und blieb auf den Bänken liegen. Ich schlich gebückt auf die unterste Bank und warf die dritte Kelle Wasser von dort aus. Auch Lintupeltos Rücken begann sich schon zu krümmen, aber der aus Toholampi verlangte durch die Finger noch mehr Dampf. Er behauptete, ein Saunawettkampf sei wie ein Sprint, den man schnell hinter sich bringen müsse. Perkiö kam von der Schwitzbank herunter und ging hinaus.

»Ich sitz hier noch bis zum Morgen«, erklärte Lintupelto. Ich goss noch mehr Wasser auf die Ofensteine und musste mich auf den Fußboden hocken. Lintupelto stieg von der Schwitzbank, verbot aber dem aus Toholampi und mir, die Sauna zu verlassen, während er in den Vorraum ging. Der aus Toholampi wunderte sich über diese neue Regel, nach der die Wettkämpfer zwischendurch hinausgehen und sich abkühlen durften. Er erklärte sich schon lauthals zum Sieger, als Lintupelto mit einem Schemel in der Hand in die Sauna zurückkam, ihn auf die oberste Schwitzbank stellte und sich darauf setzte. Er behauptete, die Erbauer der Sauna hätten die Schwitzbänke so niedrig angelegt, dass der Hitzeschwall über den Köpfen der Badenden hängen blieb. Die Saunadecke war so niedrig, dass Lintupelto den Kopf zur Seite neigen musste, als er auf dem Hocker saß.

»Einen Aufguss«, forderte er.

Ich schüttete Wasser auf den Ofen, der Eimer war leer, und ich

musste neues aus dem Kessel und dem Zuber neben der Tür schöpfen.
»Einen Aufguss«, heulte der aus Toholampi.
Ich warf zwei Kellen voll. Der aus Toholampi saß so zusammengefaltet da, dass sein Kopf die untere Schwitzbank berührte. Ich sah, dass sein Rücken und seine Hinterbacken schon übel gerötet waren.
»Kommt da noch Wasser auf die Steine?«, fragte Lintupelto von seinem Schemel aus. Ich goss den ganzen Eimer über dem Ofen aus, es klang, als würden die Steine zerspringen. Der Dampf explodierte in die Sauna hinein. Der aus Toholampi und ich rannten hinaus. Der aus Toholampi stürzte noch vor mir aus der Tür. Durch den Umkleideraum gelangte er hinaus, und vom Fenster aus sah ich, wie er zum Ufer und in den See hinein rannte. Perkiö saß im Umkleideraum und trank Bier.
Der aus Toholampi kam bald mit geröteter Haut vom Ufer zurück und jammerte über seine Brandwunden.
»Scheiße, diese Verrückten«, sagte er.
Wir schauten in die Sauna und sahen Lintupelto auf der obersten Bank auf seinem Schemel hocken. Er behauptete, dass er in der Zwischenzeit nicht nach unten gestiegen sei. Der aus Toholampi glaubte das nicht und vermutete, Lintupelto habe bei der schlimmsten Hitze auf dem Fußboden gelegen. Er lüftete die Sauna und setzte sich auf die Schwitzbank.
Draußen schnitt ich mir mit der Schere den größten Teil des Barts aus dem Gesicht, und der Frühlingswind verstreute meine Barthaare über die Felder von Nevaha. Als ich in die Sauna zurückkehrte, stritten Lintupelto und der aus Toholampi darüber, ob der aus Toholampi auf den Bänken sitzen geblieben wäre, wenn ich nicht auf ein Mal den ganzen Eimer über dem Ofen geleert hätte, was man von keinem ehrlichen

Aufgussbesorger erwarten würde. Perkiö erzählte von Saunawettkämpfen, aus denen er als Sieger hervorgegangen war. Ich füllte warmes Wasser in eine Schüssel und rasierte mich. Ich war mir selbst fremd, als ich mich so ohne Bart und sauber gewaschen, im Spiegel betrachtete.

Der aus Toholampi wollte nach der Sauna nicht mit zu mir nach Hause kommen, weil ich bei den Aufgüssen nicht unparteiisch gewesen war, sondern Lintupelto begünstigt hatte. Er ging mit Perkiö zu seinem Bus, Lintupelto kam mit zu mir und kündigte an, er werde mich zur Vernunft bringen.

Rachel war nicht zurückgekommen. Ich kochte Kaffee. Lintupelto hatte die Whiskeyflasche dem aus Toholampi überlassen, er war der Meinung, dass er von diesem guten Stoff für diesmal schon genug bekommen hatte. Er versprach, mir als Fahrer zur Verfügung zu stehen.

»Wofür sollte ich einen Fahrer brauchen?«, fragte ich.

»Du holst Rachel nach Hause«, sagte Lintupelto. Ich glaubte nicht, dass das in dieser Mondphase noch geschehen würde. Ich machte mich nicht auf den Weg, um Rachel zu holen, obwohl Lintupelto mich bis tief in die Nacht hinein dazu überreden wollte. Als ich mich schlafen legte, ging Lintupelto fort, sagte mir aber nicht, wohin.

»Ich werd nicht in dem Doppelbett, das Rachel gekauft hat, mit dir schlafen«, sagte er beim Gehen. Auch diese Worte beschäftigten mich noch lange, ehe ich einschlief.

5

Eine Woche lang erwog ich, ins Reservat zu fahren, und eine Woche lang wartete ich darauf, dass Rachel zurückkehrte. Lintupelto erschien Ende der Woche, er wusste, dass die Holzleute von Noranda sich geweigert hatten, die Häuser von Nevaha an die Finnen zu verkaufen, alle mussten vor Mitte Juni ausziehen. Wer dann noch im Dorf sein würde, musste damit rechnen, mit Polizeigewalt und Hundestaffeln vertrieben zu werden.

Lintupelto hatte nach Arbeit für einen Harvester und zwei Männer gefragt, aber Noranda hatte selbst genug Forstmaschinen, und im Bedarfsfall brauchten sie nur die Fahne am Mast hochzuziehen, und die Maschinen würden aus Quebec in kilometerlangen Schlangen über die Provinzgrenze kommen.

Lintupelto und ich saßen auf der Treppe des Hauses und unterhielten uns. Er erzählte, dass der aus Toholampi jeden Tag gekommen sei, um ihn wegen des Saunawettkampfs zu beschimpfen, bei dem er sich übel verbrannt habe, weil ich regelwidrig einen ganzen Eimer Wasser auf einmal auf die Steine gegossen hatte.

»Ich hab auch mit Rachel gesprochen«, sagte Lintupelto.

»In welcher Sprache?«, fragte ich.

»Auf Cree«, sagte er.

»Du solltest zusehen, dass die Indianer dich als Schwiegersohn nehmen«, sagte ich.
»Ich hab ausgemacht, dass wir heute bis zum Mittag im Reservat sind«, sagte Lintupelto.
»Und was machen wir morgen?«, fragte ich.
»Wir sind bei den Verwandten«, sagte Lintupelto.
»Haben wir Verwandte im Reservat?«, fragte ich.
»Ja, bald, durch Heirat«, sagte Lintupelto.
»Wir beide?«, fragte ich. Er mochte nicht weiter darüber reden, und auch ich hatte von dem Thema mittlerweile genug. Meiner Ansicht nach war es das Klügste, dass Lintupelto sich vom Reservat fern hielt, wenn er die Sache des ungeborenen Kindes nicht als seine eigene empfand. Ich sagte ihm nur, dass ich meine Probleme geregelt bekommen würde, auch ohne dass mein Nachbar sich einmischte.
Ich forderte ihn auf, zu gehen und die Brandwunden von dem aus Toholampi zu pflegen, ich wolle alleine fahren, um meine Familienangelegenheiten in Ordnung zu bringen. Es gelang mir, ihn zum Gehen zu bewegen, nachdem ich versprochen hatte, mittags im Indianerdorf zu sein und dort so lange zu bleiben, bis ich mich mit Rachel versöhnt hätte. Der aus Toholampi kam mit dem Pick-up, er hatte ein Aluminiumboot auf der Ladefläche. Er drehte auf dem Hof zwei Runden, ließ den Motor immer wieder aufheulen und wühlte mit den Rädern die Erde auf, dann stieg er aus und rief, dass es ihm eine Freude gewesen sei, den Rasen von Noranda zu pflegen. Auf dem Hof war aber überhaupt kein Rasen, nur eine trockene, sandige Fläche, auf der Heidekraut und kümmerliches Gras wuchsen. Der aus Toholampi sagte, er suche einen Kumpel, der mit ihm angeln ginge.
»Lintupelto kommt mit«, sagte ich.

»Nee, Scheiße«, sagte der aus Toholampi. Er behauptete, das Angeln mit Lintupelto ende immer in einem Wettkampf, der ihm den Spaß am Angeln verderbe und in einem Streit über die Regeln und das Abschlussergebnis ende, genau wie in der Sauna. Lintupelto fand, dass es beim Ergebnis des Saunawettkampfs keinerlei Unklarheiten gebe, er habe noch auf dem Schemel auf der obersten Schwitzbank gesessen, als der aus Toholampi schon seine Brandwunden im See pflegte. Der aus Toholampi bat mich mitzukommen, aber ich sagte, ich wolle ins Reservat, wo mich meine unverheiratete Ehefrau und ein ganzer Stamm neuer Verwandter erwarte.
»Die warten schon noch bis morgen«, behauptete der aus Toholampi.
Ich brachte sie dazu zu gehen, nachdem ich Lintupelto versprochen hatte, schon mittags bei Rachel zu sein, und dem aus Toholampi, dass ich allen erzählen würde, er habe Lintupelto im Fangen von Flussbarschen besiegt, egal, wie es sich in Wirklichkeit verhalte. Der aus Toholampi ermahnte mich wieder, vor Rachels aus dem Knast entlassenen Bruder auf der Hut zu sein, der mich sofort umbringen würde, wenn er erführe, dass ich seine Schwester im Arm gehalten hatte.
»Bei denen gibt es so ein Gesetz«, behauptete er.
Vor der Abfahrt stieg Lintupelto auf die Ladefläche des Pickups von dem aus Toholampi und prüfte das Angelzubehör: Angelruten, Rollen und Schnüre, Würmer und Blinker.
»Und Netze?«, fragte Lintupelto.
»Nun schrei doch nicht so, verdammt«, fuhr der aus Toholampi ihn an.
»Ohne Netze brauchen wir gar nicht zu fahren«, sagte Lintupelto laut und begann in den Sachen im Boot zu wühlen.
»Mann, du bist verrückt«, stöhnte der aus Toholampi.

»Wer ist verrückt?«, fragte Lintupelto und hob ein Stoffbündel aus dem Boot, aus dem er dreißig Zentimeter lange runde Packungen auswickelte und mir zeigte. Der aus Toholampi sagte nichts, stieg auf die Ladefläche und nahm Lintupelto die Sprengladungen ab, wickelte sie in Stoff und verbarg sie im Bugfach. Illegale Fanggeräte müsse man schließlich nicht mitten im Dorf zur Schau stellen.
Lintupelto sagte, er sei wie ein Brautwerber gekleidet, weil er im Indianerdorf für mich um eine Frau hatte werben wollen. Für einen Angelausflug müssten sie noch einmal zurückfahren, damit er sich umziehen könne. Ich fragte, wo er nächtige, aber er war nicht bereit, das zu verraten, schlug auf dem Aluminiumboot ein Trommelsolo und sang: *We come from the land of ice and snow/from the midnight sun where the hot springs blow./The hammer of the gods.*
Ich kannte das Stück, den *Immigrant Song* der Zeppelins, er hatte es schon damals gegrölt, als er aus Finnland fortging. Eine gute Singstimme hatte er immer noch, obwohl sie von seinen vielen Saufereien rau geworden war.
Sie stiegen beide in den Pick-up von dem aus Toholampi, Lintupelto warf mir die Schlüssel seines Wagens zu. Ich stand auf dem Hof und versuchte zu sehen, ob sie in irgendeinen Hof im Dorf einbogen, aber sie fuhren bis zur Kreuzung beim Sägewerk, bogen auf den Weg ein, der zu den dichter besiedelten Gegenden führte, und waren bald meinen Blicken entschwunden. Ich ging ins Haus und suchte die Sachen zusammen, die ich im Dorf brauchen würde. Ich nahm alles Geld, das im Hause war, stellte am Hauptschalter den Strom ab und verschloss die Tür. Tikanmäki kam mir zu Fuß entgegen, als ich meine Sachen, Tasche und Gewehr, ins Auto brachte, und fragte, ob ich endgültig abreisen wolle.

»Jede Abreise kann endgültig sein«, sagte ich.
»Du musst alles mitnehmen«, sagte Tikanmäki.
Ich wollte, die restlichen Sachen später holen. Tikanmäki sagte, die Häuser müssten bis Mitte Juni geräumt sein, danach hafte die Firma nicht für ihre Erhaltung. Ich fragte, wofür die Firma bisher gehaftet habe und für welche Firma er unterwegs sei. Tikanmäki erzählte, er habe seinen alten Arbeitsplatz behalten dürfen, Harju hatte das bei den Verhandlungen mit Noranda vereinbart. Ich fand es einen schönen Zug von Harju, dass er in einem solchen Augenblick an seinen alten Freund und treuen Knecht gedacht hatte. Tikanmäki kam von der Straße auf den Hof, trat dicht an mich heran und flüsterte mir zu, dass die Leute von Noranda das ganze Dorf Nevaha zerstören wollten, sodass kein Stein auf dem anderen bliebe.
»Was soll das für einen Sinn haben«, wunderte ich mich.
»Sonst bekommt man die Finnen nicht von hier fort«, sagte Tikanmäki.
Tikanmäki glaubte, wir würden uns noch sehen, und auch ich glaubte, dass wir nicht völlig aus der Welt wären, auch wenn Firmen kamen und gingen und die Eigentümer von Häusern wechselten. Wir würden noch lange dafür sorgen, dass sich die äußere Erscheinungsform von Brot änderte. Tikanmäki dankte mir dafür, dass ich die Veränderungen offen akzeptierte, anders als der aus Toholampi, der beschlossen hatte, in dem alten Schulbus wohnen zu bleiben, den er von Harju bekommen hatte und der während der Januarfröste, wenn das Quecksilber im Thermometer gefror, sicherlich kein sonderlich warmes Quartier sein würde.
Ich wartete, bis Tikanmäki auf die Straße und in den Hof des nächsten Hauses gegangen war, bevor ich in den Pick-up stieg und losfuhr. Ich sah, dass manche Häuser schon geräumt wur-

den. Überall wurden Umzugswagen beladen, aber ich hielt nicht an um zu fragen, wohin die Leute ihre Sachen brachten. Ich machte einen kleinen Umweg zum Schulbus von dem aus Toholampi, aber sein Pick-up stand nicht davor, die Jungs waren irgendwo hingefahren, und so machte auch ich mich auf den Weg nach Morteau und ins Reservat.

6

Rachels Mutter kam auf die Treppe heraus, als ich in den Hof einbog. Ich stieg aus und blieb neben dem Wagen stehen. Der See war eisfrei, draußen auf dem Wasser waren ein paar Boote zu sehen. Ich sagte, ich sei gekommen, um Rachel nach Hause zu holen.

»Darüber musst du mit ihr selber sprechen«, sagte Rachels Mutter.

Mir fiel ihr Name nicht gleich ein, und ich drückte mich so aus, dass ich ihn nicht zu erwähnen brauchte. Doch dann fiel er mir wieder ein: Ellen. Sie trug eine eng anliegende Hose aus blauem Jeansstoff, in der ihr Hinterteil wirkte, als sei es mindestens anderthalb Meter breit. Sie erzählte, dass sie gehört habe, ich würde demnächst vielleicht kein Zuhause mehr haben, in das ich Rachel heimholen könnte.

»Wo ist Rachel?«, fragte ich.

»Sie sind auf den See hinaus gefahren«, sagte Ellen.

Ich setzte mich ins Auto um zu warten, Ellen ging ins Haus. Die Hunde, die zum Auto gekommen waren und einen Höllenlärm veranstaltet hatten, als ich ausstieg, liefen ins Dorf. Bald war kein einziger mehr auf dem Hof.

Auf dem See sorgte Wind für Wellengang, die Boote waren unsichtbar geworden. Ich saß im Wagen und rauchte, drückte dann den Zigarettenstummel im Aschenbecher aus, der schon ganz voller Kippen war. Die Sonne schien so warm, dass ich einschlief.

Ich weiß nicht, wie lange ich geschlafen hatte, jedenfalls erwachte ich davon, dass jemand so heftig gegen den Rand der Ladefläche schlug, dass der Wagen erbebte und aus der hohlen Seitenwand ein Geräusch kam, als hätte jemand auf eine Blechtrommel geschlagen. Neben dem Wagen stand ein Indianer, der so aussah, als wäre er in meinem Alter. Er kam an die Fahrertür, als er sah, dass ich erwacht war, und fragte auf Englisch, wer ich sei, warum ich auf dem Hof schliefe und was ich überhaupt im Land der Ersten Nation zu suchen hätte. Ich nannte meinen Namen. Er sagte, dass er das schon vermutet habe. Ich fragte, ob er der Bruder von Rachel sei, der im Knast gesessen hatte.

»Hast du Angst?«, fragte er.

»Weshalb?«, fragte ich.

Er sagte, dass er wegen Totschlags gesessen habe. Ich erzählte ihm, dass ich von Rachel alles darüber gehört und keine Angst vor einem Mann hätte, der wegen anderer hinter Schloss und Riegel gemusst hatte. Ich stieg aus, und wir gaben uns die Hand. Dabei nannte er seinen Namen, *Pindigegizig,* und erklärte mir, dass das auf Englisch *Hole in the Sky,* Loch im Himmel, heiße. Ich musste lachen und erzählte, ich hätte gehört, Rachels Bruder heiße Ray. Er sagte, er habe wieder einen alten Indianernamen angenommen, nachdem er zu Besuch im Himmel gewesen sei.

»War der Knast der Himmel?«, fragte ich.

»Von dort bin ich dahin gekommen«, sagte er.

Ich bat darum, ihn Ray nennen zu dürfen, auch er musste lachen und erzählte, dass auch hier noch nicht alle den neuen Namen kannten. Er fragte, ob es mir nicht angenehmer sei,

auf Rachel im Haus zu warten statt im heißen Wagen. Die Hunde waren mit Ray auf den Hof gekommen und wollten auf die Treppe, als wir hineingingen. Ray befahl ihnen, zur Arbeit zurückzukehren, er sprach mit ihnen wie mit seinesgleichen. Ellen war in der Küche, sie glaubte, Rachel würde bis zum Abend zurück sein.
»Wie ist es ihr ergangen?«, fragte ich vorsichtig.
»Gut«, versicherte Ellen.
»Sie hatte ein bisschen Sehnsucht«, sagte Ray.
»Nach wem?«, fragte ich.
»Was meinst du wohl, nach wem«, sagte Ellen.
»Ich kenne nicht jeden Bräutigam von Rachel«, sagte ich.
Ellen stellte das Mittagessen auf den Tisch und rief uns an den Tisch, also ging ich. Vom Esstisch konnte ich auf den See hinaus sehen, aber da entdeckte ich keine andere Bewegung als das Glitzern der Wellen und den Dunst des fernen Ufers, der waberte und vibrierte und meinen Blicken die Umrisse der fernen Inseln, die Formen des jenseitigen Ufers und alles, was sich dort befand, entzog.
Ellen hatte die Flussbarsche im Ganzen gekocht, zwei Spannen lange Fische, die wie eine Kreuzung von Barsch und Zander aussahen. Ray fragte, ob es in den Gewässern Finnlands Flussbarsche gebe. Ray glaubte mir nicht, dass der Flussbarsch eine Kreuzung von Barsch und Zander sei, räumte aber ein, dass er die Lehre des weißen Mannes von der Entstehung der Arten nicht gut kannte.
Nun fragte ich, mit was für einem Boot Rachel auf den See gefahren sei. Ellen sagte, sie sei mit ihrem anderen Bruder und dem alten Mann mitgefahren. Sie hatten das Kanu genommen, da der alte Mann das Geräusch des Außenbordmotors in der Wildnis nicht ertragen konnte. Ich erinnerte mich, dass er im

Winter das Geräusch der Motorschlitten gut ertragen und sich gewünscht hatte, ich möchte die verstummten Schlittenmotoren wieder in Gang bringen.

»Kann es sein, dass sie über Nacht ausbleiben?«, fragte ich.

»Das ist gut möglich«, sagte Ellen.

»Sie sollte auch an das Kind denken«, sagte ich.

»Man sollte an alles denken«, sagte Ray.

»Das Kind hat im Kanu keine Not«, behauptete Ellen.

Ich fragte, ob Ray mit mir fahren und Rachel und die Männer suchen würde. Aber er hielt das für überflüssig. Ellen versprach, mir an meinem alten Platz in der Schlafkammer des oberen Stockwerks das Bett zu machen. Rachel würde den Weg dorthin finden, wenn sie es wollte. Es war erst früher Nachmittag, und ich hielt es nicht für sinnvoll, dass man mir jetzt schon ein Nachtlager bereitete.

Nach dem Essen ging ich ins Freie und hinunter zum Seeufer. Die Hunde folgten mir, versuchten aber nicht mehr, mir an die Wadenmuskeln zu gehen. Ich saß am Seeufer und rauchte. Auch Ellen und Rachels Bruder kamen dorthin, setzten sich und rauchten und sahen auf den See hinaus. Es war warm, Ellen hatte eine Thermoskanne mit Kaffee mitgebracht, den wir nun tranken.

Ray entblößte seinen Oberkörper, und ich sah auf seinem Rücken, auf der Brust und an den Armen hässliche Narben, so als hätte man ihm die Haut mit krummen Nägeln durchbohrt und sie dann aufgerissen. Ich fragte, ob die Narben eine Erinnerung an das Gefängnis von Toronto seien und ob die Wärter die Menschen dort folterten. Ray kommentierte die Narben nicht, aber Ellen erzählte, das seien Erinnerungen an den Sonnentanz. Ray habe ihn schon tanzen dürfen, bevor er ins Gefängnis gekommen war.

»Ist das ein lustiger Tanz?«, fragte ich.
»Er hilft einem, die Schläge zu ertragen«, sagte Ray.
»Wo werden die Menschen geschlagen?«, fragte ich.
»Im Gefängnis«, sagte Ray.
»Das klingt ja nach einem schönen Ort«, sagte ich.
»Er hätte nicht dahin gemusst«, sagte Ellen.
»Doch«, sagte Ray. Ellen sagte, sie habe gehört, dass alle Finnen Nevaha verlassen müssten. Ich sagte, ich hätte deswegen sogar einen Brief von Noranda bekommen und gehört, dass Mitte Juni diejenigen, die dann noch da sein würden, mit Wolfshunden vertrieben werden sollten. Ellen fragte, wohin ich zu gehen gedächte, wohin ich ihre Tochter bringen wolle. Ich sagte, ich würde da hingehen, wohin auch Rachel ging.
»Rachel bleibt hier«, sagte Ellen.
»Hat sie das gesagt?«, fragte ich.
»Das weiß sie selbst noch nicht«, sagte Ray.
Ich fragte, wer denn wisse, dass Rachel bleiben wollte. Ray sagte, er habe es von dem alten Mann gehört. Ich lachte und vermutete, dass der Name Loch im Himmel, den Ray angenommen hatte, sich besser für den alten Mann eignete, wenn er wirklich die Zukunft voraussehen konnte.

7

Ray erzählte, er habe gehört, dass Lintupelto und ich während eines einzigen Winters kanadischen Wald niedergemacht hätten, so weit das Auge reichte. Bald gebe es vom Atlantik bis zum Stillen Ozean für die Vögel keinen Baum mehr, auf dem sie sitzen und singen könnten.

»Dann sitzen sie eben auf der Erde«, sagte ich, bemerkte aber sofort, dass das Rachels Bruder gar nicht gefiel. Ich musste daran denken, was Rachel von der Siebenten Generation und davon gesagt hatte, dass man an sie bei allem denken müsse, was man der Erde und ihren Bewohnern, den Steinen, Pflanzen, Tieren und Menschen, antat. Ray fragte, ob die Finnen schon all ihre Wälder abgeholzt hätten, weil sie in Horden zu tausenden hierher in die ehemaligen Gebiete der Indianer gekommen waren, um den Wäldern Gewalt anzutun. Ich bat ihn, nicht mich für alle Dinge verantwortlich zu machen, die hier geschehen seien, seit Kolumbus nach Amerika gesegelt war und die Europäer über das Weltmeer hierher strömten. Ich sei jedenfalls nicht schuld an allen Übeltaten von Jahrhunderten.

»Trotzdem hast du im letzten Winter die Wälder niedergehauen«, sagte Ray.

»Es sind auch noch welche stehen geblieben«, behauptete ich.

»Und wie lange noch?«, fragte er.
»Das musst du die Leute von Noranda fragen«, sagte ich.
Ich erzählte ihm, dass die Wälder hinter Loulle, die wir den Winter über geschlagen hatten, zuletzt in den Dreißigerjahren gefällt worden waren, und dass an derselben Stelle ein neuer, starker Wald ohne Säen und Pflügen gewachsen war. Im Verlauf eines halben Jahrhunderts würde der Boden dort, wo wir mit dem Harvester gewütet hatten, wieder neuen Rundholzwald hervorbringen. Ich erzählte, dass die Bäume, die wir im Winter gefällt hatten, Stämme von mehr als dreißig Zoll Durchmesser gehabt hatten und dass die Siebente Generation zumindest dort, wo ich gearbeitet hatte, in einem ordentlichen Wald würde wohnen können, falls die Leute von Noranda ihre Gebiete nicht häufiger einschlugen als Harjus Firma.
Ray sprach nicht mehr von den abgeholzten Wäldern. Ellen ging ins Haus, die Hunde folgten ihr. Ich bot Ray eine Zigarette an, als Friedensangebot. Ray meinte, dass wir sicher auch noch eine richtige Friedenspfeife rauchen würden, wenn ich es schaffen könnte, Rachel zu besänftigen, und Familienmitglied würde. Ray erzählte, er habe Lintupelto schon gekannt, bevor er nach Toronto musste, behauptete aber, er sei nicht Lintupeltos oder irgendeines anderen Finnen wegen dorthin geraten. Er wusste, dass Lintupelto Ringer gewesen war. Wir sprachen darüber und auch über andere Sportarten, aber ich sah die ganze Zeit auf den See hinaus und wartete auf Rachel. Ich überlegte, was ich ihr als Erstes sagen sollte und was danach, aber auf dem See war kein einziges Boot und kein Kanu zu sehen, das auf das Dorf zuhielt.
Wir saßen am Uferhang im Gras und sprachen noch immer über Sport, als vom Dorf her zu Fuß drei Männer kamen. Einer davon war der große Indianer, der im Winter mit den Jä-

gern im Wald gewesen war, und groß, dunkel und breitgesichtig wie die Leute aus dem finnischen Ort Kuortane waren auch die beiden anderen. Sie sagten in ihrer Sprache etwas zu Ray, und der antwortete. Sie sprachen eine Weile auf Cree, dann sagte Ray, dass ich diese Sprache nicht verstehe.

»Wir hatten gedacht, Rachel hätte sie dir beigebracht«, sagte einer der Männer. Er nannte seinen Namen, und das taten auch die anderen, aber es waren Indianernamen, die mir nicht im Kopf haften blieben. Ich bekannte, dass es mir schwer falle, fremde Sprachen zu lernen, auch um Englisch zu lernen hatte ich Monate gebraucht, obwohl ich es im Bett liegend hatte lernen können.

»Na, und mit Rachel?«, fragte der große Indianer nach.

»Mal hier ein bisschen, mal da«, sagte ich.

»Und von vorn und von hinten«, sagte der dritte Indianer. Ich lachte nicht, und die Sache erheiterte offenbar auch Ray nicht, obwohl die anderen es komisch fanden.

Ich fragte nach den Motorschlitten, ob die für den kommenden Winter schon fahrbereit seien oder ob die amerikanischen Wilderer wieder da gewesen seien und die Zündkerzen herausgeschraubt hätten. Aber daran wollten sie nicht gerne erinnert werden. Ray fand, sie sollten seine Schwester aus dem Spiel lassen. Rachel wolle mich heiraten, nur der Hochzeitstag sei noch nicht festgelegt. Er zwinkerte mir zu.

Die Männer zogen ihre Worte zurück, sie behaupteten, sie hätten gehört, ich hätte Rachel ins Reservat zurückgejagt, und sie erwarte von mir einen Bastard, wodurch die Schar der kanadischen Mestizen sich um eine Person vergrößern würde. Ich versprach, das ganze Dorf zur Hochzeit einzuladen. Kinder kamen ans Ufer gerannt und tobten im Wasser herum, rannten den Hang hinauf, standen da und sahen uns an, kleine, dralle, nackte Jungen. Sie erzählten mir in ihrer eigenen Sprache von unbegreiflichen Dingen, rannten wieder in den See und spritzten ein Weilchen im flachen Wasser herum. Bald waren sie wieder am Ufer. Ich zählte, dass sie etwa ein Dutzend Mal ins Wasser gingen, ehe sie blaurot und bunt waren und bibbernd zu den Häusern zurückkehrten.

8

Spät abends lag ich in der Schlafkammer im oberen Stockwerk, wo Ellen Rachels Bett frisch bezogen hatte, und hörte Rachels Platten, John Fogertys Lieder, die mir schon von zu Hause bekannt waren, *Proud Mary* und *Bad Moon Rising*, und überlegte, wie ich ein Gespräch anknüpfen sollte. Rachel kam gegen Morgen, ich hatte kaum geschlafen. Ich hörte, dass unten gesprochen wurde. Ein Blick auf die Uhr sagte mir, dass es vier Uhr früh war, der Morgen graute schon.

Als ich hörte, dass jemand die Treppe heraufkam, setzte ich mich auf den Bettrand und wartete, dass die Tür geöffnet wurde. Rachel tat das vorsichtig und blieb einen Augenblick in der Türöffnung stehen, ich sah ihre dunkle Gestalt in der Tür. Plötzlich wurde mir kalt, ich zog mir die Decke über die Schultern und bedeckte damit auch die Beine. Rachel sah, dass ich wach war, und setzte sich neben mich auf den Bettrand.

»Haben wir noch Streit?«, fragte sie.

»I don't think so«, sagte ich.

»Das wäre gut«, sagte Rachel.

»Worüber sollten wir uns auch streiten«, wunderte ich mich.

»Angeblich gibt es ja manchmal Streit«, sagte sie.

»Nicht bei uns«, sagte ich.

Rachel musste lachen, ich zog mir die Decke so über den

Kopf, dass ich unsichtbar wurde. Rachel zog mich mit sich aufs Bett. Ich kam unter der Decke hervor und warf sie auf den Fußboden.

»Ich muss die Fische ausnehmen gehen«, sagte Rachel.

Ich sagte, die könnten bis zum Morgen warten, sie seien schließlich alle tot, und die Toten hätten mehr Zeit als die Lebenden. Rachel glaubte nicht, dass Ellen und der alte Mann die Fische bis zum Morgen liegen lassen würden, denn die ersten hatten sie schon gestern gefangen. Ich hielt sie fest und versprach, am Morgen beim Ausnehmen zu helfen. Rachel stand auf und zog die Oberkleider aus, wir krochen unter die Decke. Ich erzählte ihr, dass ich alle Möbel, die sie gekauft hatte, in Nevaha aus dem Haus geworfen hatte, außer dem Bett und der Kommode, die für einen Mann allein zu schwer waren, und dass ich die Indianerdecke mit dem Vogelmuster zusammengerollt und den Möbeln hinterhergeworfen hatte, dass ich das aber bereut und die Sachen ins Zimmer an ihren Platz zurückgeholt hatte.

Ich erzählte auch, dass das Dorf geräumt wurde, weil die Leute von Noranda verlangten, dass die Häuser bis Mitte Juni leer sein mussten. Dann würden alle Sachen verbrannt, die sich noch in den Häusern befanden.

»Was war mit den Möbeln, dass du sie rausschmeißen musstest?«, fragte Rachel.

»Erinnerungen an die Vergangenheit«, sagte ich.

»Gingen die von den Möbeln aus?«, fragte sie.

»Jedenfalls größtenteils«, sagte ich.

Ich lag noch wach, als die Sonne aufging. Rachel war vor mir eingeschlafen. Ich horchte auf die Stimmen von unten, Türen gingen, und ich hörte Leute sprechen, vom Ufer her wurde etwas gerufen. Plötzlich wurde das Zimmer von Licht erfüllt und wandelte seine Farben von Grau und Braun zu Goldfarben und warmem Gelb mit einer Spur Rot darin, sodass mir leichter zu Mute war und ich das Gefühl hatte, dass die Strahlen der aufgehenden Sonne all das Böse, über dem ich seit dem Aufbruch von der Waldbaracke gebrütet hatte, mit sich fort nahmen. Alle Farben leuchteten stark, obwohl ich sie durch die geschlossenen Lider betrachtete, die Farben vermischten sich, durchdrangen einander und bildeten Muster, die sicherlich verschiedene Bedeutungen hatten, auch wenn ich sie nicht verstand.

Ich musste eingeschlafen sein, denn Rachel war schon angezogen, als ich die Augen öffnete.

»Du bist gleich eingeschlafen«, sagte ich. Rachel strich mir mit den Händen über das Gesicht, sodass ich die Augen zumachen musste und wieder die farbigen Bilder in mir sah. Ich sagte, dass ich versprochen hätte, die Fische auszunehmen.

Rachel meinte, dass sie gerade von unten komme. Der alte Mann, die Brüder und Ellen hatten in der Nacht alle Fische ausgenommen und bis zum Morgen eingefroren, eingesalzen und geräuchert. Jetzt schliefen sie alle, erschöpft vom langen Arbeiten, der eine hier, der andere da.

9

In der dritten Nacht kam ein Taxi auf den Hof gefahren und hupte. Ich ging hinunter, der alte Mann und Rachels beide Brüder waren schon auf dem Hof. Lintupelto zahlte gerade das Taxi. Ich stand auf der Treppe und versuchte im Dämmer der Nacht zu erkennen, wie betrunken Lintupelto war. Ich hörte, wie er nach mir fragte. Ich rief ihm von der Treppe einen Gruß zu. Lintupelto winkte dem Taxi, vom Hof zu fahren, so als verscheuchte er ein Tier. Das Taxi wendete auf dem Hof und gelangte zurück auf den Sandweg. Lintupelto kam quer über den Hof, der alte Mann und Rachels Brüder folgten ihm.

»Wir müssen jetzt los«, sagte Lintupelto.

»Wohin?«, fragte ich verwundert.

»Nach Nevaha«, sagte er.

Ich ging die Treppenstufen hinunter, fasste Lintupelto bei den Schultern, sah ihn prüfend an und roch an ihm. Er war völlig nüchtern und erzählte, dass die Leute von Noranda schon ihre Maschinen nach Nevaha gebracht hätten und am Morgen mit dem Abriss des Dorfes beginnen würden.

»Wollen die wirklich die Häuser zerstören?«, wunderte ich mich.

»Alles wird platt gemacht«, sagte Lintupelto.

»Was kann man da noch machen?«, sagte ich.
»Du hast noch Sachen im Haus«, sagte Lintupelto.
»Keine, die gebraucht würden«, sagte ich.
»Die neuen Möbel«, sagte Lintupelto.
»Die sind mir egal«, sagte ich.
Lintupelto meinte, ich könnte aus dem Haus meine und Rachels Kleider holen, die brauchten wir den Franzosen nicht zu überlassen. Ich sagte, Rachel habe all ihre Sachen mitgenommen, als sie das Haus verlassen hatte, und meinen Sachen brauche man nicht nachzutrauern. Rachel und Ellen kamen aus dem Haus. Lintupelto erzählte auch ihnen, dass Nevaha am Morgen zerstört werden sollte.
Rachel überredete mich, ins Dorf zu fahren. Ich ging mich anziehen, Ellen kochte Tee. Wir tranken, Lintupelto erzählte, dass die Leute von Noranda am Vortag gekommen seien und erklärt hätten, dass die Räumung des Dorfes eine Woche früher als angegeben beginnen würde, weil die Maschinen andernorts gebraucht wurden.
»Die Maschinen vom Sägewerk?«, fragte ich.
»Anscheinend«, sagte Lintupelto.
»Bringen die das Sägewerk woanders hin?«, fragte ich.
»Aus denen wird man nicht schlau«, sagte Lintupelto.
Rachel wollte mitfahren, aber ich glaubte nicht, dass sie im Dorf gebraucht würde, zwei Männer würden auch ohne Hilfskräfte zurechtkommen, aber als wir zum Auto gingen, sagte Ray, er wolle die Zerstörung von Nevaha miterleben. Er zwängte sich hinter die Rückenlehnen des Pick-ups auf die kleine Bank. Lintupelto fuhr.
Die Frühjahrsflut war noch nicht vorbei, und auf dem Weg stand Sumpfwasser, sodass wir bei den Bächen vorsichtig fahren und aufpassen mussten, ob der Weg nicht weggeschwemmt

worden war. In Nevaha waren wir am frühen Morgen. Am Dorfrand standen Bagger, Bulldozer und Straßenbaumaschinen aufgereiht wie in einem Gebrauchtwarenmarkt für Maschinen.

»Die wollen einen ordentlichen Weg im Dorf anlegen«, sagte ich.

»Das glaub ich nicht«, sagte Lintupelto.

»Die wollen das Dorf zusammenschieben«, sagte Ray.

»Mit Baggern?«, fragte ich verwundert.

Bei einigen Häusern trugen die Leute noch ihre Sachen ins Auto. Matti kam sofort heraus, als wir auf den Hof fuhren. Er erzählte, er habe seine Sachen schon im Auto, aber den Hund könne er nicht mitnehmen, weil er zu alt war, um sich in Supper an das Leben in einem mehrstöckigen Haus zu gewöhnen. Er bat mich, den Hund zu erschießen.

»Ich kann Elvis nicht erschießen«, sagte ich.

»Schieß du«, sagte Matti zu Ray.

Der wollte ihm aber auch nicht versprechen, diese unschuldige Kreatur zu töten, die ihm nichts Böses getan hatte. Matti erinnerte sich daran, dass Ray wegen Totschlags im Knast gesessen hatte.

»Das ist was anderes«, sagte Ray.

»Lintupelto, schieß du«, sagte Matti.

Lintupelto sah sich den Hund an, der da auf dem Hof stand, und forderte uns auf, die Waffe und ein Stück Strick zu holen. Ich holte den Elchhund aus dem Hause, Rachel hatte ihn in der Küche an die Wand gehängt, und band ihn Elvis um den Hals. Ich erzählte ihm, dass seine Tage jetzt gezählt seien und er sterben müsse, aber der Kopfschuss würde nur dieses eine Mal wehtun. Matti holte aus seinem Auto ein Gewehr und gab es nebst einigen Patronen Lintupelto.

»Falls du nicht gleich triffst«, sagte er, als er ihm die Patronen gab.
»Der ist beim ersten Schuss tot«, versicherte Lintupelto und befahl mir, den Hund in den Wald hinter dem Platz zu führen. Elvis und ich gingen vor, Lintupelto brachte den Stutzen. Ich erzählte dem Hund alles genau: Wir würden ein Stückchen in den Wald gehen, und dann würde ich ihn zur Sicherheit an einen Baum binden für den Fall, dass er im Augenblick des Todes plötzlich Lust bekommen sollte zu fliehen. Sobald er angebunden war, würde Lintupelto einmal auf ihn schießen, und die ganze Sache würde vorbei sein. Der Hund schien zu verstehen, was ich sagte.
Wir kamen ins Unterholz und gingen ein Stück hinein. Ich schlang den Strick um einen Birkenstamm und ging beiseite. Der Hund sah Lintupelto an, der eine Patrone einlegte und zielte. Kurz vor dem Schuss sah der Hund mich einmal an, um sich zu vergewissern, dass alles in der vereinbarten Weise vonstatten ging. Das prägte sich mir ein.
Lintupelto brauchte keine zwei Patronen, um den Hund zu töten. Sein Herrchen kam, kurz nachdem er den Schuss gehört hatte, mit einem Spaten und begann leise weinend ein Grab auszuheben. Ich sagte ihm, er solle den Strick mit vergraben, ich brauchte ihn nicht mehr.
Wir gingen ins Haus, ich sammelte die wenigen Sachen zusammen und legte sie auf Laken, die ich am Boden der Kammer ausbreitete, und in Taschen, die ich in den Küchenschränken fand. Aus den Laken machte ich große Bündel, und Lintupelto und Rachels Bruder trugen sie auf die Ladefläche des Pick-up.
Ich hatte schon eine Weile das Dröhnen und Poltern der Maschinen und Grabgeräusche gehört, als die Jungs hereinkamen

und die Vermutung äußerten, dass wir den Rest der Sachen zurücklassen müssten. Wir gingen hinaus.
Auf der Fläche zwischen den Häusern und dem Sägewerk hoben die Bagger eine gewaltige Grube aus, und eine weitere Grube entstand unter den Greifern von zwei Maschinen hinter den Häusern am Waldrand. Ich sagte, jetzt glaubte ich, dass die Leute von Noranda keine Straßenbauarbeiten im Sinn hatten. Wir überlegten, ob die Norandaleute die Fundamente für ein neues Sägewerk aushoben, verstanden aber nicht, warum zwei Gruben gemacht wurden.
»Vielleicht wollen sie zwei Sägewerke bauen«, sagte Ray.
Lintupelto meinte, dass beide Gruben zu weit vom Fluss und vom See entfernt waren, es würde schwierig sein, die Baumstämme über solche Entfernungen zum Sägewerk zu schleppen. Ich glaubte nicht, dass Noranda das Holz zu seinen Sägewerken noch flößen würde. Zum Sägewerk von Nevaha waren die Stämme nur geflößt worden, weil Harju das so wollte. Wir warfen die letzten Bündel auf den Wagen.
Lintupelto wollte auch die Möbel heraustragen und sie bis zur Abholung abdecken, aber ich wollte die Möbel aus dem Haus nicht mitnehmen. Beim Sägewerk hörte man Knallen und die Geräusche berstender Bretter, wir rannten auf die andere Seite des Hauses um zu sehen, was da passierte. Die Bulldozer stießen die Häuser um wie Spielhäuschen und schoben sie in hohem Tempo weiter in die Grube, die die Bagger ausgehoben hatten. Das sahen wir uns wortlos so lange an, bis die Caterpillars auf uns zukamen.
Wir fuhren Lintupeltos Pick-up an den Waldrand, standen neben dem Auto und sahen zu. Bald kamen auch andere Autos dorthin sowie Dorfbewohner, die noch nicht fort waren. Ein Caterpillar fuhr jetzt zu meinem und Rachels Quartier,

stellte die Stoßplatte gegen die Hauswand, knurrte ein wenig, die Raupenketten knirschten, und das Haus wankte. Es fiel von den Steinpfeilern, auf denen es errichtet war, schwankte und knirschte, leistete Widerstand, aber setzte sich in Bewegung, während die untersten Wandbretter krachend zerbarsten.

Jetzt bewegte sich das Haus mit hoher Geschwindigkeit vor dem Bulldozer her, als versuche es zu fliehen, aber vor der Grube gab es nach, die Möbel fielen aus der Stube und verteilten sich auf dem Platz, gerieten unter das zu Brettern zerfallende Haus und fielen dann in die Grube, die die Bagger ausgehoben hatten.

Einen halben Tag lang hatten die Leute von Noranda damit zu tun, das Dorf niederzuwalzen. Zwischendurch mussten die Bagger die Grube vergrößern, in die die Häuser geschoben wurden. Wir konnten nicht losfahren, wir mussten das Klagen der Häuser mit anhören und zusehen, wie sie zerbrachen und zu Grabe getragen wurden, wir waren eine Schar von zwei Dutzend Leuten und ziemlich still. Als alle Häuser in der Grube waren, schoben die Caterpillars die Grube voll mit Sandheide und Erde und machten sich dann über das Sägewerk her. Sie stellten sich nebeneinander auf und schoben gleichzeitig, das Sägewerk war für sie ein härterer Brocken, als es die Häuser gewesen waren. Sie brachen zehn Meter lange Stücke los, die sie in die Grube am Abhang neben dem Sägewerk schoben.

Alles, was sich im Sägewerk befunden hatte, wurde sichtbar: Maschinen, Transportanlagen, Harjus und Nevalas Büro, die Kantine, in der Rachel gearbeitet hatte, die Junggesellenzimmer im Obergeschoss, wo Kamppuri und der aus Toholampi gewohnt hatten. Alles kam nach und nach zum Vorschein, je nachdem, welchen Teil des Sägewerks die Bulldozer gerade eindrückten. Die Zimmer im oberen Stockwerk brachen mitten entzwei. Ein Weilchen war ein halbes Zimmer zu sehen wie die Kulisse einer Bühne in einem Jugendklub. Bald fiel auch sie um und stürzte in die Grube.

Am späten Nachmittag war das Sägewerk in der Grube, und die Franzosen bedeckten es mit Sand, Erde und Sägeabfällen. Wir standen am Waldrand, beobachteten den ganzen Tag das Zerstörungswerk und konnten uns nicht davon losreißen. Lintupelto und ein paar andere wünschten sich, auch Harju und Nevala hätten sich dieses Schauspiel angesehen, aber sie ließen sich nicht blicken.

Lintupelto ging zu den Baggern und sprach ein Weilchen mit den Baggerführern, die nun die Maschinen in die Mitte des Platzes fuhren, um dort noch eine Grube auszuheben. Da war Lintupelto schon zu Fuß zu den Überresten des Dorfes und des Sägewerks unterwegs, und dann ging er dorthin, wo der aus Toholampi den Schulbus als Quartier benutzte. Wegen des niedrigen Waldes war der Schulbus nicht zu sehen, aber bald kam Lintupelto im Harvester von dort angefahren. Er lenkte die Maschine zu der Stelle, wo die Bagger die Grube aushoben, und blieb in der Fahrerkabine des Harvesters sitzen. Wir gingen näher heran, die Grube war schon so groß wie der Keller eines Steinhauses, mit einer einzigen Greifbewegung holten die Bagger Erdbrocken von der Größe einer halben Heuscheune, Sand und Steine heraus.

Lintupelto drückte auf die Hupe des Harvesters, öffnete die Tür der Kabine und winkte den Baggerführern, sie sollten aufhören zu graben, fuhr die Maschine dann mit voller Geschwindigkeit in die Grube und sprang rechtzeitig ab, bevor sie in die Grube stürzte. Lintupelto kam wieder auf die Beine, klopfte sich die Erde von den Kleidern und gab ein Zeichen, dass die Bagger weitermachen könnten. Sie warfen Sand auf den Harvester, bald war er nicht mehr zu sehen und von der Grube nur noch ein Hügel übrig. Lintupelto stand da und sah zu, wie die Grube gefüllt wurde, seine Hände machten Bewegungen, als wollte er jemanden packen und zu Boden schleudern, er ballte die Hände zur Faust, öffnete sie, machte zuckende Bewegungen so wie auf der Ringermatte, wenn er auf den Gegner losgehen wollte.

»Immer weg damit«, stieß er hervor. Ich ging zu ihm, und obwohl ich sah, dass er wütend war, fasste ich ihn am Arm und führte ihn zum Auto.

»Wir sollten los«, sagte ich.

Im Auto beruhigte er sich. Er sagte, er fahre mit uns ins Reservat, wolle dann aber bald weiter nach Westen. In dieser Gegend wolle er jedenfalls nicht bleiben, nur um von Betrügern betrogen zu werden.

Es wurde schon Abend, als wir das Dorf verließen. Wir fuhren in einer Karawane von etwa einem Dutzend Autos in Richtung Landstraße.

10

Ellen brachte Lintupelto im Haus ihrer Schwester unter, die eine Nachbarin war. Lintupelto hatte den ganzen Weg von Nevaha zum Reservat von nichts anderem gesprochen, als dass er schon noch Mittel und Wege finden werde, um Harju daran zu erinnern, wie er seine Stammesbrüder betrogen und mit den Franzosen, diesen Betrügern, gemeinsame Sache gemacht hatte. Dabei war er ganz ruhig geblieben. Ich versuchte das Thema zu wechseln, aber Lintupelto brachte die Rede immer wieder auf Harju und Nevala. Im Dorf erzählte Ray seinen Stammesgenossen alles in ihrer eigenen Sprache. Ich hörte mir an, wie sie bei seinem Bericht immer wieder laut wurden. Lintupelto hielt es nicht aus, sich das anzuhören, er ging und setzte sich ans Seeufer.

Ich weiß nicht, was er am Abend im Nachbarhaus von der Zerstörung Nevahas erzählte und was die Nachbarn dazu sagten, jedenfalls waren Rachels Leute davon nicht sonderlich beeindruckt.

Wir blieben einige Tage im Reservat. Lintupelto sprach die ganze Zeit davon, dass er nach Westen, nach Hemloo, gehen wolle. Dort wurde eine neue Goldmine eröffnet. Das Vorkommen galt als das reichste der Welt, aber der Goldpreis auf dem Weltmarkt war so niedrig, dass die Bergwerksgesell-

schaft zunächst einmal die Schächte eröffnete und alle Anlagen fertig baute, um auf den Anstieg des Goldpreises zu warten und erst dann mit der Förderung zu beginnen. Lintupelto wusste, dass schon viele finnische Jungs nach Hemloo gegangen waren, weil dort tüchtige Männer gebraucht wurden.
Am Morgen des dritten Tages sagte Ray, er wolle in den kleinen Weihern in der Schlucht fischen, aus denen der Fluss sich in den großen See ergoss und über die wir im Winter mit dem Motorschlitten gefahren waren. Er behauptete, die Weiher seien voller Lachsforellen, die nur darauf warteten, gefangen zu werden. Lintupelto wollte gern mitkommen, und auch ich fuhr mit. Anders der alte Mann, er glaubte nicht, dass die Fische in dieser Mondphase in Bewegung wären und ins Garn gingen.
Wir zogen zu fünft los: Rachels Brüder, Lintupelto und ich sowie der große Indianer, der im Winter im Wald dabei gewesen war. Er hatte mir noch immer keinen anderen als seinen indianischen Namen genannt, und den konnte ich mir nicht merken. Aber Lintupelto verriet er, dass er in der christlichen Taufe den Namen Leonard bekommen hatte, der, wie er behauptete, Löwenherz bedeutete.
Wir fuhren mit dem Aluminiumboot, das am Heck einen Mercury von dreißig Pferdestärken hatte, der das Boot über den See fliegen lassen würde, wie Leonard behauptete. Wir machten uns am Vormittag auf den Weg, nachdem aus zwei Häusern so viel Sachen herausgetragen worden waren, als würden wir uns auf eine lange Fahrt begeben. Die Sachen wurden unter der Bugducht, unter den Bänken und neben den Bordwänden verstaut: Mückenzelt und Kochgeschirr, Angelruten und Netze, Köder und Blinker, und zuletzt wurde am Heck mit einem Strick noch ein Kanu befestigt.
Ich saß mit Lintupelto auf der Mittelbank, Rachels beide Brü-

der auf der Heckbank und der große Indianer am Bug. Ray bekam den Motor schnell in Gang, und wir steuerten auf den offenen See hinaus. Die Wellen waren so stark, dass wir wegen des Kanus im Schlepptau vorsichtig fahren mussten. Das Boot hüpfte so auf den Wellen, dass der im Bug von den Spritzern schließlich genug hatte und den Bootsführer anbrüllte. Wir passierten die offene Seefläche in einer halben Stunde.

Am andern Ufer war es still, die Windrichtung war entsprechend. Ray fuhr mit vollem Tempo in die Flussmündung ein. Ich saß mit dem Gesicht in Fahrtrichtung und wurde etwas unruhig, weil ich das Gefühl bekam, das Ufer käme uns entgegengestürzt, Bäume und Büsche und Ufersteine. So sah ich die Flussmündung nicht eher, als bis das Boot sich schon auf dem Fluss befand und zu beiden Seiten das Gestrüpp vorbeirauschte. Wir kamen an eine Wiese, an deren Ufer hohe Lilien blühten. Ray fuhr noch hundert Meter eine Stelle mit geringer Strömung entlang, ehe er die Drehzahl im Motor verminderte. Dann fuhr er ans Ufer, stellte den Motor aus und hob den Propeller aus dem Wasser. Ich spürte das Geknatter noch eine Weile im Kopf, ehe es verstummte und auch dort die Stille einkehrte. Die Stimmen des Waldes und das Geräusch des Flusses wurden hörbar.

Der große Indianer sprang ans Ufer und zog das Boot so weit an Land, dass wir mit den Sachen auf die Ufersteine steigen konnten. Da war ein alter Lagerplatz, die Stangen eines Mückenzelts standen aufrecht um die Steine der Feuerstelle herum. Rachels Brüder zogen sofort den Stoff über die Stangen. Wir holten die Sachen vom Boot und ließen die Brüder sie nach ihrem Gutdünken im Zelt anordnen. Der große Indianer holte Holz und hatte schnell ein Lagerfeuer angezündet.

Ich blieb draußen, die Männer lagen im Mückenzelt. Der

Fluss kam als lange Stromschnelle zu der Stelle mit geringer Strömung, an deren Ufer sich der Lagerplatz befand, diese Stelle war breit und ruhig bis zum See. Bald kam ein Wind auf, und draußen auf dem See entstanden weiße Schaumkronen. Der große Indianer, Leonard, kam aus dem Mückenzelt und erzählte, dass wir nicht vor dem frühen Abend fischen gehen würden, weil die Fische sich in dieser Mondphase wenig und am Tage überhaupt nicht bewegten. Auch Lintupelto kam aus dem Mückenzelt.

»Bleiben wir hier wohnen?«, fragte er und erzählte, dass Rachels Brüder schon schliefen.

»Dies ist eine gute Stelle«, sagte ich. Leonard überredete Lintupelto, ihn zu begleiten, sie ruderten mit dem Kanu bis zur Stromschnelle und legten dort Netze aus, von denen im Dorf eine stattliche Menge ins Boot gepackt worden war. Ich glaubte nicht, dass die Fische ins Netz gehen würden, jetzt, wo die Nachmittagssonne warm auf Wald und Fluss schien, wo der Wind nicht hinkam. Die Nachricht vom Fanggerät der Menschen würde sich sicherlich noch vor Einbruch der Nacht unter allen Wasserbewohnern verbreitet haben, und die Fische würden den Zäunen, die Lintupelto und der große Indianer im Fluss errichtetet hatten, ausweichen. Auch Rachels Brüder kamen aus dem Zelt und sahen zu, wie die Netze ausgelegt wurden. Der große Indianer bewegte das Kanu mit nur einem Paddel im Heck, Lintupelto legte die Netze vom Bug her aus. Bis zum Lager war zu hören, wie er Leonard anbrüllte. Es war schwierig, das leichte Kanu mit nur einem Paddel unterhalb der Stromschnelle in der gewünschten Richtung zu halten. Mir fiel ein, dass Lintupelto mich in Lappajärvi ebenso angebrüllt hatte, wenn wir an einem stillen Sommerabend am Rand des Schilfgürtels der Insel Lukkarinsaari die Netze auslegten. Er bekam die Netze nicht ohne Gebrüll ins Wasser und auch nicht wieder heraus.

Ray glaubte, die Netze der Jungs würden am Morgen voller Dreck sein, denn das sei in dieser Gegend die Art der Wassergeister, sich einen Jux zu machen, um etwas Abwechslung in ihr Leben zu bekommen, das hier, in der ruhigen Strömung, tagein, tagaus immer gleich war. Ray und sein jüngerer Bruder schliefen schon wieder, als Lintupelto und der Ruderer ins Lager kamen.

11

Die Brüder erwachten erst am Abend. Wir zogen mit Netzen und Angelruten los. Das Kanu wurde bis zur Stromschnelle gerudert und dort an Land gezogen. Der große Indianer und Ray nahmen es auf die Schulter und trugen es den Pfad an der Stromschnelle entlang Richtung Hochland. Ich erinnerte mich vom Winter her an die Gegend, aber damals hatte der Schnee die Landschaft so sehr verändert, dass ich mich jetzt nicht als Führer betätigen wollte. Lintupelto und ich bildeten die Nachhut.

Nach der ersten Stromschnelle kam eine kleine Stelle mit ruhiger Strömung, aber dort blieben wir nicht, sondern erkletterten den Rand der Schlucht und wanderten durch das höher gelegene Gebiet, wo der Wald stark und dicht war. Unten strömte silbern der Fluss dahin. Lintupelto rechnete aus, was wir mit dem Harvester in diesem Wald verdienen würden, wenn wir uns dort frei austoben dürften.

»Und wenn du einen Harvester hättest«, sagte ich.

Die Männer vor uns wanderten schweigend, der Fluss unter uns verwandelte sich in eine Stromschnelle und kam zu uns herauf, nachdem wir einen halben Kilometer zurückgelegt hatten. Wir waren an dem ersten Weiher angelangt. Leonard und Rachels Brüder brachten das Kanu ans Ufer und ruderten zu der Stelle, wo die Stromschnelle begann. Dort verankerten sie das Boot, indem sie einen Stein an einen Strick banden, den sie vom Ufer mitgenommen hatten. Ich sah, dass sie mit allerlei Blinkern zu angeln versuchten, aber die Fische bissen nicht an. Lintupelto wollte nicht fischen, ich setzte eine Wurfangel zusammen und befestigte daran eine offene Rolle. Ich ging zum Ende des Weihers, dorthin, wo der Fluss in den Weiher mündete. Er hatte zu beiden Seiten der Mündung lange Sandbänke aufgehäuft, und ich warf die Blinker dort aus, wo der Fluss ruhig wurde und sich zum Weiher weitete, fing aber nichts. Ich sah, dass die Indianer die Fischerei am Ausfluss eingestellt hatten und die Netze in der Mitte des Weihers auslegten. Lintupelto saß am Ufer und rauchte. Die Indianer ruderten ans Ufer, setzten sich zu Lintupelto und redeten mit ihm. Rachels kleiner Bruder ging jetzt am Ufer entlang zum Ausfluss und warf dort die Wurfangel, bekam aber anscheinend nichts. Ich meinerseits warf die Angel so lange aus, wie Rachels Bruder am anderen Ende des Weihers das Wasser quirlte. Das Wasser in Fluss und Weiher war sehr klar. Ich sah den Sandgrund des Weihers in mehreren Metern Tiefe und die flachen und tiefen Stellen im Fluss, als ich ein Stück flussaufwärts ging, aber Fische sah ich nicht. Rachels Bruder kam am Ufer des Weihers entlang und warf dabei den Blinker aus. Bei den Männern blieb er stehen und redete lange mit ihnen.

Dann zogen Leonard und Ray das Kanu an Land und hoben es auf die Schultern. Sie gingen alle vier den Pfad an Weiher und Stromschnelle entlang flussaufwärts, die Träger voran. Ich setzte meine Angelrute zusammen und folgte ihnen.

Wortlos gingen wir hinter den Kanuträgern her zum nächsten Weiher. Es sah seltsam aus, wie sie das Kanu trugen. Sie hatten es richtig herum auf der Schulter und mussten es an den bauchigen Flanken und am Boden festhalten, und so glitt es ihnen immer wieder von den Schultern. Sie mussten stehen bleiben und fluchten auf Finnisch und Englisch und in ihrer eigenen Sprache. Erst am zweiten Weiher verstand ich, dass sie das Kanu aufrecht getragen hatten, weil es voller Sachen war, voller Netze und Angelruten und Köderkästen.

Nun stiegen die Brüder ins Kanu, ruderten auf den Weiher hinaus und legten die Netze aus, und bei ihrer Arbeit war keinerlei Gebrüll zu hören. Ich versuchte es vom Ufer aus mit der Wurfangel, doch nur noch träge. Die Brüder kamen ans Ufer und machten Feuer. Der große Indianer kam und bat mich, mit ihm mitzukommen. Wir paddelten ans andere Ende des Weihers, wo sich ein hoher Biberbau befand. Der große Indianer erzählte, dass die Lachsforellen abends zum Biberbau kämen, um dort die Insekten zu fressen, die mit den Nahrungsbäumen der Biber ins Wasser gerieten. In der Nähe des Baus war der Grund voller Laubbäume, junge, durchgenagte Birkenstämme. Da angelten wir.

Plötzlich sah ich etwas Großes, Helles, das wie ein Fisch aussah, unter Wasser schwimmen und so wenden, dass ich glaubte, die silberne Flanke aufblitzen zu sehen. Ich rief Leonard zu, dass im Weiher eine gewaltige Lachsforelle sei. Er guckte einen Augenblick über die Bordwand.

»Das ist ein Biber«, sagte er.

Ich glaubte nicht, dass ein Biber unter Wasser so schnell schwimmen konnte, aber bald tauchte er weiter entfernt auf, peitschte mit seinem breiten Schwanz das Wasser, dass der Wald widerhallte, kam dann an der Oberfläche in die Nähe des Kanus geschwommen, tauchte und erschien bald wieder über Wasser, um uns zu beäugen. Der große Indianer sagte etwas in seiner oder in der Sprache der Biber zu ihm.

»Wir müssen die Netze aus dem Wasser nehmen«, sagte er.
»Habt ihr das so ausgemacht?«, fragte ich, aber Leonard hörte es nicht oder wollte es nicht hören. Wir paddelten dorthin, wo die Brüder das Feuer unterhielten und Lintupelto, von Rauch umweht und vor den Mücken geschützt, im Gras lag. Er behauptete, dass auch der Biberbau Mücken erzeuge. Leonard erzählte den Brüdern von den Bibern, sie stiegen ins Kanu und holten die Netze aus dem Weiher. Fische waren nicht darin, und Lintupelto glaubte nicht, dass es in diesen Gewässern überhaupt Fische gab. Ich umrundete den Weiher zur Hälfte, vom Ausfluss bis zur Einmündung des Flusses, und angelte mit vielerlei Blinkern, fing aber keinen Fisch. Ich sah keinen einzigen Fisch, der an die Oberfläche gekommen wäre, obwohl über dem Wasser vielerlei Insekten flogen und auch auf der Wasseroberfläche schwammen. Der Biber beobachtete mich die ganze Zeit aus der Ferne, peitschte bisweilen mit dem Schwanz das Wasser, und das klang, als hätte jemand kopfgroße Steine ins Wasser geworfen.
Die Brüder glaubten nicht mehr, dass es sinnvoll sei, noch bis zum Schluchtsee hinaufzusteigen, der oberhalb der nächsten Stromschnelle lag.
»Der Fisch rührt sich nicht«, sagten sie.
»Davon war schon im Dorf die Rede«, sagte Lintupelto.
»Die Luft ist zu klar«, sagte Leonard. Die Brüder sprachen auch von der Stellung des Mondes und von dem Wind, der aus der falschen Richtung wehte, – Erklärungen, wie Angler sie eben geben. Der Biber, so erzählten sie, sei erst im Frühjahr in diesen Weiher gekommen. Der alte Bau war jahrelang unbenutzt gewesen, aber jetzt hatte ein neues Paar ihn in Besitz genommen und war schon damit beschäftigt, den Damm am Beginn der Stromschnelle zu reparieren.

»Erschießen wir sie«, sagte Lintupelto.
»Einen Sommerbiber erschießt man nicht«, sagte Ray.
»Erschießen wir ihn zum Vergnügen«, sagte Lintupelto.
»Einen Biber erschießt man nicht zum Vergnügen«, sagte Ray.
»Wen dann?«, fragte Lintupelto.
»Indianer«, sagte Ray.
»Dann erschießen wir die«, sagte Lintupelto.
Ray setzte dieses Thema nicht fort und gab Lintupelto auch nicht das Gewehr, obwohl der darum bat.
»Hättest du doch dein Gewehr mitgenommen«, sagte er zu mir.
Seiner Meinung nach sollten wir die Biber als Nahrung töten, weil wir keinen Fisch gefangen hatten, aber die Indianer ließen sich nicht darauf ein, Jagd auf die Biber zu machen. Die Brüder traten das Feuer aus, nahmen das Kanu auf und machten sich den Pfad entlang Richtung Unterlauf auf den Weg.

12

Wir angelten am Abend unten, wo die Strömung ruhiger war, fingen aber nichts. Lintupelto behauptete, die Indianer hätten Weiher, Fluss und die ruhige Stelle im Winter mit den Netzen leer gefischt. Am Morgen waren die Netze leer.

Wir faulenzten den Tag über, gegen Abend sahen die Brüder nach den Netzen, aber es gab keinen Fang. Das Angeln erschien uns sinnlos. Es fing an zu regnen, und wir glaubten, der Wetterumschwung würde die Fische nachts in Bewegung bringen, aber auch am Morgen fanden sich keine Fische in den Netzen. Die Brüder machten sich zu den oberen Weihern auf und kündigten an, bis zu dem See in der Schlucht zu gehen, wo sie ganz sicher Lachsforellen zu bekommen glaubten. Ich ging mit, Lintupelto blieb mit dem großen Indianer im Mückenzelt liegen. Unsere Lebensmittelvorräte gingen zu Ende, wir hatten damit gerechnet, dass wir uns von Fisch ernähren könnten.

Die Brüder trugen das Kanu bis zu dem See in der Schlucht. Wir fischten dort den ganzen Tag, ohne Erfolg. Am Abend trugen wir das Kanu hinunter und holten die Netze ein, Fische fanden sich auch jetzt nicht darin. Der Wind trug vom Mückenzelt einen süßlichen Geruch herüber, den wir schon am Ufer spürten, als wir das Kanu an Land zogen. Ray ging ins Mückenzelt und kam bald, den Kopf schüttelnd, wieder

heraus. Er erzählte, dass der große Indianer und Lintupelto Marihuana rauchten. Sie kamen gut gelaunt heraus und fragten eifrig nach unserem Fang.
»Der Fang ist im Wasser«, sagte ich.
»Dann gibt es nur noch ein Mittel«, sagte Lintupelto.
»Aber das wenden wir nicht an«, sagte ich.
»Ohne Fische kehren wir nicht ins Dorf zurück«, sagte Lintupelto.
Er holte aus seinem Rucksack eine Stange Dynamit und ging ans Ufer. Ich hütete mich, in seine Nähe zu kommen, die Indianer saßen vor dem Mückenzelt im Regen. Ich sah, wie Lintupelto die Zündschnur in die Sprengkapsel steckte, sie festbiss und dann ins Dynamit drückte. Ray begann zu schreien, als Lintupelto die Schnur anzündete und das Dynamit in die ruhige Strömung schleuderte. Es dauerte einen Augenblick, bis die Zündschnur unter Wasser bis zur Sprengkapsel abgebrannt war. Die Detonation unter Wasser klang matt und war erst zu hören, als die Wassersäule schon in die Luft gestiegen war. Der Wind überschüttete uns mit Spritzern, im Regen machte uns das nicht weiter nass. Ray fluchte in vielen Sprachen, tote Fische kamen sofort an die Oberfläche, auch verletzte, die im Wasser zuckten. Lintupelto beorderte mich zum Rudern, wir paddelten im Kanu zu der ruhigen Stelle. An der Oberfläche schwammen Zander und Flussbarsche, ich sammelte sie ein und legte sie ins Boot. Lintupelto lobte die Mittel, mit denen man auch dann noch Fisch bekam, wenn die Künste der Ureinwohner versagten. Ich sagte dazu nichts.
Einige von den an der Oberfläche treibenden Fischen kamen zu sich, sie zappelten und schwammen orientierungslos herum. Es waren viele große und kleine Fische. Bei einer Untiefe

sah ich hunderte von toten Fischen auf den Steinen am Grund liegen, an die ich vom Kanu aus nicht herankam. Sie lagen am Grund wie helles, edles Metall, und ich versuchte, mit dem Paddel heranzukommen, aber das reichte nicht bis zum Grund. Wir sammelten die Fische ein, die wir an der Oberfläche erwischten. Die langsame Strömung nahm den Trauerzug der toten Fische mit sich in den See. Ich sah, dass Rachels Brüder und der große Indianer schon das Lager abbrachen.

Sie sagten nichts, als wir ans Ufer kamen. Lintupelto zeigte Leonard die größten Flussbarsche, der wog sie in der Hand und schätzte ihr Gewicht auf zwei Kilo. Lintupelto beklagte, dass die Lachsforellen von der Detonation an den Grund gedrückt worden waren, wo man nicht an sie herankam. Ray ging zum Kanu und brachte alle Fische in den Wald hinter dem Lager, um sie dort ins Gebüsch zu werfen, obwohl Lintupelto ihn daran hindern wollte.

Die Brüder trugen das Kanu ins Aluminiumboot, Ray erklärte mir, dass die Wellen auf dem See jetzt so hoch gingen, dass man das Kanu nicht würde ins Schlepptau nehmen können. Wir schafften die Sachen des Lagers ins Aluminiumboot und bemühten uns, alles unterzubringen, auch die Männer. Der Abend dämmerte schon.

Als wir auf den See kamen, sah ich den starken Wellengang, und gleich hinter der Flussmündung musste Ray das Boot sehr sorgfältig steuern. Er rief etwas in den Wind, was ich nicht verstand. Lintupelto und Leonard saßen vorn zu beiden Seiten des Bugs. Der starke Wind begeisterte sie so, dass sie auf dem Kanu Trommelsolos schlugen und sangen:

There's a lady who's sure/All that glitters is gold/And she's buying a stairway to heaven ...

Es war das alte Zeppelinlied, ich erkannte es schon am Rhythmus, noch bevor die Jungs angefangen hatten zu singen. Mit ihrer Trommelei auf dem Kanu versuchten sie John Bonham nachzuahmen. Sie sangen das Lied von Anfang bis Ende, trommelten beim Singen und zeigten zwischendurch mit dem Finger aufeinander. Wir kamen in die Nähe der ersten Insel, auf ihrer Windseite waren die Wellen hoch und scharf. Am Ende der Insel wurden die Wellen in eine andere Richtung gelenkt, und da tauchte das Aluminiumboot. Das Lied endete wie abgeschnitten, als das Wasser sich ins Boot ergoss und es nicht wieder hochkam.

Ich war unter Wasser und wusste nicht, in welche Richtung ich mich wenden sollte. Ich stieß die Stiefel von den Füßen und ließ mich vom Wasser in die Höhe tragen. An der Oberfläche war es noch so hell, dass ich die Insel links liegen sah, und ich schwamm darauf zu. Ich hörte jemanden rufen, aber ich sah den Rufer nicht, konnte ihn auch nicht sehen.

Mir schien, ich würde es bei dem Wellengang nicht bis zum Ufer schaffen, die Wellen schlugen über meinem Kopf zusammen, ich musste den Atem anhalten und schluckte Wasser. Ich versuchte, mich auf den Rücken zu drehen und auszuruhen, aber so konnte ich in der hohen Brandung nicht schwimmen. Mit den Wellen gelangte ich auf die Steine, und ich stieß mir Knie und Ellbogen und verletzte mich an der Handfläche, als ich auf die Ufersteine und weiter hinauf an Land kroch. Die Brüder und der große Indianer waren schon am Ufer. Ich fragte nach Lintupelto, sie hatten ihn am Ufer nicht gesehen.

Die ganze Nacht wanderte ich die Ufer der Insel auf der Suche nach Lintupelto ab. Es regnete und stürmte, und die Indianer froren sehr in dem Windschutz, den sie zwischen den Bäumen aus Nadelzweigen und Ästen errichtet hatten, und auch ich fror, während ich am Ufer entlangging. Es gelang uns nicht, ein Feuer anzuzünden. Am Morgen kam der alte Mann mit zwei Indianern im Motorboot und holte uns ab.

Am Nachmittag suchte ich zusammen mit den Polizisten den Grund nach Lintupelto ab. Wir suchten den ganzen Abend, das Boot fanden wir erst spät in der Nacht. Lintupelto war nicht im Boot. Erst am nächsten Tag fanden wir Lintupelto. Sein Körper hatte sich übel in den Netzen verfangen. Mit den Netzen tauchte auch ein Baumstamm auf, der lange im Wasser gelegen hatte.

13

Im Sommer fuhr der alte Mann mit uns auf die Insel, vor der Lintupelto ertrunken war. Wir nahmen ein großes Kanu, in dem alle Sachen und die Männer gut Platz fanden. Rachels beide Brüder, Leonard, der alte Mann und ich. Frauen wurden nicht mitgenommen. Der alte Mann hatte schon den ganzen Morgen Sachen aus dem Wirtschaftsgebäude ins Kanu getragen, hatte mir aber nicht erzählt, was für Sachen es waren, und auch die anderen im Haus sprachen nicht davon, obwohl ich danach fragte.

Ich paddelte am Bug, der alte Mann hinten. Als wir auf dem See waren, erzählte Ray mir von Loch im Himmel, der ein Weiser und Zauberer gewesen war und von dem Ray im Gefängnis von Toronto gehört hatte. Dort hatten die alten Lehren den indianischen Insassen die Kraft gegeben, den Aufenthalt im Gefängnis zu ertragen. Die Lehren besagten, dass das Gute nur durch Leiden zu finden sei, und im Gefängnis war es nicht schwer, das zu finden. Wenn man das Leid noch mit Hunger nährte, bekam man Visionen.

Der alte Mann warnte von hinten, Ray solle nicht mit seinen Visionen prahlen, weil sie ihm sonst genommen würden. Leonard glaubte, Rays Visionen würden vom Marihuana herrühren – für Besucher war es ein Leichtes, Marihuana ins Gefängnis zu schmuggeln, wenn die Wärter gerade einmal nicht die Zeit hatten, ihren Schützlingen genug davon zu beschaffen. Auf dem See war es still, die Inseln und das ferne Ufer schienen über den Wassern in Bewegung zu sein. Ray erzählte, er habe in der Gefängnisbibliothek von einer Vision Pindigegizigs, Loch im Himmel, gelesen, die dieser als Kind gehabt hatte. Als Sechsjähriger hatte Loch im Himmel immer wieder von Schlangen geträumt, die so zahlreich waren, dass sie ihn ganz bedeckten. Als Elfjähriger hatte er eine Vision, in der ihm befohlen wurde, sich mit einem Kleidungsstück über den Schultern unter eine große Eiche zu begeben. Loch im Himmel tat dies. Zwei Ringelnattern kamen dorthin, und bald wurden es mehr. So viele kamen, dass sie sich auf ihn schlängelten und ihn völlig bedeckten. Bald waren es so viele, dass Pindigegizig seine eigene Haut nicht mehr sah. Dann entfernten sich die Schlangen, aber zwei blieben. Sie lagen um seine Hüften, die Köpfe nahe beieinander. In der Vision sagte eine Stimme: »Diese beiden werden bis zu deinem Tode bei dir sein.« Es waren die zwei Manito, Geister, von Loch im Himmel. Einen weiteren hatte er damals schon zwischen den Schulterblättern, und das war ein kleiner gelber Vogel. Der alte Mann war der Meinung, dass man über Visionen nicht sprechen durfte, auch wenn man sie schon als Kind gehabt hatte. Wohl aber durfte man auf ihrer Grundlage den Menschen Ratschläge erteilen. Er verbot Ray, vor aller Ohren zu erzählen, was er gesehen hatte, als er in die Welt der Geister gelangt war, auch wenn es nach Ansicht des alten Mannes gar nichts Besonderes war, dorthin zu gelangen, denn Geister gab es überall: in den Pflanzen, den Tieren, in Wind und Regen, in der Erde, in den Steinen auf dem Boden, in den Steinen im Wasser und in Seen und Bächen. Auch jede Baumart hat ihren eigenen Geist ebenso wie die Vögel: Goldadler, Weißkopfseeadler und Eule.

Einen eigenen Geist haben auch Gewitter, Blitz, Sternschnuppe, Sonne und Mond und jeder Stern am Himmel.
»Es gibt so viele Geister, dass es unmöglich ist, sie nicht zu sehen«, rief der alte Mann zornig vom Heck des Kanu her. Er machte mit seinem Paddel so lange und tiefe Züge, dass meine Züge nicht ausreichten und das Kanu vom Kurs abkam.
»Die Geister treiben auch das Boot«, rief Leonard und die jüngeren Männer lachten, als ich versuchte, die Richtung des Kanus zu korrigieren.
Als wir auf die Insel kamen, war der alte Mann schon besänftigt, er lobte mich und sagte, ich mache meine Sache gut im Bug des Kanus. Es war still, die Bäume und Büsche der Insel spiegelten sich im Wasser so wie eine Welt, die nach unten in die Mutter Erde hineinwächst. Die Uferwand erschien auf dieser Seite wie ein undurchdringliches Hindernis, öffnete sich aber, als wir näher kamen, unter überhängenden Bäumen, und das Kanu glitt, von keinen Ästen gehindert, ans Ufer. Ich stieg vom Bug an Land und zog das Kanu herauf. Die anderen stiegen, mit den Sachen beladen, aus dem Kanu an Land. Erst als alle Sachen ausgeladen waren und das Kanu vollständig auf das Ufer hinaufgezogen war, erzählte mir der alte Mann, dass er mich zu einem Schwitzhüttenritual mitnehmen wolle.
»In die Sauna?«, fragte ich.
»So etwas Ähnliches«, sagte der jüngere Bruder.
»Es ist etwas anderes«, sagte Ray. Er erzählte, dass ihnen im Gefängnis erlaubt worden war, das Schwitzhüttenritual einmal pro Woche innerhalb der Mauern zu zelebrieren. Zu diesem Zweck war der Bruder aus der Stadt gekommen, der das Ritual durchführen konnte. Wir nahmen die Sachen und gingen mit dem alten Mann den Pfad zur Insel hinauf. In diesem Teil der Insel war ich bei meiner Suche nach Lintupelto nicht gewesen.

14

Auf der Insel war eine Lichtung geschlagen worden, aber darum herum wuchsen die Bäume so dicht und üppig, dass man die Lichtung nicht sah, bevor man auf ihr stand. Der alte Mann und die Jungs warfen ihre Lasten zu Boden, und auch ich legte meine in der Nähe der Stützhölzer eines Zelts nieder, das aus dünnen Baumstämmen in der Mitte der Lichtung gebaut worden war. Die Jungs fegten den Boden des Zelts und den Pfad, der vom Zelt zur Feuerstelle führte, als der alte Mann das Bündel Zeltstoff öffnete, das wir mitgebracht hatten.

Ich konnte nicht helfen, stand auf der Lichtung und sah zu. Der Wald bildete um die Lichtung herum eine hohe Wand, die Laubbäume wurden von den massiven Wipfeln der Weymouthskiefern überragt, sodass ich in der Öffnung nur ein Stück blauen Himmel sah, das der Wald freiließ. Der alte Mann und die Enkel legten den Zeltstoff über die Stangen und befestigten ihn am Boden mit Holzstäben, die in dem Bündel eingerollt gewesen waren. Der Eingang des Zelts war mit einer doppelten Lage Stoff verhangen, den man anheben musste, wenn man eintreten wollte.

Ray machte fünf Meter vom Zelt entfernt ein Feuer. Zuerst legte er vier Rundhölzer in Richtung Zeltöffnung und dann vier weitere quer darüber. Später wurde mir erklärt, dass die

Hölzer so gelegt werden mussten, dass die ersten in Ost-West- und die zweiten in Nord-Süd-Richtung wiesen, die Zeltöffnung musste immer nach Osten zeigen, von wo das Licht der Weisheit kam.
Zwischen den ersten acht Stämmen stellte Ray dann weitere auf. Beim Feuermachen sprach er mit eintöniger Stimme so etwas wie ein Gebet. Auch der alte Mann kam zum Feuer, um zu beten. Als das Feuer gut brannte, brachte der jüngere Bruder aus dem Zelt Steine und legte sie so ins Feuer, dass sie an den vier Ecken in den lodernden Flammen lagen. Der alte Mann betete auch, als die Steine ins Feuer gelegt wurden.
»Für Großvater, für Wakan-Tanka«, sagte Leonard ernst. Als das Feuer brannte, gingen alle Männer ins Zelt, nur ich nicht. Ich setzte mich auf die Erde, aber ich wagte es nicht, in die Nähe des heiligen Feuers zu gehen, sondern saß auf der Lichtung und wurde von Mücken und Bremsen geplagt. Drinnen im Zelt murmelten die Männer ihre Bitten, später lernte ich, dass für die heißen Steine im Zelt ein Platz vorgezeichnet und zugleich der Große Geist, Wakan-Tanka, und die Mutter Erde angebetet wurden, der der Leib des Menschen gehörte, wenn sein Geist zu Wakan-Tanka aufgestiegen war. Beide wurden um ein reines Leben gebeten.
Eine Weile lärmten die Männer im Zelt, ich hörte ihre Stimmen, sah aber nicht, was sie dort taten. Als sie herauskamen, brachten sie Erde mit, die sie in die Nähe der Feuerstelle streuten. Sie trampelten einen Pfad von der Zeltöffnung zur Feuerstelle und schütteten am Ende des Pfads neben dem Feuer einen Erdhügel auf – ein heiliger Pfad, den man, während man sich reinigte, hinaufsteigen musste. »Seien wir rein, leben wir immer von neuem«, sprach der alte Mann. Alle riefen jetzt mit lauter Stimme.

Mich überkam Müdigkeit so wie Petrus auf dem Ölberg, ich sank zu Boden, ich schrak auf und setzte mich sofort wieder gerade hin. Der alte Mann ging mit einer langen, geraden Pfeife ins Zelt und blieb lange dort. Dann ging Ray mit glühender Kohle ins Zelt, kam aber gleich wieder heraus, und auch der alte Mann kam heraus, in der Hand die Pfeife, aus der zarter Rauch aufstieg. Der Alte ging den ausgetretenen Pfad entlang direkt zum Feuer und legte die Pfeife auf den Erdhügel, den sie beim Feuer aufgeschüttet hatten.

Jetzt wies Ray mich an, mich nackt auszuziehen und ins Zelt zu kommen. Einen Augenblick lang hatte ich Zweifel, ob ich mich ganz nackt ausziehen sollte, erinnerte mich dann aber, dass man auch in die finnische Sauna nackt ging. Also zog ich mich aus und kroch mit den Männern ins Zelt. Die Türöffnung war so niedrig, dass man auf allen vieren hineinkriechen musste. Durch diese Demutsgeste zeigten wir, dass wir ein Nichts waren neben dem Großen Geist: »Du hast uns für diese Insel geschaffen. Du warst der Erste, und wir sind die Letzten, die du erschaffen hast. Hilf mir, dass ich rein werde, ehe ich es wage, dir meine Bitte zu senden. Hilf uns bei allem, was wir tun.« Wir waren zu viert im Zelt, Rachels jüngerer Bruder war draußen geblieben.

Wir wanderten im Zelt einmal im Kreis herum und setzten uns dann so, dass der alte Mann bei der Türöffnung saß, nachdem er im Uhrzeigersinn eine Runde im Zelt gemacht hatte. Ich sah in der Mitte eine runde Vertiefung, aus der Gras und Torf herausgeschnitten und die Erde entfernt worden war. Wir saßen einen Augenblick wortlos und unbeweglich, aber ich wusste nicht, worauf wir warteten. Im Zelt war es ganz dunkel.

Der jüngere Bruder kam jetzt an die Türöffnung und gab von

dort dem alten Mann die Pfeife, der sie über die Grube hinweg Ray reichte. Der legte die Pfeife vor sich auf die Erde. Wieder saßen wir einen Augenblick still da. Der jüngere Bruder brachte jetzt einen im Feuer erhitzten Stein, den er in einer Holzgabel trug. Er legte den Stein in die Mitte der Vertiefung. Ray berührte den Stein mit der Pfeife, der jüngere Bruder brachte weitere Steine, gab sie dem alten Mann, und der legte jeden Stein an seinen Platz. Ray berührte jeden Stein mit der Pfeife, wenn er an seinen Platz gelegt war. Zwischendurch riefen die Männer etwas Schwermütiges, das ich nicht verstand. Nun hob Ray die Pfeife, deutete mit ihr in alle Himmelsrichtungen, sog den Rauch ein und blies ihn auf seinen Körper. Er gab die Pfeife nach links an den großen Indianer weiter, der auch den Rauch einatmete, ihn auf seinen Körper blies und die Pfeife dann dem alten Mann reichte. Der sprach etwas, blies den Rauch gegen sich selbst und gab die Pfeife auch mir. Ich atmete den bitteren Rauch aus der Pfeife ein, er schmeckte nach Tabak, obwohl ich etwas anderes vermutet hatte, und blies den Rauch dann an meinem Körper entlang, so wie ich es bei den anderen gesehen hatte. Ich konnte die richtigen Worte nicht sagen, und so tat der alte Mann es für mich.
Ich übergab die Pfeife Ray, der die Asche daraus entfernte und sie neben die Steine fallen ließ. Jetzt wanderte die Pfeife zur Tür, und der alte Mann reichte sie durch die Türöffnung Rachels jüngerem Bruder hinaus. Der reichte sie bald, mit Tabak gestopft, zurück. Im Zelt war es wieder ganz dunkel, so dunkel, wie es in unserer Seele ist. Diese Dunkelheit mussten wir in Licht verwandeln.
Ray sprach jetzt ein langes Gebet und rief viermal den Großen Geist an, weil es vier Weltzeiten gegeben hatte, und sie alle wurden erwähnt: die Zeit des Feuers, die Zeit der Luft, die

Zeit des Wassers und die Zeit der Erde. Viermal öffnete auch der jüngere Bruder die Zelttür, um das Licht hereinzulassen, das uns daran erinnern sollte, dass der Große Geist zu jeder Weltzeit als Licht in der Welt gewesen war. Nun weihte Ray die Steine, die hereingebracht worden waren, die Stämme des Zelts. Die Kraft, die aus dem Großen Geist in alle Kreaturen geströmt war, nahm mithilfe des Feuers auch von den Steinen Besitz, die in den Flammen erhitzt worden waren.
Der alte Mann spritzte viermal mit einer Art Quast aus Kräutern Wasser auf die Steine. Dabei gelangte so viel Wasser auf die Steine, dass es im Zelt so heiß wurde wie in einer guten Sauna, und ich musste mich zusammenkrümmen und die nach Salbei duftende, süße Luft durch die Hände einatmen. Der alte Mann sprach jedes Mal, wenn er Wasser auf die Steine spritzte, einen kurzen Vers. Rachels jüngerer Bruder brachte die Pfeife, die er draußen angezündet hatte. Er brachte sie Ray mit dem Rohr voran in den hinteren Teil des Zeltes. Ray sog an der Pfeife und blies sich den Rauch auf Hände und Füße und den ganzen Körper, bevor er die Pfeife nach links an den großen Indianer weiterreichte. Zu mir kam sie, nachdem der alte Mann sie gehabt hatte, ich gab sie Ray, nachdem ich daran gesaugt und mich mit dem Rauch beblasen hatte.
Wir rauchten, solange in der Pfeife noch Tabak war, die Pfeife kreiste in Richtung der Sonnenbahn im Zelt. Wieder schüttete Ray die Asche neben den Ofen, und der alte Mann reichte sie hinaus. Bald kam sie wieder zurück, gestopft und angezündet. Im Zelt war es ganz dunkel und sehr heiß.
Der alte Mann wedelte wieder mit seinem Salbeibündel Wasser auf die Steine, sodass ein Hitzeschwall das Zelt erfüllte. Auch jetzt wurde viermal Wasser gespritzt, und die Pfeife kreiste im Zelt. Die ganze Zeit sangen die Indianer Verse, die

ich nicht konnte. Als der Tabak in der Pfeife alle war, wurde sie hinausgegeben, und ich hoffte schon, sie möchte nicht mehr zurückkehren, aber bald reichte der jüngere Bruder sie wieder gestopft und angezündet herein. In dem von draußen hereinfallenden Licht sah ich, wie der alte Mann, Ray und Leonard, während sie die Verse sprachen, sich in deren Rhythmus wiegten, und ich bemerkte, dass auch ich mich wiegte, und ich sah uns alle vier klar und genau, obwohl der Türvorhang schon heruntergelassen war. Jetzt brauchte ich zum Sehen kein Licht mehr.

Nun schüttete der alte Mann den Rest des Wassers aus dem Gefäß auf die Steine, sodass die Steine knallten. Die Hitze überfiel uns alle, tat aber nicht weh. Der alte Mann sang ein Lied, das ich kannte, aber nicht mitsingen konnte. Der jüngere Bruder öffnete jetzt den Türvorhang, ich sah, dass er glühende Kohle aus dem Feuer vor die Tür gebracht und Kräuter darauf gelegt hatte, von denen ein starker, angenehmer Duft ins Zelt zog.

Der alte Mann verließ das Zelt, wir andern schritten um den Altar herum. Als ich aus dem Zelt herauskroch, standen die anderen schon dampfend und schwitzend auf der Lichtung. Der alte Mann sagte mir auf Englisch, wir seien als Menschen jetzt neu geboren, und das, was wir gerade getan hatten, sei für jeden von uns als Mann wichtig, aber ebenso wichtig wie für uns sei unsere Handlung für die ganze Erste Nation.

V. BUCH

NEVAHA

1

Ich lebte seit zehn Jahren im Reservat, als ich das erste Mal wieder an die Stelle kam, wo Nevaha gewesen war. Es war im Sommer 1994, Anfang Juli. Wir hatten im Fluss oberhalb des Dorfes gefischt. Als es Zeit zum Heimkehren war, wollte Rachel mit dem Kanu flussabwärts bis Nevaha fahren und sich die Stelle ansehen, wo unser erstes Zuhause gewesen war.

Eigentlich wollte ich es nicht, doch ich erhob keinen Einwand. Ich hatte in den Jahren, die ich im Reservat gelebt hatte, gelernt, dass das vergeblich war. Dort hatte man uns die obere Etage in Ellens Haus eingeräumt. Der alte Mann war schon tot, Rachels Brüder arbeiteten im Norden beim Bau von Pipelines. Ich arbeitete im großen Sägewerk von Morteau und hatte zwei Wochen Sommerurlaub.

Wir fuhren den Fluss hinab. Am Eingang des Dorfs mussten wir einen langen und schmalen See durchpaddeln, bei dessen Abfluss noch Stammholz von Harju und Nevala im Wasser weichten, die Betrüger hatten sie nicht mehr aus dem Wasser geholt. Es war sehr heiß, und vom sumpfigen Ufer stieg ein widerwärtiger Gestank auf, aber er blieb zurück, als wir die kleine Stromschnelle hinunter und unter der Brücke hindurch fuhren, über die die Landstraße führte. Wir zogen das Kanu

dort an Land, wo das Sägewerk und die Vorrichtungen gestanden hatten, mit denen die Stämme in die Entrindungsanlage gezogen worden waren.
Wir gingen auf den Platz. Auf den Hügeln, die auf der Sandheide zusammengeschoben worden waren und unter denen die Häuser und das Sägewerk ruhten, wuchsen jetzt Lupinen. Sie blühten in verschiedenen Farben, es gab weiße, rote und violette. Rachel fand das blühende Lupinenfeld schön, und ich wollte ihr nicht erklären, wie das Feld aussehen würde, wenn es abgeblüht war und von den Stauden fledderige braune und schwarz gewordene Schoten herabhängen würden.
Rachel pflückte einen Strauß Lupinen, während wir vom Weg zu der Stelle gingen, wo unser Haus gestanden hatte, und wir erzählten Raimo, was für Menschen im Dorf gewohnt hatten und wie das Dorf von der Erdoberfläche getilgt worden war. Raimo war jetzt zehn Jahre alt, im Herbst würde er elf werden und musste dann nach Morteau zur Schule fahren.
Der Wald war bis zu der Stelle vorgerückt, wo unser Haus gestanden hatte, dort wuchsen mannshohe Birken und Kiefern. Wir sprachen nicht vom Harvester, obwohl Rachel wusste, dass Lintupelto seine Maschine lieber in der Erde hatte vergraben lassen als sich damit bei den Franzosen als Knecht zu verdingen.
Der alte gelbe Schulbus, in dem der aus Toholampi den letzten Sommer gewohnt hatte, stand noch im Gebüsch, aber ich wusste, dass der aus Toholampi schon im ersten Herbst nach Westen gegangen war. Ich hatte seit Jahren nichts von ihm gehört. Die letzte Nachricht hatten Perkiö und Kamppuri gebracht, die in Vancouver auf dem Sommerfest der kanadischen Finnen gewesen waren. Sie hatten damals gehört, der aus Toholampi fälle Holz bei den Amerikanern.

Wir gingen zurück zum Weg. Über die Brücke kam ein Pkw gefahren, der Fahrer hielt und öffnete das Fenster.
»Sprechen Sie englisch?«, fragte er.
»Ein wenig«, sagte ich.
»War hier früher das Dorf Nevaha?«, fragte der Mann. Seine Frau sah uns durch das vordere Fenster an.
»Ja, hier«, sagte ich.
»Die sprechen ja englisch«, sagte die Frau auf Finnisch.
»Na klar sprechen die englisch«, zischte der Mann wütend auf Finnisch.
»Darf man hier aussteigen?«, fragte der Mann mich auf Englisch.
»Bitte sehr«, sagte ich in derselben Sprache. Beide stiegen aus, der Mann erzählte, seine Verwandten hätten hier gearbeitet.
»Hier gab es Finnen, Franzosen und Indianer«, sagte ich.
»Man hört doch, dass der nicht seine Muttersprache spricht«, sagte die Frau auf Finnisch.
»Aber er hat eine schöne Frau«, sagte der Mann.
»Die werden so schrecklich dick, wenn sie älter werden«, sagte die Frau.
Der Mann sagte auf Englisch zu mir, seine Verwandten hätten damals nach Finnland geschrieben, als das Dorf dem Erdboden gleichgemacht worden war und sie nach Timmins ziehen mussten, wohin er und seine Frau jetzt unterwegs waren. Die Verwandten hatten geschrieben, dass Dorf und Sägewerk zerstört worden waren, weil die neuen Besitzer sich nicht mit veralteten Produktionsanlagen und schwierigen Finnen hatten herumärgern wollen.
»Ja, irgendwie so was war das damals«, sagte ich.
»Na, kann man hier Fische fangen?«, fragte der Mann mit einem Blick auf unser Kanu.

»Eher schlecht«, versetzte ich.
»Die Indianer sind genauso wie die Lappen, denen ist nichts genug«, sagte die Frau auf Finnisch.
»Benutz dieses Wort nicht, die verstehen das. Sag Rothaut«, riet der Mann seiner Frau auf Finnisch.
Wir machten uns auf den Weg zum Kanu. Die finnische Frau fragte, ob sie Lupinen pflücken dürfe. Ich erlaubte es ihr, und sie dankte mir herzlich dafür.

2

Wir mussten flussaufwärts etwa fünf Kilometer zurück zum Auto paddeln. Hinter der Brücke gab es keine Stromschnellen mehr. Raimo paddelte am Bug, Rachel saß auf der Mittelbank. Sie erinnerte sich an die Möbel, die sie für unsere erste Wohnung in Nevaha angeschafft hatte und die jetzt unter den Lupinenwiesen begraben lagen. Ich wollte nicht an die Möbel erinnert werden. Rachel meinte, wir sollten auch auf den Friedhof von Morteau gehen und Lintupeltos Grab besuchen. Wir bekamen das Kanu leicht auf die Pritsche des Pick-up gehoben und fuhren auf der Landstraße in Richtung Morteau. In der Nähe der alten Abzweigung nach Nevaha lag jetzt ein Motel, in dem sich im Herbst die amerikanischen Jäger einquartierten, wenn sie nach Kanada herüberkamen, um zur Jagdzeit Elche und im Vorfrühling, wenn der Staat Genehmigungen für die Bärenjagd verkaufte, Bären zu schießen. Im Motel gab es auch einen Laden und eine Bar. Ich fuhr auf den Hof des Motels. Der Besitzer war gerade im Laden. Es war ein Finne, einer von den früheren Einwohnern von Nevaha. Er beklagte sich über die schlechten Zeiten. Ich kaufte Regenwürmer, die er aus einem großen Holzkasten im Wirtschaftsgebäude holte. Ich hatte Raimo versprochen, wir würden am Abend die Grundangel auslegen. Der Motelbesitzer brachte

die Würmer in einem Plastikbehälter, er meinte, die indianische Rasse sei schwächer geworden seit der Zeit, da das Land ihnen gehört hatte. Ich konnte mich nicht erinnern, dass ich in der Heimat von gekauften Würmern hätte leben können.
Der Weg von Morteau ins Reservat war im vergangenen Sommer instand gesetzt worden. Er war höher gelegt worden, sodass er die Flutwasser der Biberweiher und des Frühlings überragte, an beiden Seiten waren Straßengräben gezogen worden, aber eine bessere Decke als Kies hatte man immer noch nicht legen wollen.
Der Wald war bis zur Grenze des Reservats gefällt worden, der Weg verlief am Rand des Kahlschlags entlang und folgte dem Seeufer. Rachel sprach wieder von der endlosen Vernichtung des Waldes. Ich mochte ihr nicht erzählen, was für gewaltige Flächen in den Wäldern des Reservats hinter dem See in den Wintern kahl geschlagen worden waren, als von dort Tag und Nacht Holz ins Sägewerk von Morteau gekommen war, denn der Wald wuchs auch dort schon kräftig nach.

NACHWORT

von Angela Plöger

Lange Zeit hat Finnland, unser Nachbar im Norden, nicht gerade im Rampenlicht des Interesses der Deutschen gestanden. Das änderte sich aber allmählich, als Künstler wie die Regisseure Aki und Mika Kaurismäki, die Gruppe Leningrad Cowboys oder Sportler wie Mika Häkkinen auch hier zu Lande populär wurden. Noch mehr wuchs das Interesse mit dem Beitritt des Fünf-Millionen-Volks der Finnen zur EU im Jahr 1995 und dem Siegeszug der Nokia-Handys um die Welt.

Heute ist Finnland ein Hochtechnologieland, aber angefangen hat diese Erfolgsgeschichte sozusagen im Wald. Denn es waren die riesigen Wälder Finnlands, die in der zweiten Hälfte des 19. Jahrhunderts die Basis für die Industrialisierung des Landes bildeten. Noch heute stellen die Erzeugnisse der Forst- (und der Papier-) Industrie einen wichtigen Anteil des Bruttosozialprodukts und der Exporte Finnlands. Und das Know-how der Finnen auf diesem Gebiet war immer auch international gefragt, sei es in den USA, wohin schon seit dem Ende des 19. Jahrhunderts Finnen auswanderten, sei es in Deutschland, wo nach den beiden verheerenden Stürmen und dem Großbrand in der Lüneburger Heide Mitte der Siebzigerjahre finnische Waldarbeiter bei den Aufräum- und Wie-

deraufforstungsarbeiten halfen, oder bei der Waldarbeit in Kanada.
So beruhen die Ereignisse des Romans denn auch auf Tatsachen. Als die USA Anfang der Zwanzigerjahre des vergangenen Jahrhunderts ihre Grenzen für Einwanderer schlossen, orientierten sich auswanderungswillige Finnen zunehmend nach Kanada. Mit der Weltwirtschaftskrise gegen Ende der Zwanzigerjahre versiegte der Strom der Auswanderer fast völlig. In den Fünfzigern zog es wieder mehr Menschen von Finnland nach Kanada, und diese Wanderbewegung hielt bis in die Achtzigerjahre an. Man schätzt, dass im 20. Jahrhundert insgesamt 200 000 Finnen ihre Heimat verließen, um nach Kanada zu gehen; nur etwa ein Drittel davon kehrte irgendwann in die Heimat zurück.
Kanada lockte die Menschen mit Arbeit und einem wesentlich höheren Lohnniveau. Die Natur des Landes mit ihren riesigen Waldgebieten und das Klima boten Finnen ein Lebensmilieu, das ihnen vertraut war. So fanden viele von ihnen in der Forstwirtschaft und im Bergbau Arbeit. Einer der größten kanadischen Arbeitgeber war die Sudbury International Nickel. Finnen genossen in Kanada einen guten Ruf als tüchtige Arbeiter. Oft mussten sie schwere und schmutzige Arbeiten verrichten, weil Engländer und Franzosen vor ihnen ins Land gekommen waren und die besten Stellen schon besetzt hatten. Die finnischen Frauen, die unter den Einwanderern zahlenmäßig recht stark vertreten waren, galten als geschickt und zuverlässig und waren deshalb in den Häusern reicher Großstädter als Hauswirtschafterinnen begehrt. Auch als Ehefrauen waren sie begehrt in dem Land, das einen hohen Männerüberschuss aufwies.
Einen realen Hintergrund haben ebenso die zentralen Ele-

mente des Romans: das betrügerische Ende der finnischen Forstgesellschaft, die Zerstörung des Dorfes Nevaha (das in Wirklichkeit Kormak hieß und dessen Name ebenso wie Nevaha aus den ersten Silben der Namen seiner Gründer konstruiert war) – und die finnisch-indianische Ehe. Antti Tuuri hat bei seinen Recherchen an Ort und Stelle von mehreren solcher Ehen erfahren.

Tuuri datiert das Ende der finnischen Forstgesellschaft in dem Roman auf den Anfang der Achtzigerjahre. Die tatsächlichen Vorgänge hatten sich schon am Ende der Siebzigerjahre ereignet. Dazu hat der Autor viele Zeitzeugen befragt und weitere Einzelheiten aus den Archiven zu Tage gefördert.

Loch im Himmel gewährt einen faszinierenden Einblick in Hintergründe und Umstände einer der weniger bekannten Migrantenbewegungen des vergangenen Jahrhunderts und entwirft zugleich eine vergnügliche Skizze finnischer Mentalität.

Nr. 92105

Antti Tuuri

FÜNFZEHN METER NACH LINKS

Eino Sand ist Vertreter der Klempnereibranche. Vor ihm liegen zwei Wochen ereignisloser Resturlaub als Hausmann. Da bietet ihm der Schriftsteller Saarelainen einen ausgefallenen Ferienjob an. Mit einem Kleinbus voller Bücher reist Sand nach Deutschland, um Saarelainens Erzählband *Fünfzehn Meter nach links* auf dem deutschen Buchmarkt abzusetzen. Ein Ansinnen, das ihn nicht nur beruflich, sondern auch menschlich auf eine harte Probe stellt, denn eines Morgens sind seine reizenden Reisebekanntschaften samt dem Bus und den Büchern verschwunden.

BLT

Mit der Welt auf Buchfühlung